南京大屠杀

徐志耕◎著

每一个中国人
都不应该遗忘的历史

中国友谊出版公司

图书在版编目（CIP）数据

南京大屠杀 / 徐志耕著． -- 北京 ： 中国友谊出版
公司，2024．8（2025.8 重印）． -- ISBN 978-7-5057-5960-2

Ⅰ．I25

中国国家版本馆 CIP 数据核字第 2024SJ1326 号

书名	**南京大屠杀**
作者	徐志耕
出版	中国友谊出版公司
发行	中国友谊出版公司
经销	新华书店
印刷	三河市中晟雅豪印务有限公司
规格	787 毫米 ×1092 毫米　16 开
	17.25 印张　236 千字
版次	2024 年 8 月第 1 版
印次	2025 年 8 月第 4 次印刷
书号	ISBN 978-7-5057-5960-2
定价	49.00 元
地址	北京市朝阳区西坝河南里 17 号楼
邮编	100028
电话	（010）64678009

如发现图书质量问题，可联系调换。质量投诉电话：010-82069336

目录

铁与血的事实

——为《南京大屠杀》作序

这是一部史书式的报告文学，这是我们民族苦难的一个缩影，它记述了五十年前人类历史上一场举世震惊的大悲剧——南京大屠杀。

1937 年 12 月，日本侵略者占领南京后，进行了长达六个星期的血腥大屠杀。当时，街巷积尸成垒，江河一片赤红。据史料记载，日本侵略者在南京集体屠杀二十八案，计十九余万人；零散屠杀八百五十八案，计十五余万人。共屠杀南京难民和放下了武器的中国官兵三十余万人！这一中外瞩目的暴行，当时就受到了世界上许多国家和人民的谴责。1946 年，远东国际军事法庭在审判日本战犯的判决书中指出："日本兵完全像一群被放纵的野蛮人似的来污辱这个城市……实行杀人、强奸、抢劫、放火。"经远东国际军事法庭审理，对犯下滔天罪行的华中派遣军司令官松井石根判处绞刑；另一个"南京大屠杀"的刽子手、第六师团长谷寿夫被引渡到南京受审，于 1947 年处以死刑。

这铁与血铸成的事实，是任何人也改变不了的。近年来，日本有一小部分人妄图否认他们侵略中国的罪行，说什么"南京大屠杀"是"虚构"的。他们攻击远东国际军事法庭的审判是"不公正"的，"不是依照国际法进行的"。这不能不引起我国人民和全世界爱好和平的人们的关注。

这部报告文学作品，全面、真实、深刻而形象地描述了"南京大屠杀"的始末，作者用大量生动的事实揭露了侵华日军的血腥罪行，揭示了造成这一悲剧的种种缘由。温故知新，读一读这部作品，可以引起我们思考许多值得反思的东西。

中日两国是一衣带水的邻邦，中日两国人民有着数千年的传统友谊。但是，谁也不应忘记，两国关系史上曾有过侵略和被侵略的岁月，历史是不能忘记的。"南京大屠杀"作为日本帝国主义侵略中国的暴行之一，它理应被公之于世并让人们牢牢地记住，记住历史的教训，化干戈为玉帛。一个民族的自省比一个民族的宽容更重要。因为日本帝国主义在给中国人民带来深重灾难的同时，也给日本人民造成了种种的苦难。扩张和掠夺是侵略战争的根源，扩张的野心不死，战争就不可避免。制止战争，是中日两国人民也是全世界人民的愿望和责任。

时光如水，五十年弹指而去，世界进入了新的文明历程。生活在同一个地球的人们都应该相亲相爱，我们热爱和平。哪里燃起侵略的战火，正义的人们应该在哪里把它扑灭。

人类不要自杀！

和平万岁！

张耀华 （原南京市市长）
1987 年 9 月

血浓于水

——《南京大屠杀》再版自序

这本书第一次同读者见面，是1987年12月，即"南京大屠杀"五十周年的祭日。在南京举行首发式时，读者蜂拥争购，几千册书一天脱销。出版当月，就发行了十五万册！当时，众多新闻媒介发表评论文章，称它是"中国作家写的第一部全面、真实、生动而深刻地反映'南京大屠杀'历史的悲剧长卷"，又说这是"民族苦难的缩影，史书式的报告文学"。

从那以后的五六年间，这本书在中国大陆（内地）的书店一直脱销，而中国台湾、中国香港以及国外，如日本、美国的出版社和报刊，仍然不断地出版、转载，还发表了不少评价文章。

创作这本书的起因和动机是偶然和简单的，自然，也没有想到会在海内外引起不小的反响。最初触发我灵感的，是1985年盛夏的一个星期天，《南京日报》发表消息说，为了纪念抗日战争胜利四十周年，南京市在侵华日军集体屠杀南京市民的遗址上建立了十三块纪念碑。当天我路过北极阁，许多人围在路边，面对扇形的黑底金字的纪念碑，肃立着、凝望着、沉思着。我被这个场面震惊了：这里，曾是一片花草繁茂的绿地，它的昨天，怎么会是鲜血飞迸的屠场呢？我当时就有了一种冲动，想写一首诗或者一篇散文，题目也想好了：《石头城，站起来十三个石头人》。

五分钟的狂热激情过去了，诗和散文都没有写出来。几天后一些朋友吹牛聊天，他们说："李延国写了《中国农民大趋势》，钱钢在写《唐山大地震》，你也来个大的吧！"

"我能写什么呢？"我问。

"南京大屠杀！"一位朋友大声地说。

像电光石火，一句话又点燃了纪念碑前的激情。

我立即翻阅史料。很遗憾，我没有找到"南京大屠杀"的详细记载，一些史书上只有几百字的条目。问了好些人，都支支吾吾，或一知半解，没有人能说清这场历史悲剧的缘由、经过及事件中的人物和情节，但我觉得，这是一页不应忘记的历史。

正因为此，我开始了茫茫人海和茫茫书海的探寻。

快半个世纪了，当年二十岁左右的亲历者如今已是古稀老人了，他们在哪里？

感谢中国第二历史档案馆和侵华日军南京大屠杀纪念馆等单位的支持和帮助，凭借他们提供的线索和史料，我奔走于南京的四郊和大街小巷，我要寻访九死一生的幸存者和历史的见证人。

采访是困难的。一辆自行车伴随我早出晚归，辛苦是自然的。找到了幸存者们，艰难的是重提刻骨铭心的创伤和埋在心中的仇恨又会刺痛这些老人。特别是受日本侵略者欺凌的那些妇女，她们如今已儿孙成群，回忆那些隐秘的伤痛，她们感到耻辱，感到恐惧，感到害怕！

我得迂回曲折，我得循循善诱，我得晓以民族大义，继而又做出保护隐私的承诺。就是这样，也得一而再，再而三地耐心说服，这是我们的中国特色，中国人都爱面子。

不管怎么说，我仍然感谢所有接受我采访的人，三个多月的时间里，近百位幸存者向我诉说了他们人生历程中的厄运，诉说了史料中绝对找不到的故事情节，这不仅给我提供了大量丰富而生动的素材，更使我接近了真实——灾难中人真实的内心世界和"南京大屠杀"悲剧历史的真实。

那段时间，我沉浸在创作的激动和亢奋中。因为每采访一位老人，都有使我悲愤、使我惊喜的故事。生活就是如此复杂而丰富，这种复杂而丰富的故事是任何作家都想象不出来的！好几次我曾暗暗发誓：这本书一定要写好。写不好，我将愧对这些老人，我将愧对历史，我将扔掉这支笔！

铺开稿纸，如何下笔呢？我再三思量，决定突出一个字：真。我要把日本侵略者的暴行和三十多万人的冤恨留给历史，留给后人。只有真实，才称得上历史；只有真实，才能经得起历史的检验；只有真实，才对得起先人和故人！

对作家来说，讲真话是一种人格、一种良知，也是一种责任。

面对历史，我鼓足勇气涉足了当时极为森严的四个禁区。第一是真实地回答了这场大悲剧的主要原因，推翻了"由于国民党不抵抗而造成南京大屠杀"这一错误论断。这个结论是不公正的。因为1937年的抗战初期，正是国共合作共同抗日的统一战线形成初期，国民党军在1937年8月13日开始的淞沪战场上浴血奋战了三个月，伤亡六十余万官兵，粉碎了日本侵略者"三个月灭亡中国"的谬论。接着，从淞沪战场撤退的部队和新补充的兵员，共十多万人，又投入了英勇悲壮的南京保卫战。血战十天，敌我伤亡惨重。出于种种原因，守城官兵奉命撤退。日本侵略者在南京的大屠杀，绝不是国民党军不抵抗造成的悲剧。恰恰相反，对国民党军的英勇抵抗，日本侵略者则以疯狂的大屠杀作为报复，用血腥的屠城发泄侵略者的兽性。基于这一事实，我在书的开头用了两章篇幅，详尽描述了敌我态势及守城部队有我无敌的爱国斗志，讴歌了他们为民族尊严而誓死杀敌的凛然正气。

接下来的第三章《安全区写真》也是一个禁区。我从大量的资料和幸存者的口中了解到，在血雨腥风的1937年12月的南京，竟然有二十几位不同国籍的外国男女，为保护南京难民组成了一个叫作"国际委员会"的组织。

这些被幸存者们称为"活菩萨"的人，在很长一段时间里，他们的壮举和善行被一些史书歪曲了。有关资料说："日本帝国主义用枪炮屠杀南京人民，英美帝国主义用花言巧语麻痹中国人民，他们是日本帝国主义的帮凶。"这是黑白颠倒的言论！为此，我第一次披露了以德国西门子公司驻华总代表约翰·H.D.雷伯（近年出版的著作译为《拉贝》）为首的这群高举和平和人道旗帜的正义人士的英勇行为。台湾女作家胡华玲在读了我的《南京大屠杀》后，深为美籍女教师明妮·魏特琳的伟大品行而感动。她去了魏特琳的故乡采访，写了一本名为《金陵永生》的传记，以纪念这位伟大的女性。

本书的第三个重要方面是对这场悲剧的自省和反思，即"懦弱一旦成了集团性的通病，成了国民性，那就会酿成灾难"。在揭露敌人残暴本性的同时，无情地鞭笞了卖身投靠的汉奸，深入地解剖了苟且偷生和懦弱胆怯者的灵魂。解剖是为了疗救。历史告诉我们，最强大的敌人是自己。

我的笔犹豫了好久，面前是一个不可逾越的雷池。这个话题实在太敏感了，它涉及政治和外交。可是，"为什么不要日本赔偿？""要赔我们损失！赔我们三十万人的生命！"幸存者悲愤的呼喊和提问常在我耳边响起。我的良知不允许我回避这个历史和现实都必须回答的问题。于是，我把他们的责问和质疑写进了书本。我知道，仅有这几句提问是不够的。

于是，随着时代进步的足印，我相继发表了《血债》和《跨国诉讼》，前者写两位年轻人为对日索赔奔走呼号、万难不屈的精神，后者写南京大屠杀幸存者终于站在东京地方法院的原告席上，起诉加害者的伤害罪状。当然，要使诉讼得到公正的判决，还要走很长的路。我的这本书，记述的是历史，一段真实的历史。

作为报告文学，它是事实的再现，它是活的历史。

感谢生活为我提供了大量真实生动的素材，感谢当今这个开放的时代给了我一个说真话的机会。

于是，我放开手脚，秉笔直书。我要突破时间和空间的局限：五十年、一百年后，还可能有人读这本书。白皮肤、黑皮肤和黄皮肤的人，都能从这本书中找到共同的话题。

于是，我举起了正义和人道的旗帜。正义和人道是全人类的旗帜。

面对这本书，我感到问心无愧。因为，我努力按照历史的真实还原历史。书中所记之事、所写之人，都有史可查、有据可依，连接受我采访的幸存者们的姓名、年龄、职业，甚至门牌号码都提供给了读者。我觉得，纪实文学的审美意义在于"真实"这两个字。对于有责任感的作家来说，"真实"这两个字，不仅仅是一种职业的道德，还是一种人格——对历史的尊重和对读者的尊重的文人的品格。

读者是上帝。这本由血泪铸成的痛史第一次印刷的五万册立即销完，当月又加印十万册，也很快脱销。部队、工厂、学校组织的读书活动常把《南京大屠杀》列入必读书目，北京和上海的中学生还把它作为课外读物。不久，中国香港、中国台湾、美国、日本等地纷纷出版转载，海内外报刊多有好评，读者信件似雪片飞来。我感到了一个作家的使命与责任。

热情的读者一次又一次地感动了我。在上海的一次聚会中，一位中国台湾来的年轻女士得知我是《南京大屠杀》的作者时，她显得很激动。她说："我是在台北买到这本书的，我是在去美国的十多个小时的飞行途中读完这本书的，我边读边哭，流了好多眼泪。"旁边的人问她为什么哭，她说："我心痛。我为我们的国家和民族遭受过的灾难而心痛。"在宁波，一位名叫阮晶的漂亮女士对我说："我十多年前读过《南京大屠杀》，读完后，我的眼前老是浮现出日本兵屠杀中国人的惨烈场面。有几天夜里，我在梦中见到了死难者在挣扎、在呼喊、在哭泣，有个声音在喊：'救救我们！'我把我的经历讲给大家听。"有人说："这是死难者在托梦，我们要超度他们。"于是，我们纷纷捐助，凑了六万多元钱，请寺庙的方丈为"南京大屠杀"的死难同胞举行了盛大的超度仪式。我们觉得这是对他们的纪念，也警示我们不要忘了民族的苦难。

没有想到，我写的这本书竟然引发出这样的故事。

《南京大屠杀》被评为昆仑文学奖和由《解放军报》组织评选的军版图书一等奖，接着，又被评为第二届全国图书金钥匙奖和首届徐迟报告文学奖。

这是鼓励，我将继续努力。

千百位读者的来信使我激动，也催我再拿起笔来。有的老人向我提供了"南京大屠杀"期间的悲惨经历；洛杉矶的一位美籍华人来信表示要将书中的一切摄成图像在美利坚播放；纽约大学的一位教授已将《南京大屠杀》中的一些章节作为第二次世界大战的资料编入史册；来南京参观和考察的日本人多次问我："为什么要写这本书？怎样写这本书的？"台湾岛的一位年轻士兵也来信问："我不敢想象这样的暴行，这难道真的是我们中国土地上发生过的事情？"

我应该回答，我必须回答。因此，我又收集史料，访问老人，发表了《血祭》《血证》《血债》和《血谊》以及《跨国诉讼》。这是对《南京大屠杀》的补充和延续。

因为这本书的关系，我结识了许多人。一位名叫谷尾阳竹的日本老人，年复一年地给我来信问候。这位年已古稀的老人，在第一封信中这样说：

"我1944年参加侵华战争，在战后的战俘生活中，蒙受过贵国人民的很多恩惠，所以我很久以来怀念中日两国人民的友情，想为两国间的友好交流协力……

"一次偶然机会，由外文出版社的日文专家池田寿龟先生，介绍您的名著《南京大屠杀》，让我们翻译成日文。现在我们三个人分头将中文翻译成日文，因为我在翻译中碰到一些问题，所以和您协商几件事……

"在翻译过程中，我的双眼不时地充满泪水，看不清文字了。我茶饭不思，夜不能寐，心里难过极了，感觉满身罪孽深重，终于一个字一个字译成了，由于汉语水平不高，想到自己能力不足而感到十分惭愧和遗憾。写到这里，我又想起了书中许多人的证言，我的心又有点乱了……

"现代日本成了经济大国，这中间有日本人的努力，但也是中国人民宽容的结果。战败时如果中国要求索取赔款，日本绝没有现在的繁荣和发达。日本人中有人忘记了这件事，忘了历史的事实，我为他们而感到羞愧。我想他们应该读一读《南京大屠杀》这本书……"

和谷尾先生一起翻译《南京大屠杀》的还有盐本喜代先生和另一位古稀老人。盐本先生是广岛县日中友协理事兼中国外语研究会集贤塾长。三位老人怀着"前事不忘，后事之师"的历史责任感，辛劳一载译成初稿。之后，又经外文出版社的日文专家池田寿龟和太田征先生再次校译。

翻译同样是辛劳的创作。

出版社决定将《南京大屠杀》作为重点书目推出，要求译文务必准确、易懂，凡是引用的资料，他们又到中国档案馆和日本图书馆中抄录原文。接着，又请日文专家秋月久美女士参照前几稿作全面修订核对。作为原书的作者，我深深感谢这些素不相识的日本友人。我感谢他们，不仅仅是他们认真细致的敬业精神和踏实负责的工作态度，还因为作为一个日本人，翻译这本揭露日本军国主义血腥罪行的书，是需要勇气的！

日文版的《南京大屠杀》已在日本和中国同时发行。遗憾的是，正在这个时候，日本前法务大臣永野茂门竟然对《朝日新闻》记者说："南京大屠杀是捏造出来的。"这位前侵华日军还说，"把那场战争说成侵略战争的看法是错误的。"为了回击永野的这番谎言，回击日本的少数右翼分子不时在"南京大屠杀"问题上否认历史事实，我将《南京大屠杀》的日文版通过日本驻华大使馆转给永野以及羽田前首相。我知道，关于"侵略"和"进入"，关于"南京大屠杀"的肯定和否定，将在日本的朝野人士中一次又一次地重提。我的这本书，只是表明了一个中国人的立场，表明调查过"南京大屠杀"历史的一个中国作家的态度。

历史是不能淡忘的。历史是不允许淡忘的。

美国著名的未来学家阿尔温·托夫勒说:"如果我们不向历史学习,我们就将被迫重演历史。"

　　历史,真的会重演吗?

徐志耕

1996 年 12 月

为了和平

——"南京大屠杀"七十周年纪念本序

历史如东逝的水，一瞬间就奔流到汹涌的大海。二十世纪举世震惊的"南京大屠杀"惨案，至今已七十周年了。

对于中国人来说，抗战八年①的血泪惨史是我们永远的痛。正因为如此，花岗岩构筑的南京大屠杀遇难同胞纪念馆自建成二十二年来，哀思的泪雨就洒满了这片土地，沉重的钟声响在每个人的心里。

正是这座史书般的纪念性建筑，点燃了我创作长篇报告文学《南京大屠杀》的火焰般的激情。三十多万人的血，激起了我的民族仇恨，也激发了我的创作灵感，于是，二十年前的 1987 年 12 月 13 日，作为献给三十万遇难同胞五十周年的奠祭，第一本记述"南京大屠杀"史实的长篇报告文学轰动了南京！

这一幕还在眼前，新街口的新华书店里，买书的人挤倒了柜台，我签名的手一刻不停，几千册书一天售完。

这情景过去了二十年。这期间，《南京大屠杀》一次又一次再版重印，然而，接受我采访的幸存者们一个又一个地离开了这个世界。我庆幸，我抢救了这批宝贵的史料。我庆幸，我记录了幸存者们的心声！

《南京大屠杀》改变了我的创作思路，也改变了我的人生，它使我结识了许许

---

① 2017 年，全国春季教材将"八年抗战"改为"十四年抗战"。

多多对南京大屠杀历史和对中国抗战有责任感的人。除了一百多位我采访过的幸存的老人，我还与日本、美国、德国、英国的记者和学者进行过广泛的接触。记得是 1995 年的夏天，杨夏鸣先生告诉我，有一位美国朋友想采访我。于是，我见到了美丽的张纯如。虽然她讲的全是英语，又不识中文，但她中国人的黄皮肤、黑眼睛使我们一见如故，我向她介绍了写作《南京大屠杀》的经过，和对这一事件的认识与思考。她特别高兴的是，我给了她一本英文版的《南京大屠杀》，这是"南京大屠杀"事件第一本发行的英文作品，这本由外文出版社翻译出版的书使她能直接阅读并掌握史料，后来她在写作《南京暴行》一书时，引用了我书中的十多处文字。可惜的是，东方出版社的中文译者把"徐志耕"译成了"许志庚"。

使我感到震惊和悲痛的是：年轻美丽的张纯如竟用自杀结束了她如花的人生！她怎么会走了一条和六十年前另一个伟大的美国女性在日军暴行面前同样的自杀之路？答案只有一个：凶残的兽行击垮了女性善良的神经！明妮·魏特琳是 1938 年年初在见到了一大片被日军杀害的南京难民尸体时精神失常的，而张纯如是在揭露日军暴行中受到精神折磨和恐吓而失去了正常的思维，她们都是暴行的受害者。

人类不要自杀！ 2006 年的金秋，我参加了中国南京国际和平论坛大会，我与来自美国、日本、以色列、菲律宾、意大利、丹麦、韩国和中国香港、中国台湾等地的代表，都穿着一样的蓝色衣衫，衣衫上都挂着一串紫荆花。当我和他们共同聆听关于和平与裁军，关于人道和正义的课题的时候，当我们一起在天蓝色的图板上放飞白色鸽子的时候，当我与日文版的《南京大屠杀》作者本多胜一站在一起握手的时候，我们呼喊着同一个声音："为了和平！"我们高唱着同一首歌：《和平颂》！

和平是一条理想的路。

和平是一条漫长的路。

徐志耕

2007 年 2 月 7 日

〔楔子〕

大地在诉说

　　这是一座以陵墓为胜迹的城市。自从两千四百多年前越王勾践在秦淮河边修筑越城后，这里战火连年，烽烟不绝。楚胜越，晋灭吴，隋亡陈，南唐、大明、太平天国、辛亥革命，虎踞龙盘的石头城诸侯争斗，帝业兴衰，六朝金粉，灰飞烟灭，只落得秦淮水寒、钟山荒丘！

　　明孝陵、灵谷寺、雨花台、中山陵，还有吴王坟、南唐二陵、六朝王陵，一处处古迹留下了一块块石碑。每一块石碑都是一位先人，向后人诉说着它的荣耀和它的不幸。

　　悲歌和欢歌编织了历史。石头城的人们，世世代代诉说着有关这座古城的故事，诉说这座古城的血泪和仇恨！

　　我在大街小巷中穿行。我敲开了一家又一家的门，寻访经历过浩劫的老人。我想用他们的苦难和血泪编织一个巨大的花环，献给不幸的人们。

　　很抱歉，我打扰了老人们的平静和安宁，我触动了老人们深埋在心底里的不愿再提起的悲哀。提起它，他们恐惧，他们惊慌，他们痛苦，他们愤怒！四牌楼街道的涂宝诚指着一扇旧板壁对我说："原来这上面有我父亲被害的血迹，现在血迹逐渐淡没了，可日本兵给我心里留下的创伤，是一辈子也抹不掉的！"长白街的老人熊华福诉说了他被日本侵略者害得家破人亡的苦难后，沉痛地说："同志啊，世上什么苦都能吃，可千万不能当亡国奴！"

我在浓荫如伞的泡桐和高高的棕榈树下推开了老式楼房的小门，一位矮个子的白发老妇步履蹒跚地笑着迎出来了。我递过介绍信，她一看，脸色立即变白，泪水顺着密密的皱纹淌下来，她的手和腿都在微微地颤抖。她的丈夫和哥哥等四个亲人都被日本侵略者杀害了，她守寡了五十年！

慈眉善目的宏量法师是虔诚的佛教徒。当我问及日本侵略军在南京的暴行时，他抖动着白发白须，哭诉了僧侣们的苦难。他的代刀师父梵根是长生寺的住持，日本兵来时，他正带着弟子们跪在大殿中合掌念佛。凶暴的日本侵略者把佛门弟子一个一个地拉到殿下的丹墀上，一枪一个，一连杀了十七个！

江水滔滔。一位在集体大屠杀中的幸存者指点着五十年前受害的现场——长江边，声泪俱下："那时江边全是尸体，长江水都是红的！"

血海、火海，铭刻在人们的心海！两眼红肿的夏淑琴大娘哭泣着向我诉说了她的悲哀："我那年才八岁，日本兵一来，全家九个人被杀了七个，只剩下我和吃奶的妹妹，我天天哭，眼睛哭烂了，烂了五十年了，一直看不清！"

经历磨劫的老人们捧出死难者的照片给我看，掀起衣襟露出一块块的伤疤给我看。他们还把埋藏在心头最隐秘的、羞于人言的深仇大恨讲给我听。啊！我的被欺凌和被污辱的同胞！

近百位老人悲怆地向我诉说了那一段不堪回首的历史，我的心在颤抖，我的神经像触了电！我惊愕了：这绿色古城的昨天，曾是一片血泊火海！

南京，因为她染上了太多的血，因而她生长了更多的绿。我对这绿荫森森的城市忽然陌生了，都市的喧闹声变成了三十万鬼魂的呼号。拧开自来水龙头，我感到水中还有一丝丝难闻的血腥气。见到马路边从地下崛生起来的一条条银灰色的梧桐树根，我疑心是死难者枯朽了的根根白骨。中山路上一盏盏金红色的街灯，可是遇害者淌血的眼睛？

今天人流如潮的鼓楼商业区，当年是尸山血塘！车水马龙的新街口矗立的高楼金陵饭店，五十年前是赶马车的崔金贵搭芦席棚躲避日本兵的地方。他对我说："日军进城的第二天，新街口横七竖八地躺满了中国人的尸体。对面那幢粗大的黑色圆柱支撑的中国银行，那时是日军的司令部！苍松如涛的灵谷寺四周，当时尸横遍野，白骨散乱，三千多位遇害者丛葬，立了一块'无主孤魂碑'！"

一位目睹当时情景的外国传教士曾说："知道但丁在《神曲》里描写的炼狱的人，就不难想陷落时的南京。"

从 1937 年 12 月 13 日至 1938 年 1 月的四十几天时间里，侵华日军在南京屠杀了三十多万个中国人。三十多万个生灵，是三十多万条生命！三十多万个人排起来，可以从杭州连到南京！三十多万个人的肉体，能堆成两幢三十七层高的金陵饭店！三十多万人的血，有一千二百吨！三十多万个人用火车装载，需两千五百多节车厢！

震惊中外的"南京大屠杀"是与奥斯维辛集中营一样的人类毁灭人类的大悲剧！它是兽性虐杀人性、野蛮扼杀文明的记录！那是人退化为野兽的日子！

我从金色的天堂之门进入了黑色的地狱之门。我见到了从来没有见到过的一群又一群怪物。是人？是神？是兽？是魔？是妖？是鬼？我听到了从来没有听到过的狞笑、悲号、惨叫、乞求和祈祷。

这是人间的不平和人类的不幸！

〔第一章〕

十三——黑色的数字

　　像东方人迷信佛教一样，西方人迷信《圣经》的神圣。《圣经》中说，耶稣与他的十二个门徒共进晚餐，紧靠在桌边的犹大显得卑劣和恐惧，右手紧握着出卖老师而获得的一袋金币。因为犹大的出卖，耶稣被钉死在十字架上。因此，"十三"是个不吉祥的、黑色的数字。

　　荷兰的街道上找不到十三号门牌，英国的电影院里没有十三排和十三号座位，美国人不在十三这一日出门。

　　就在这一天——1937 年 12 月 13 日，侵华日军五个师团杀进了当年的南京！

　　12 月 13 日，是西班牙的马德里向拿破仑投降的日子。

　　12 月 13 日，是沙俄军队占领中国旅顺港的日子。

　　12 月 13 日，是一个灾难的日子！

陷　城

夜深了，枪炮声渐渐稀落下来，只有城内的一些地方还朝漆黑的夜空发射一串串红红绿绿的信号弹，这是汉奸们为敌机指示轰炸的目标。

中华门城楼上，团长邱维达刚刚指挥过一场激战。两个小时以前，三营营长胡豪来电话报告，中华门与水西门之间城墙突出部有一段已经被突破，攻城的日军正在用绳梯向上攀登。

透过黑蒙蒙的夜雾，巨龙般的城墙已经被日军的飞机和炮弹轰塌了好几处垛口。雨花台下午已经失陷，此刻，这里就是第一线了。他在电话中发出命令：

"挑选一百名精壮士兵组成敢死队，一小时内将敌人反击出去，任务完成，官兵连升三级！"

放下话筒，他走出指挥所，命令机枪大炮直接掩护。这时，勇猛的胡豪率领敢死队吼叫着冲入敌阵。刺刀与刺刀相击，寒光与寒光相映，枪弹对射，鲜血飞溅，杀声震天。顽固的敌人与无畏的勇士抱成一团，厮打着、搏斗着，有的一齐滚下了城墙！不到一小时，突入城墙的敌兵全部肃清，还被活捉了十多个。短兵相接中，胡营长和刘团副都中弹倒下了。

这时，师长王耀武来了电话："全城战况很乱，抵抗已不可能，为了保存实力，部队在完成当前任务后，可以相机撤退，撤退方向为浦口以北。"

放下电话，中校团长邱维达立即感到情况不妙。敌人还在反扑，战斗正在继续，怎么能撤退呢？他拿不定主意，只好找来几位连长、营长一起研究撤退方案。

手电筒在地图上照了几下，雨点般的机枪子弹就朝指挥所扫过来了。邱团长左腿中弹，正伤着动脉，血流如注，只好用担架将其抬下城墙。一直到下关，他才苏醒过来。

接到撤退命令的部队大都撤下了阵地。13日凌晨零点十分，日军第六师团的前锋长谷川部队攻入了南京十九座城门中最坚固的中华门。接着，日军的冈本部队也冲入城内。南京城的南大门陷落了！

凌晨三点，守卫中山门的国民党中央军官学校教导总队和保安警察第二、第四中队在激战了三天后，损失惨重。敌人连续重炮猛轰，守城官兵奋勇抵抗。但钢筋水泥筑成的永久工事，却经不起任何炮火的轰击。原来工事的横梁用竹子代替了钢筋，虽然外面抹了水泥，里面的竹子早就腐烂了。教导总队是蒋介石的铁卫队，不仅装备精良，干部又都是蒋介石的亲信，怎么受得了这样的屈辱？当时群情激愤，一致要求报告蒋介石，严惩修筑城防工事的警备司令谷正伦。

又是一阵猛烈的炮击，金红色的炮火和灰黑色的硝烟在城墙上升腾。又有一些人倒下了，伤兵们在不停地呻吟。守城的官兵明知大势已去，还是狠狠地发射了一阵炮弹，捷克式机枪的弹雨密集地向城外的日军阵地扫射。

德国装备的教导总队的官兵和警察开始退却了。

天慢慢地亮了，攻击南京东城中山门的大野和片桐部队的日军狂叫着冲过铁丝网和护城的大水沟。有一些日军在冲到卫桥时，踩响了地雷，死伤了十几个。

先头冲向城门的日军不顾城墙上掩护撤退的守军居高临下的射击，像黄蜂一样从被轰塌的缺口处爬上了城墙。有的吼叫着去搬掉封住城门的沙袋，一部分日军在城墙上下搜索守城的中国军人，遇有不能动弹的伤兵，便恶狠狠地用刺刀一个个地杀戮。

失去了抵抗力的守军成了侵略者的俘虏。十多米高的中山门城墙上，排列着一队放下了武器的国民党官兵，他们用惊惶的目光看着战胜者凶狠而骄横的神态。寒风飕飕，他们颤抖着。

日本兵端着明晃晃的刺刀冲过来了，他们吼叫着，一个一个地朝着俘虏的胸部、腰部猛刺，鲜血飞溅。随着一声声呐喊和惨叫，俘虏们一个又一个地被捅下了高高的城墙。

协助二五九旅守卫光华门的八十七师副师长兼第二六一旅旅长陈颐鼎，望着茫茫夜空，倾听着远远近近稀落的枪炮声，心中急得火烧火燎。已经是13日凌晨了，无线电台与师部联系不上，中山门方向的城墙上已经看不到什么守兵，黄埔三期的青年军官纳闷了。正在这时，派去打听情况的孙天放副旅长骑着自行车气喘吁吁地回来了，他说："有不少部队都撤退了，下关很乱，没有人指挥，很多人挤在那里，看样子南京不守了。"

陈颐鼎想：不会吧，既然撤退，我们怎么没有接到命令呢？何况眼前与敌人正面对峙着。背后是护城河，右边老冰厂高地上的敌人封锁了去光华门的通路。但不知为什么，光华门也听不到炮声了，他还是指挥部队抵抗。天微微亮了，城内好几个地方起火了，好像是新街口和鼓楼。二六一旅已经牺牲了两三百个官兵，伤员增加到五百多，眼下进退两难。他不敢撤，因为战前是立过军令状的。

陈颐鼎拿起电话，想与守卫光华门的二六〇旅刘旅长联系一下，叫他往这边靠近。电话不通，原来二六〇旅已经撤退了。

不能再犹豫了。陈旅长召集营以上军官在一间小房子里开了会。大多数人说，只有撤退，才能脱离包围。他不敢擅离职守，他的部属一个个在决议上签名，表示共同负起撤退的责任。

残兵败将抬着伤兵，跌跌撞撞地穿过弹雨，向着城西北的长江边逃命。

光华门城墙内外的散兵壕里填满了尸体，横在道路上的沙包和圆木还在燃烧，旁边躺倒着不少死者。日军的坦克车轰隆隆地从尸体上轧过去，冲过了五龙桥，冲过了午朝门！

南京沦陷了！12月13日这一天，日本侵略者的随军记者们以最快的速度，向日本国发出电讯：

【同盟社大校场13日电】大野、片桐、伊佐、富士井各部队，从以中山门为中心的左右城墙爆破口突入南京城内，急追败敌，沿中山路向着明故宫方面的敌中心阵地猛进，转入激烈的街市战，震天动地的枪炮声在南京城内东部响个不停。敌将火器集中于明故宫城内第一线主阵地，企图阻止我军的进击，正在顽强抵抗中。

《朝日新闻》在12月13日日本侵略者攻入南京城时主要以照片的形式发了号外。《读卖新闻》在同一天的"第二晚刊"上也用《完全置南京于死地》《城内各地展开大歼灭战》的标题进行了报道：

【浮岛特派员13日于南京城头发至急电】由于我左翼部队渡扬子江占领浦口，正面部队拿下了南京各城门，敌将唐生智以下约五万敌军完全落入我军包围之中。今天早晨以来，为完成南京攻击战的最后阶段，展开了壮烈的大街市战、大歼灭战。防守南京西北一线的是白崇禧麾下的桂军，粤军在城东，直属蒋介石的八十八师在城南各地区继续垂死挣扎，但我军转入城内总攻后，至上午十一时已控制了城内大部分地区，占领了市区的各重要机关，只剩下城北一带尚未占领。市内各地火焰冲天，我军乱行射击，极为壮烈，奏响了远东地区有史以来空前凄惨的大陷城曲，南京城已被我军之手完全置于死地，对事变以来的战局来说，重大的审判业已降临。

江水滔滔

败兵像潮水般向江边败退。

营长欧阳午听说挹江门被堵塞了，就带着三个步兵连、一个重机枪连和一个迫击炮排从煤炭港方向来到下关，这时，是13日的零点。

下关码头人山人海。欧阳午挤来挤去地找他的团长张绍勋，张团长没有找到，却遇到了二一五团的伍光宗团长。伍团长说："这个时候哪里找得到人？你快带部队找船过江吧。"

哪里去找船呢？沿江马路挤满了退下来的散兵、败兵、火炮、车辆和逃难的男女老少，哭喊声、叫骂声连成一片！日本侵略者的侦察机不时像旋风般地飞过来，在江边扔下几颗刺人眼目的照明弹，吓得人抱着头到处乱跑乱叫！

虽是寒冬天气，江面上黑压压的全是人。没有船，他们用门板、木盆、柜台、毛竹、电线杆，连肉案子和水缸都抬出来当作渡江器材，也有因为争夺渡江的木头而相互开火的。只要能找到漂浮的东西，都抱着往江里跳！敌人的舰艇已经突破乌龙山炮台，用机枪向着江面乱扫！枪弹飞进，江水滔滔，江上鬼哭狼嚎！

传令班长王锦民带来了十多个士兵，一个个手拿驳壳枪，好不容易从粤军第六十六军控制的船中搞来了四条。船少人多，还没有等到靠岸，都像饿虎扑食似的跳上去了，有的船当场翻沉，重机连和炮排都没有上船。天亮到达江北，欧阳午一点人数，全营只有一百多人渡过了长江。

与陈颐鼎将军相比，营长欧阳午还是走运的。陈颐鼎带着残部天蒙蒙亮赶到下关车站时，碰到了师部的一位副官。这时他才消除了擅离阵地的恐惧心理，因为军长王敬久和师长沈发藻头天就撤退到了江北。他又气又急，稀里糊涂地打了五天的南京保卫战，不但上级的面一次也没有见到，连撤退命令都传不下来。要紧的是眼下，怎么带领部队渡过长江？

他和二六〇旅旅长刘启雄研究，胖乎乎、黑乎乎的刘旅长说："走上新河，向芜湖方向突围！"

陈颐鼎说："不行，日本侵略者是大包围，先失芜湖，再打首都，还是沿江边到龙潭，走山路往浙江方向去。"

性情暴躁的刘启雄不同意，他说："发饷！每人十万中国银行的票子，先到难民区去躲一躲再说！"

他带了一些人进城了。近百人跟着陈颐鼎往下游走，越走人越多，不是八十七师的官兵也跟上来了。大家一看领子上一条红杠加一颗金色三角星的将军在前面走，都抱着生的希望紧随这位穿甲种呢军服大衣的人。陈颐鼎是下关码头潮水般退下来的败兵中军阶最高的指挥官。他一边走，一边喊："跟上！跟上！"

午饭后走到燕子矶，他坐在山坡上休息。认识和不认识的士兵围着他喊："旅长，我们听你指挥！""旅长，我们跟你行动！"

陈颐鼎布置警卫排在山头上放好哨，叮嘱说："日军往南京去，不要睬他，只监视，不鸣枪，天黑我们往茅山方向去。"放好哨，就集合起这支两三千人的杂牌军讲话，讲完目前险恶的处境，他要大家临危不惧，还讲了突围方向。接着是编组，军官、军士、战士各站一边。正编着组，山上的哨兵鸣枪了。一听枪响，几千人哄的一下散开了，争先恐后地又往下关方向逃。

哨兵从山上飞跑下来，嘴里高喊："日本人上山了，快跑啊！"卫士们拖着旅长往江边走。江边没有船。陈颐鼎回头一看，日军已经从山上冲下来了，连黄军服上的红领章都看得清清楚楚。眼看走投无路，他拔出手枪准备自杀，身旁的卫士一把把他抱住了："旅长，不能开枪啊！""我不能当俘虏！"他挣扎着。正在这危急关头，孔副官和特务排的张排长不知从哪里找来了一块被敌机炸毁的船板，几个人七手八脚地推着陈颐鼎抱住木板，穿着黄呢子服的将官泡在江水中喊着：

"都来，弟兄们，要死大家死在一起！"

木板顺着江水朝下游漂去。江上黑压压的都是逃命的人。日军的轻重机枪一齐朝江里扫射，弹雨在江面上激起了一片片的水花，呼喊"救命"的声浪撕人心肺。漂了不到二三十米，木板就沉下去了。卫士们一看不好，七八个人有三四个放开了木板。有的喊一声"长官，保重！"就沉没了。

陈颐鼎抓着木板的一角。身边只有两个卫士了，木板斜立着，在江中时沉时浮。淹死的和被敌舰射杀的尸体不断从身旁漂过，少将陈颐鼎悲愤万分，江水和泪水一齐在脸上流淌。

正在挣扎的时候，不远处漂来用好几捆用芦柴扎成的浮排，一个人手拿着一块被单当作风帆站在上面。卫士向他高喊："弟兄，给两千元，救救我们旅长！"

　　呛了几口水的陈旅长也哀求着："帮帮忙，帮帮忙！"

　　芦苇上是一个二十多岁的年轻人，他一见水中漂的是一位将军，又想救，又为难，就说："不好办呀，我上面还有一部脚踏车！"

　　"掀掉，我赔你新的！"陈颐鼎趁着芦苇捆擦肩而过的机会，一手抓住了这个浮排。他手脚都麻木了，迎着江上的西北风，冻得浑身瑟瑟发抖。

　　救他的年轻人是教导总队的看护上士，叫马振海，安徽涡阳人。士兵和将军在芦苇上漂浮，像一苇渡江的达摩。直到天黑，两个人高一脚低一脚地从烂泥中爬上滩头，他们朝有灯火的地方走去。鱼棚里的老人说："这是八卦洲，你们还在江心！"

　　八卦洲上从下关漂浮过来的人成千上万，上坝和下坝两个村镇都挤满了人。日军的舰艇包围了这片沙洲。陈颐鼎在这里找到了他的几个士兵。在一个大雾弥漫的清晨，马振海和几个士兵捆扎了一个木排，士兵们挎着枪保护着旅长。终于，他们悄悄地渡过了夹江，逃出了沦陷的南京。

　　也有许多人逃不出南京，也过不了长江，那又是另一种命运了。五十年后的今天，白发苍苍的陈颐鼎悲痛地对我说："作为将领，我对不起我的士兵。13日凌晨两点我们从阵地上撤下来，路过吴王坟时，两三百个断腿断臂的士兵跪在地上拦住我，哭喊着要求带他们一起走，我当时心都碎了，都是久经患难的弟兄嘛，怎么丢得下呢？可当时实在没办法，我只好流着泪向他们道歉。抗战胜利后，中校营长陈国儒和一位姓段的连长都拄着拐棍对我说，吴王坟旁边那两三百伤兵都被日军杀害了，他俩是从死人堆里爬出来的！"

　　那一天，教导总队参谋长邱清泉是扮成伙夫后混出城的；从雨花台败退下来的师长孙元良是化装后乞求老百姓掩护才脱离虎口；中校参谋主任廖耀湘是靠燕子矶的一个农民黑夜用小船送到江北的；守卫光华门的工兵营长钮先铭逃到长江边的永清寺，化装成和尚，几个月才避过灾难。每一个经历过这场浩劫的幸存者，都有一个死里逃生的故事。

戴一副紫色秀郎架眼镜，讲一口浓重的四川话的严开运，现已年逾古稀，但对 1937 年 12 月 13 日这一天的大败退记忆犹新。当时他是小炮连的代理连长，他带领队伍撤退时天已经黑了，从太平门、和平门往下关的城墙边跑，路上不断出现"小心地雷"的白色标记。小炮连又有骡马又有炮，两个小时的路程走了四个小时，到下关的时候，已是 13 日凌晨了。

码头上乱成了一锅粥。成千上万的人在那里等待过江，可眼前没有一条船，连一块木板都难找。有些士兵竟狠砍起船上的铁链，妄想用浮码头渡过长江！严开运一见这种混乱场面，立即命令把炮推入江中。一听说沉炮，士兵们有的流下了眼泪。这些德国造的苏罗通小炮，曾伴随他们激战淞沪、保卫南京。严开运对大家说："事到如今，我们总不能把武器留给敌人！"

火炮推入长江后，骡马也让它们自由了。等到再集合起来时，人都挤散了，全连只剩下了三十多人。黄埔十期的毕业生严开运又急又气，只好带着这些散兵沿江而上。人越来越多，有军人，也有老百姓，照样是一片混乱。

赶到上新河时，天快亮了。前面响起了枪声。退下来的人说："到芜湖去的路被日本人封锁起来了！"

"打！"有人愤怒地喊。一个军官大声疾呼："弟兄们，拼啊！我们走投无路了！""拼啊，不能当俘虏！"人群中又有人高呼。

混乱的队伍顿时像潮水般地向敌人冲锋。小炮连的班长拔出手枪，炮兵们的步枪上了刺刀。敌人的轻重机枪一齐吼叫，许多人倒下了！

冲在最前面的士兵抓获了一个鬼子。押到后面来时，有用拳打的，有用脚踢的，有用刀戳的，还有用牙咬的。

严开运身边只有四个士兵了。他带着他们沿着江边的洼地运动，想在三汊河边设法过江。

洼地上，躺着一个受了重伤的军官，正一阵一阵地呻吟。见到有人过来，他一下拉住严开运的衣角，哀求他说："做做好事，补我一枪吧，免得活受罪。"一个叫戴勋的举起手枪准备打，严开运狠狠地瞪了戴勋一眼，他欺骗伤员说："后面有担架，你再等一等，我们要向前冲。"

三汊河的夹江边人也很多，能当作泅渡器材的东西早就没有了。后来一个背着步枪的士兵骑着一头水牛下了江，向前走了五六米，牛就回头了，他用树枝条狠劲地抽打，牛拱了几下，骑牛的士兵随着江水漂走了。严开运他们四个人找了四只粪桶，每人解下绑腿带，翻过来扎成了一个筏子。四个人抱着粪桶在江中沉浮。

忽然，由远而近响起了一阵尖厉的呼啸声，几架敌机在江面上盘旋扫射，弹雨在四只粪桶周围溅起一串串的水花。正在这危急的时候，一个四十多岁的中年人划了一只小船从北岸过来，他把小炮连的四个官兵救出了险境。严开运踏上江北的土地时，已是 13 日的傍晚了。

像洼地里那位重伤的军官一样，三〇六团团长邱维达在中华门城楼上负伤被抬到下关后，失去了生的信心和希望。他躺在担架上，吃力地对副官说："把我抬到这里干什么？与其当敌人的俘虏，不如战死！"他把身上的钱都掏出来，"你们拿着走吧，路上好用，不要再管我了！"

副官和抬担架的士兵都不愿离开，有的说："团长，我们死也要死在一起！"

"好吧，既然我们不能等死，那就想办法找东西过江吧。"邱维达说。

两组人各奔东西。在嘈杂的叫骂声和吵吵闹闹的喊声中，江上忽然传来一阵呼喊声："五十一师邱团长在哪里？"邱维达精神一振，立即叫人去江边寻找。

声音是从煤炭港方向传来的。离岸二百米的地方有一艘小火轮，得知担架上躺着的就是邱团长，船上的一位副官说："我是王师长派来接你的！"

原来五十一师师长王耀武过江时，交通部部长俞飞鹏问："还有什么人没有过江？"王耀武说："邱团长还在后面，负了重伤。"俞飞鹏把这艘船交给了王耀武。

船还没有靠岸，许多人都跳入江中朝船游去，有的当即沉没了，有的被江水冲走了，攀在船舷上的人差一点要把船弄翻。水手们不敢靠岸，只好用绳子系住邱维达的腰，像拉缆绳一样地把他拖上船。

邱维达又昏过去了，船上的一位军官拿出一瓶云南白药交给副官："灌下去就会醒的。"

邱团长醒过来后，得知给云南白药的军官是总指挥部的高参，叫何无能。两个人谈起了这场败仗："请问总指挥所在什么地方？为什么一直联系不上？"

"坦率地说，唐总指挥负此重任，一点准备也没有，仓促上阵，连各部队的指挥系统和兵力驻地都搞不清。"

"你们总指挥部对守城部队下过几道命令，通报过几次情况？"

"这是参谋长的事，我不管这些。"

"开始喊'誓与南京共存亡'，为什么现在命令撤退？"

"口号谁都会喊，要真正做到是难上加难的。"

"既然准备撤退，为什么不准备好过江的船只呢？"

"为船只的事开过一次会，有位军事家建议按《孙子兵法》说的办：置之死地而后生，背水一战，才能'与南京共存亡'。所以唐司令长官下令：部队不准出城，南岸不许留船，说是为了守城胜利。这不，我们不是胜利了吗？胜利地败退！"

"谢谢何将军的指教，再见！"

汽笛呜呜地响了几声，船将靠岸，邱团长的伤口更痛了。

军刀出鞘

13日一早，已经躲入安全区的汽车司机徐吉庆，听到外面轰隆隆的响声，便出门探出头来。一看，不得了！马路上坦克车一辆接着一辆，骑着大洋马的日本兵手里举着血淋淋的长刀，端着枪的鬼子正在砸门，门上用粉笔写着："××部队""×××部队"。

正当他惊恐地看着这一切的时候，啪啪两枪，华侨招待所门口的两个中国人倒下了，徐吉庆连忙缩回脑袋。

刘修荣不敢出来，他听到外面打枪，就用被子蒙着头蜷曲在床上，他才十六岁，他怕。

门被砸开了。几个满脸胡子的日本兵端着雪亮的刺刀就往被窝里戳。刘修荣肚子上被刺了两刀，疼得哇哇地叫。哥哥听到弟弟的哭叫声，跑过来用身体挡住弟弟，三四把刺刀刺过来，还打了一枪，哥哥死了。

面对着明晃晃的刺刀，四十五岁的韩老六吓坏了。房东张老板的两个儿子都被砍掉了头，刚刚结婚的二十岁的儿子小斌被刺得哇哇直叫。韩老六发疯似的冲过去想救儿子，几个凶恶的日军在小斌的肚子上捅了三刀，又把韩老六扔进了水井，还砸下去两块大石头！

12月13日，是日本侵略者发动南京扫荡战的第一天。城东和城北还响着零零落落的枪声，溃退的国民党守军有的还在抵抗。市区的马路上，败兵们丢下了许多军服、枪支、背包、刺刀和火炮。太阳旗已在南京的城墙上飘扬，侵略者像追杀兔子一样追杀着中国人。

上午十一点，一队日本侵略者冲入了外国人管理的安全区。瘦高个子的美籍教授费吴生和另外两个金发碧眼的外籍委员赶忙迎上去好言安慰，还小小地招待了一番。一出门，日本兵就变了脸。一伙中国难民一见日本侵略者就慌忙奔跑。枪弹齐发，二十个无辜的中国人倒下了。五十岁的社会学博士贝德士惊愕地责问杀人者，日本侵略者的回答是"因为他们跑"。

其实，跑与不跑都是一样结果。躲在永清寺石榴园中的一群难民，一动不动地被杀死了四十六个。已经解除了武装的五百多名中国官兵被押到司法院后，被机枪扫射和烈火烧死。被绳子捆绑着的难民要跑也跑不掉，也逃不脱杀戮的命运。12月13日那天，国民政府军事委员会高参刘柔远在去难民区躲避的路上，见到了一千多人被日军看押着，臂膀与臂膀都用绳索缚在一起，有西装笔挺的，有长衫拖地的，有光头赤脚的，有穿衣戴帽的，也有的是十三四岁的孩子。

突然，机关枪嗒嗒嗒地扫射，子弹打在人的身体，立刻着起火来，遇难者在地上翻滚呼号。

还有更残暴的事情。长江边的棉花堤旁，日军的一个伍长和一匹军马在激战中被中国军队打死了。12 月 13 日这一天，鬼子从地洞里拉出十三个老百姓，令其跪在墓前，用东洋刀一刀一个地砍下了十三颗血淋淋的头颅，并摆在木板制作的墓碑前面，红色的头颅旁，有两束黄色的野菊花。这是我去棉花堤采访时，目击者钟诗来提供的。

从这天起，南京没有了光明。下关电厂的工人们都躲起来了。日本驻华大使馆的外交官助理福田和马洌虽然在使馆的屋顶上升起了一轮"旭日"，但晚上只好在蜡烛光下欢庆他们的胜利。冈崎胜男大使和福井总领事打开了罐头和酒瓶盖，向原田熊吉、长勇、佐佐木一等人举杯庆贺。

"今天，我的支队打了一万五千发子弹，加上装甲车歼灭的以及各部队抓到的俘虏，共消灭了两万多敌军！"旅团长佐佐木说。

一阵哈哈的大笑声。

烛光像鬼火般地摇曳着。

这一天晚上，日本列岛也喝醉了酒。帝国陆军占领南京的消息引起了大和民族的狂欢，全国举行提灯游行。东京成千上万人涌向皇宫，高呼"万岁"。日本的夜空升起了一万个"太阳"。侵占是人心理上的一种欲望。

南京在"太阳"下哭泣。

〔第二章〕

白太阳与红太阳

国军的将领们

松江失守！昆山失守！上海失守！打了三个月的淞沪会战以国民党军的全线溃退而告终。败下阵来的国军四散逃命。被炮火和弹雨打得破破烂烂的青天白日旗在寒风中悲泣，失了血的白太阳更加苍白了。散兵们蜂拥般地沿着沪宁线撤退、撤退，撤到了离上海六百里的首都南京！

高举着红色的太阳旗，日军不停地追击。

两个太阳朝着一个方向运动。

南京危急！蒋介石立即召集他的高级幕僚研究对策。一阵由远而近的飞机尖叫声响过后，紧接着是不断的爆炸声。城内不知什么地方又挨日机的炸弹了，这座坚固而美丽的楼房也微微震动。8月以来，日军的飞机多次飞临南京上空狂轰滥炸，蒋介石和他的办公机构大都转移到地下和郊外了。

017

第二章　白太阳与红太阳

作战组长刘斐是个稳健派。他慢吞吞地说："日军利用陆海空的优势包围南京，南京不宜固守，我主张象征性地防守一下就主动撤退。"

副总参谋长白崇禧点头赞同："应该这样。"

蒋介石神情严肃而茫然。他抬头转到总参谋长何应钦面前。何应钦以矜持老成闻名。他先说刘斐的意见"有道理"，但又说需要研究，含含糊糊，模棱两可。

军令部部长徐永昌说了一些似是而非的话，最后一句是："一切以委员长的意旨为意旨。"

两天后继续开会。人比第一次多了几个。

蒋介石笑着问军事委员会常务委员李宗仁："德邻兄，你对南京守城有什么意见？"

"我不主张防守。从战术上来说，南京是个绝地，无路可退，加上我军新败之余，士气不振，还是撤退为上。"

穿着深蓝色呢军服的德国首席顾问哇啦哇啦地说了一通外国话，言辞很激烈。他竭力主张放弃南京，不作无谓的牺牲。

没有人说话。有人叹气。蒋介石的神情显得有些忧虑和伤感。

唐生智忽地站立起来，慷慨陈词，语惊四座："南京非固守不可！淞沪一战，我军损兵折将，若再失首都，将何以向四万万民众交代？将何以对孙总理在天之灵？我意坚守南京，誓复国仇！"

正患阿米巴痢疾的警卫执行部主任唐生智说的这一番激昂的话，使沉闷的空气一下子活跃起来，大家交头接耳，议论纷纷。蒋介石阴沉的脸上有了一丝笑容。其实，唐生智已经摸清了蒋介石准备固守南京的心思，又经他任用的佛教密宗居士顾伯叙的极力撺掇，他自以为下了一着好棋。

果然，蒋介石亲切地叫起了唐生智的号："孟潇的意见很对，值得考虑，我们再研究研究！"

事不过三。第三次高级幕僚会议上，蒋介石一反忧虑而严肃的神情，坚定地说："南京是我国的首都，为国际观瞻所系，又是总理陵寝所在之地，对全国人心有重大影响，我个人是主张死守的！"

没有人附和。"守南京问题就这样定，大家看谁来负责好？"

还是没有人作声。蒋介石看了看四周："如果没有人来任卫戍司令长官，那只有我来负此责任了。"唐生智打破了沉寂："军人以身许国。委员长如果没有预定人选，我愿负此责任，誓与南京共存亡！"

就在蒋介石赞许唐生智"好"的时候，李宗仁心里明白：唐生智是想乘此机会掌握一部分兵权，以做日后争权夺利的资本。唐生智自1930年讨蒋失败后，一直没有兵权。警卫执行部主任是个负责构筑国防工事的角色。曾经拥有两湘重兵的唐生智，因为不满何应钦等当权派的统治，所以积极投靠蒋介石。对于南京的防守，他认为日军不会不顾国际舆论真正进攻，也可能采取攻而不入的办法，迫使中国求和。

蒋介石也有他的盘算。叫唐生智担任南京卫戍司令长官，自己就可以脱身逃离前线，还能利用一下唐生智与白崇禧之间的矛盾。再说一星期后，西方国家将在布鲁塞尔按照九国公约的条款举行会议，他们可能会对日本采取一些强硬的行动。退一步说，如果西方国家不出面干涉，汪精卫在中山陵的公馆里与德国驻南京大使陶德曼正讨论着日本提出的和谈条件，守一下南京可能使日本做出些让步。

中英文化协会的礼堂里，华灯齐放，觥筹交错。卫戍司令长官唐生智招待外国新闻记者和留守南京的外籍人士，显得信心十足。他放下酒杯，讲话了：

"卢沟桥事件以来，我军在各地多遭挫败。但吾人将屡败屡战，直至最后胜利。"他不会英语，特请中英文教基金会总干事兼金陵大学校董会的董事长杭立武帮忙翻译。

"本人奉命保卫南京，有两件事是有把握的：一、本人及所属部队，誓当寸土必守，不惜牺牲，愿与南京共存亡；二、这种牺牲将使敌人付出莫大之代价。"听到这里，杭立武不敢翻译了。

"怎么？"唐生智问。

"唐长官，你说这话是要负责任的啊！"杭立武说。

"你不相信我？"

一见唐生智理直气壮的模样，杭立武用慷慨激昂的语调翻译出来。记者们热烈鼓掌。

唐生智叫他的参谋科长谭道平起草的《南京防守计划》已经送给了蒋介石。防守的重点不在周边，而是在复廓阵地。为了扫清射界，不让敌人有可以利用的地形，同时显示"焦土抗战"的决心，城墙四周火光冲天，不少营房和民房烧为灰烬！城门上写上了醒目的大字："誓复国仇！""保卫大南京！""誓与首都共存亡！"

蒋介石一身戎装，在其随从的簇拥下，视察了一番复廓阵地。站在高高的紫金山上，他用望远镜看了下四周，说："南京东南一带山岭起伏，利于防守，北有长江依托，形成天然要塞，至少可守两个月。只要守住两个月，就有时间整编生力军以解南京之围了。"

站在顾祝同身后的卫戍司令部参谋处第一科长谭道平心中暗暗发笑，不禁脱口而出："两个月？能守两个星期就不错了！"

谭道平是唐生智的湖南同乡，又是老部下。他已经从唐生智那里领了一千元的安家费。他心里明白，守城的十几个师在淞沪战场上已经伤亡近半，补充的新兵连枪都不会放。卫戍司令部情况不明、指挥不灵、人力不足，敌军还没有到，内部已经混乱了。

蒋介石也明白这一切。对布鲁塞尔的九国会议所抱的美好希望已经成了破灭的肥皂泡，因为"没有一个同情中国的国家愿意采取制止日本或使日本放宽和平条件的行动"。他只好一面摆出抗战姿态，一面像等候救星一样等候斡旋和平的陶德曼大使从日本飞来。

12月2日晚上，蒋介石在四方城那幢绿树环抱的小公馆的客厅里迎来了这位和平之神。值得庆幸的是，和谈的条件没有变。除了第一条承认伪满和内蒙独立，其余五条都可以接受。这件事，他已征询过幕僚们的意见。他必须当机立断。他要陶德曼转告日本，同意以这六条为谈判的基础。他说："日本人说话不算数，我信任德国，德国是我们的好朋友，希望你始终担任中日两国的调停人。"

蒋介石的预见言中了一半。他和陶德曼在四方城的小客厅里会谈的同时，帝国大本营发表了《解决支那事变的建议草案》，条件更苛刻和强硬了。就是已经加了码的新的更苛刻的和平条件，近卫内阁中的一些人还不同意作为谈判的基础。他们的目的是：一定要叫中国丢尽脸！

兵临城下

就在蒋介石会见陶德曼大使的同一天——12月2日，侵华日军华中方面军司令官松井石根向他的部队发布攻克南京的命令。他当天的《阵中日记》中这样记载：

"今晨全军再次受领进攻南京的命令，方面军司令官聆听训示，第十军奉命于12月3日、派遣军奉命于12月5日发起攻击。海军奉命迅速解除江阴附近之封锁，开辟长江水路，伴随陆军前进，送派遣军之一部在江北登陆，准备切断江北运河及津浦铁路之交通。"

用日本人自己的话说，各部队接到命令后，"如脱缰的野马日夜强行军"。行军的队伍中还常常混进从淞沪战场败退下来的中国兵，直到天亮才发现。

这天天气很好。午后二时，日军三菱式战斗机十多架空袭南京，起飞迎击的是苏联盟军空军志愿队。追击、盘旋、俯冲，蓝天上炮声阵阵、硝烟滚滚。中国的领空，由敌国和盟国在交战！据一位目击者说，交战不久，忽见天上一团浓烟烈火坠落下来，一名苏联飞行员摔落在笔者现在居住的院子旁边。

猛虎般的日军争先恐后地扑向南京。南京危急！7日晚上，蒋介石挽着宋美龄的臂膀出席南京守城部队师以上干部会议。在唐生智公馆的大厅里，三十多位将领紧张地静听委员长的训话：

"抗战爆发已经五个月了，虽然我们丧失了一些地方，但军民英勇抗战，已在国际上获得同情。"他停了一下，看了看将领们的表情，没有人鼓掌，他继续说，"现在，本人为统筹全局，不得不离开南京。南京是我国首都，为国际观瞻所系，又是总理陵墓的所在地，因此一定要顽强固守，不能拱手让给敌人！各部队长要在唐长官的指挥下，抱定不成功便成仁的决心，克尽革命军人保国卫民的天职！"

蒋介石讲了一个多小时。最后他表示："西安事变以来，本人坚定了以身许国的决心。希望大家同心协力，努力固守，争取时间待援，一旦云南生力军赶到武汉，本人亲率部队来解南京之围。"

唐生智以悲壮的语调又一次表示了"誓与南京共存亡"的决心。大家你看看我、我看看你，一个个都走了。

轿车发动了。大校场上的专机也发动了。唐生智送蒋介石夫妇上车时，蒋介石拉着唐生智的手说："患难见真情，孟潇珍重！"

"我可以做到临危不乱、临难不苟，没有委员长的命令，我决不撤退！"

轿车响了一下低沉的喇叭，开出了唐公馆，直接开到了飞机场。专机腾空而起，朝着漆黑的夜空西行。

二六一旅旅长陈颐鼎奉命从镇江带部队赶到南京东郊孝陵卫时，是12月8日上午。他认不得这地方了。教导总队的营房和公路两旁的村庄都成了一片瓦砾，烧焦了的门窗还在冒烟，只有路南孔祥熙的那幢公馆还是老样子。

他要到师部去受领任务。可走到中山门，城门都用麻袋包堵起来了，只留一个小口子，上面还架了一挺重机枪。守城门的武装士兵头戴钢盔，臂膀上别有一块"卫戍"两字的黄布臂章，恶狠狠地拦住他说："没有长官的命令，谁都不让进！"

这时候，前方响起了激烈的枪声。陈颐鼎立即往孝陵卫赶去，走到半路，一个军官向他报告："日本人追来了，还抓走了我们三个弟兄！"

陈颐鼎不相信，他拿起望远镜一看，日本人占领了孝陵卫西山，双方已经打起来了！

他哪里知道，这天早晨，孝陵卫前方的汤山镇在东路敌人猛烈炮火和机械化部队的攻击下，经过激烈混战，守军退到了紫金山东北。

这一天，围攻南京的西路之敌攻下了芜湖。晚上，五十一师师长王耀武坐着吉普车来到光华门外告诉团长邱维达："情况紧急，中路的敌军突破了淳化镇和方山，你们要调整部署，主力撤进城内！"

"咣！"一声巨响，一发重磅炮弹在玄武湖边百子亭唐生智的公馆上空爆炸，气浪震碎了玻璃窗，桌上的命令和通报被风吹得满地都是。

南京的周边阵地被敌人突破了！

兵临城下。围城的日本侵略者朝着南京古城墙开炮和轰炸。砖石飞进，烟尘滚滚！

中午，还在苏州的华中方面军司令官松井石根向日本侵略者发出了停止进攻的命令。他叫情报参谋中山立即将《劝降书》翻译成中文。

中山当即找来瘦长脸上架一副眼镜的翻译官冈田尚，说："最高指挥官希望，通过向敌军散发劝降书，双方达成协定，日军和平进入南京城，将两军的伤亡控制在最小范围。因此你赶快把这份劝降书翻译出来。"

经松井石根审阅后，劝降书连夜印刷了几千份。纸是四方形的。决定12月9日正午散发。

为了迫使唐生智投降，9日拂晓，日军发动全线进攻。天蒙蒙亮，飞机大炮就震天动地地响起来了，紫金山老虎洞阵地被敌人的飞机大炮狂轰猛炸，教导总队伤亡惨重，不得不退守第二峰主阵地！这时候，日军步兵三十六联队轰塌了光华门城墙一角，占领了城门的外廓！日军第十六师团用密集的炮火向海福庵和工兵学校猛轰，敌机轮番轰炸！

中午，一架日军飞机在南京城上空盘旋了几圈，雪花般的劝降书从空中飘落下来：

投降劝告书

百万日军已席卷江南，南京城处于包围之中，由战局大势观之，今后交战有百害而无一利。惟江宁之地乃中都古城、民国首都，明孝陵、中山陵等名胜猬集，颇具东亚文化精髓之感。日军对抵抗者虽极为峻烈而弗宽恕，然于无辜民众及无敌意之中国军队，则以宽大处之，不加侵害；至于东亚文化，犹存保护之热心。贵军苟欲继续交战，南京则必难免于战祸，是使千载文化尽为灰烬，十年经营终成泡沫。故本司令官代表日军奉劝贵军，当和平开放南京城，然后按以下办法处置。

对本劝告的答复，当于十二月十日正午交至中山路句容道上的步哨线。若贵军派遣代表司令官的责任者时，本司令官也准备派代表在该处与贵方签订有关南京城接收问题的必要协定。如果上述指定时间内得不到任何答复，日军不得已将开始对南京城的进攻。

日本陆军总司令官　松井石根

松井石根的命令并不见效。10日一早，东路日军的重炮向紫金山第二主峰阵地逐段猛轰，敌机扫射助战。涂有旭日旗的日军坦克轰隆隆地分两路掩护步兵向西山和中山陵冲锋！围城的日军炮兵一齐向南京猛轰。这天上午，三十多架敌机轰炸南京市区，大街小巷屋倒人亡，下关一带烈火冲天！

唐生智把劝降书往地上一扔，向守城部队发出命令：

"各部队官兵应抱与阵地共存亡的决心，尽力固守，不许轻弃寸土，动摇全军。若有不遵命令，擅自后移者，应遵委员长命令按连坐法从严惩办！"

他又拿起电话："要宋军长！"

七十八军军长宋希濂其实只有三十六师三千余人，他奉命在下关一带防守。他一听，是唐长官的声音：

"敌军迫近首都，全军必须尽力固守，背水一战！所有船只都由运输司令部保管，你部负责沿江警戒，禁止任何部队渡江，违者拘捕严办！"

宋希濂命令三十六师：

"关上挹江门，禁止部队出城！"

浴血奋战

12月10日十一点四十分，从中山门外的一辆日军吉普车中走出四个日本军人——华中方面军副参谋长武藤、高级参谋公平、情报参谋中山和翻译冈田尚。离规定的时间还有二十分钟，这是光荣和耻辱的时刻。武藤和公平两个人注视着中山门的动静。翻译官冈田在心中默默地祈祷，期望举着白旗的中国军使快些到来。

十二点整，依旧不见中国军使的人影。他们又等了十分钟。武藤副参谋长挥了挥手："没希望了，回去吧！"

日军开始全线进攻！

南京守军用猛烈的炮火和沸腾的热血迎击敌人！

紫金山主阵地

　　从老虎洞退到第二峰的教导总队副总队长兼步兵一旅旅长周振强，率领部队奋勇抵抗敌人的连续进攻。这时，筑有天文台的第三峰阵地已被敌人占领了。第二峰海拔三百五十米，比第三峰高一百米，它和主峰一样，都构筑有坚固的暗堡、堑壕和拉有铁丝网的散兵壕。

　　紫金山是南京的制高点。日军三十三联队在野田指挥下，利用黑夜的掩护，乘胜发起突击。突击队依靠强大的炮火支援，沿着陡峭的山坡，一步一步地向上攀登，勇猛地向守军阵地冲锋。

　　炮弹的爆炸声震天动地，强大的气浪把树枝和紫红色的土石抛向空中，树木燃烧着，大火映红了山峰。守军用机枪和集束手榴弹进行顽强抵抗，左侧有一支二百人的反冲击队伍配合，一次又一次地反复争夺，双方的伤亡都很大。

　　教导总队是国民党军按照德国步兵团的编制、用德国的装备、有德国顾问训练的德式团营连战术示范部队，又是蒋介石仿照希特勒建立的绝对忠于领袖的铁卫队，吃得比别人好，穿的是呢子服，每月比别的士兵多拿两块"袁大头"。组织纪律严密、战斗力强。他们死打硬拼了两天一夜，第二峰寸土未丢。

　　敌人开始了全面出击。炮兵火力延伸到守军的纵深地带，突击部队不断增援。乌龟一样的坦克车成群结队地掩护步兵开上来，守军的反坦克炮奋勇迎击。"轰！""轰！"两声，两辆日军的坦克被击毁了。炮火越来越猛。敌人开始火攻。紫金山烧红了。加农炮的穿甲弹雨点般地落下来，主阵地上的不少机枪掩体被摧毁了。硝烟弥漫。守军冒着炮火拼命还击。

　　一个机枪手倒下了，下一个又冲了上来。

激战中，周振强发现山下麒麟门一带灯火辉煌，这是日军的宿营地。他立即将情况报告给总队长桂永清，并和三旅旅长马威龙、工兵团杨团长一起建议，派兵奇袭敌人后方。德国步兵专业学校毕业的桂永清拿不定主意，他和唐生智商量后，打电话给周振强："现在兵员消耗太多，万一出击不成，守城的兵力就更不足了。"

日军的侦察气球高高地升起在紫金山上空，为他们的炮兵指示射击目标。穿甲弹一连发射了八九百发，有的一直打到梅花山、明孝陵，日军的飞机也不时来投弹扫射，三团阵地的火炮和机枪被炸坏了不少。团长李西开和团副彭月翔的指挥所设在明孝陵的墓道中，虽然敌人的炮弹和炸弹不断地在附近爆炸，部队伤亡了一半，但他们仍然不停地还击敌人。

小炮连的阵地在廖仲恺墓旁边。代理连长严开运带领全连负责防空和掩护教导总队的指挥所。12月12日，敌人的炮火打到了富贵山和地堡城，树木和枯草烧成了一片火海，士兵们冒着炮火，苏罗通炮乌黑的炮管监视着天空。下午四点左右，敌机尖叫着朝紫金山飞来，严开运指挥炮兵们猛烈射击。日军的一架轰炸机在空中爆炸了，一团火焰掉到了中山门外。阵地上的官兵高兴地欢呼起来。严开运立即跑进教导总队指挥所高兴地报告战果。参谋长邱清泉一边往小皮箱里装东西，一边说："打得好！五百元奖金以后发给你们，现在准备撤退！"

12日下午六点，防守紫金山的部队奉命撤退。拱卫南京的主阵地丢失了！

炮火中的光华门

趁着炸弹和炮弹升腾起来的浓烟尘土，日军的步兵手端上了刺刀的步枪，腰间挂着生红薯和手榴弹，一窝蜂地朝城墙的突破口冲来。

这里是八十七师二五九旅的一个团和教导总队的工兵营，以及保安警察第三大队第八中队的阵地。军长王敬久和师长沈发藻躲在紫金山下富贵山的地下室里。听到光华门城墙塌了，一面强令二五九旅旅长易安华坚守城门，一面要副师长兼二六一旅旅长陈颐鼎火速从中山门外赶去增援。王敬久在电话中说："恢复不了原阵地拿头来见！"

城墙上的机枪子弹和手榴弹像雨点般地打下去，敌军倒下了一片又一片。冲上城墙的敌人和守军激烈地进行白刃格斗，吼叫声和哀叫声惊心动魄。胁阪部队刚刚举起的太阳旗被守军踢下了城墙。

日军溃退了，但他们仍然占领着光华门外的中和桥及老冰厂两处高地。反击的守军发动了多次冲锋都攻不下来。烟火弥漫，死伤遍野。旅长易安华和团长谢家珣都倒下了！

夜幕降临，日军的敢死队冒着城墙上密集的机枪火力冲过了护城河。一个军曹率领一百多个敢死队员冲向城门洞的时候，一个穿土黄制服的人在门洞前的战壕中突然站起来，迎着冲过来的日军激动地挥手。借着炮火的暗红色的光，冲上去的敢死队员以为城门洞边的日本兵已被全部歼灭，冲上去一刺刀扎进了他的胸膛。刺死后一看袖章，才发现杀了自己人，他是《福冈日日新闻》的战地记者比山国雄。

日军冲进了城门洞，胖乎乎的桂永清惊慌地带着一个排的警卫赶到光华门内的午朝门督战。团长谢承瑞向桂永清建议："敌人太多，城门又坚固，不如先倒下汽油烧一下，天亮我带敢死队冲杀出去！"

桂永清想了一下，才点了几下头："可以。"

半夜，开了口子的几十个汽油桶从城门上滚落下去，摔了一个手榴弹，城门洞立即成了一片火海！躲在城门洞里的敌人被烧得哇哇乱叫。护城河边的日军朝着光华门城楼猛烈扫射，守军、警察和宪兵居高临下，并肩战斗，轻重火器交织成密集的火力网，阻止敌人的坦克、骑兵和步兵冲过护城河。

迎着天边白蒙蒙的曙光，团长谢承瑞带病率领一个排的敢死队员，一个人抱一挺轻机枪。城门哗的一声打开，二三十挺机枪突然朝着蜷缩在黑暗的城门洞里的日军横扫，枪弹碰上了烧剩的汽油，又呼呼地燃烧起来。日军死的死、伤的伤，有四五个敌人一看无路可走了，"啊！""啊！"地大叫几声，手上的刺刀扎进了自己的肚子。反击结束时，守军从尸体里发现了一名被烧伤的日军，便立即用担架抬他到富贵山的指挥所，找来医官给他裹伤治疗，又派日语翻译同他谈话。可这个日军士兵闭口不说。直到守军撤退，他仍然盖着一条灰色的军毯安然地躺在担架上。

敌军的冲击和守军的反击还在激烈地进行。弹雨中，城墙上的两个缺口已用土袋堵上。城外的制高点仍被日军控制着。担任反击的二六一旅的官兵伤亡越来越多。电话急促地响了，二六〇旅的刘启雄旅长告诉陈颐鼎："城里很乱，有的部队向下关撤退了。"还没有讲完话，电话线就被敌人的炮火炸断了。

陈颐鼎在护城河边的指挥所里组织了一次又一次的进攻，可屡战屡败。左侧的友邻部队有十二门普福斯山炮放在阵地上不用，他几次请求给予火力支援，可都被借故推辞了。他们怕，怕敌人的炮火打到自己的阵地上。五二一团的三营长白成奎气得两眼冒火，他冲到陈旅长面前："我有弱妻老母，为了尽忠，顾不得家了！我阵亡后，请长官多加关照！"说完，从口袋里掏出一张写有他贵州家乡的通信地址的字条交给陈旅长，就带着士兵冲上了阵地。他再也没有回来。

光华门外的公路上，像蝗虫般的敌人一批一批地赶来增援。突然间，已被击毁了的一辆国民党军的战车中，前后两端的机关枪同时响了起来，毫无防备的日军步兵被打得落花流水。鬼子立即散开。战车中的两个勇士一直与大队日军战斗到天黑才撤退。可惜，一位勇士被敌人的迫击炮弹打中！

12日下午，激烈的枪声渐渐沉寂。陈颐鼎旅长感到纳闷时，派去联络的参谋回来报告："马威龙旅长没有见到，教导总队的人向尧化门靠近了。"

轰！轰！炮弹连续朝光华门城墙猛轰。城头上的枪声越来越稀了。

雨花台和中华门的激战

中华门外长六七华里的山岗雨花台被日本人称为"波状的丘陵地带"。这里地形复杂，铁丝网、堑壕、火力点和碉堡星罗棋布，是南京城南的一处天然要塞。

守卫雨花台的是国民党军第八十八师。这个师只有两个旅，二六二旅少将旅长朱赤奉命守右翼阵地，二六四旅高致嵩部守左翼。两位少将旅长都是中等个子，都是黄埔三期的步科生，又都是淞沪抗战后升任的旅长，他们密切协同，深得师长孙元良的器重。

从红土山到雨花台的三十多里长的两条战壕刚刚挖好，日军先是飞机编队轰炸，接着大炮齐鸣，工事被炸得一塌糊涂。阵地上的官兵冒着枪弹炮火，向冲锋的敌人还击。

攻击雨花台和中华门的是日军精锐第六师团。矮矮胖胖的五十六岁的师团长谷寿夫，参加过日俄战争和欧洲战争，杀人如麻。他的部下大多凶狠而残忍，在"南京大屠杀"中血债累累。

成千上万发炮弹在雨花台阵地上爆炸。据日军在战后提供的资料说，12月10日和11日两天，他们向雨花台发动了三十次夜袭。守在左翼山头的五二八团与日军冲杀肉搏，昼夜血战。人称"矮脚虎"的二营长林弥坚端着刺刀，与日军搏斗了两天两夜。他带伤参战，两眼杀出了血，刺倒了几十个敌军。10日夜晚七点，天空中陨落了一颗星，浑身是血的林弥坚永远倒下了。

五二四团的团长韩宪元率领士兵在右翼阵地上阻击日军，热血洒满了山岗。尸体遍野，杀声动地。11日夜里，天地一片漆黑，炮火中，他和营长符仪廷被炮弹击中。在他们倒下的地方，长出了一片嫩绿的新松。

12日，是雨花台血雨和泪雨纷飞的日子。清晨，日军几十架飞机和几十门重炮联合轰击了两个多小时，阵地上的勇士大都成了不朽的鬼雄。温厚沉静的高旅长和廉朴博学的朱旅长都在这天上午献身了！这两位忠勇的将领没有身外之物，各人遗下一妻两子，还都留下了两千多册线装书。

敌人的炮阵地推进到了雨花台，在轰隆隆的炮声中，日军的坦克和步兵向中华门城墙蜂拥冲锋。退入城门的八十八师和守城的五十一师官兵拼力用机枪、步枪和手榴弹阻击。在城楼上指挥的团长邱维达发现两辆日军的坦克车掩护步兵开上了秦淮河上的军桥。他叫炮兵直接瞄准，炮弹像黑色的鹰飞过去，坦克带着烈火摇摇晃晃地踉跄了几下，一左一右掉下了秦淮河。失去了掩护的步兵纷纷败退。这时，城门哗啦啦地打开了，冲出来的两三百名精壮守军，吼叫着，旋风般地向溃退的日军追击！

敌人的重炮猛烈轰击全世界最雄伟的城堡中华门。终于，明太祖朱元璋修筑的古城垣被外族的入侵者攻破了。太阳当空的时刻，日军的六名敢死队员在一个叫作中津留的军曹带领下，将两个竹梯捆扎起来，向城墙上奋力攀登。梯子距城墙上的垛口还差五六米，敢死队员抓住墙缝中长出的小树和缝隙，像壁虎似的爬上了城墙。守城士兵发现后奋勇反击，但日军连续增援。刺刀见红，生死搏斗。南京的城头上，第一次出现了血一样的太阳旗的阴影。它像一柄尖刀插入南京人民的心！

南京蒙受着屈辱。

西线的防守

王耀武率领的五十一师从淳化镇和牛首山一线退守到水西门的时候，日军的冈本快速部队冲过了南京至芜湖的铁路，在离城五百米的地方布置好了炮兵阵地。

排炮怒吼！冈本、藤井、竹下支队朝着水西门一带的城墙一齐猛轰！

古城墙上弹痕累累。城垛口炸开了好几个缺口。

打不退的日军一批又一批地猛扑过来。第一道防线被突破了！与右翼部队接合部的城墙上爬上了日军！从雨花台阵地上退下来的守军像没头苍蝇似的冲进五十一师的防线。守军阻挡，败兵还击，自己人乒乒乓乓地打起来了！

水西门西北的上新河也在激战。日军高桥中尉举着长刀指挥山炮、骑兵和工兵与一万多名中国军激战了八个多小时，杀得人仰马翻，血染沃野。高桥中尉回忆说："中国军队的督战队员臂上佩戴着袖标，个个身强力壮，手拿驳壳枪督促士兵冲锋。兵败如山倒。冲锋的士兵抵挡不住炮弹和马队！"

西线退败。

河塘水渠密布的南京西南角，敌军的坦克和火炮轮子在泥泞中艰难地推进。

莫愁湖畔展开了惊心动魄的肉搏战。遍地是战死者的尸体和丢弃的刀枪。一摊摊鲜血缓缓地顺着低洼处流淌，莫愁湖害怕得改变了它秀丽的容貌。

冲入水西门的日军想不到在下浮桥边遭到了阻击。四挺机枪喷吐着仇恨和怒火。戴着眼镜的一个日本军官指挥炮击，三十三岁的守军副连长朱龙率领机枪手寸土不让。一发炮弹在机枪旁掀起了高高的烟尘，一块弹片击中了朱龙的手臂，他仍然紧扣机枪扳机，直到他的头无力地靠在他心爱的机枪上。

日军狂涛般地冲进了南京！

乌龙山炮台

飞机、舰艇、坦克、大炮一齐怒吼！疯狂的炮火吞没了长江要塞的一切！炮手们冒着弹雨朝天上的、江上的、地上的日军开炮、开炮、开炮！结果是，所有要塞重炮及配属的高炮全被敌人的炮弹炸毁！官兵伤亡三分之二！

今天，我在国家的档案库里找到了一份五十年前记述的《乌龙山炮台作战情形》。面对着历史，我真想哭。霉变了的黄纸上记载着惨败的原因："工程原未完竣""粮弹无法接济""夜间无探照灯照明，炮上无照明器材，不能射击"。

日本海军第十一舰队全速前进。汽笛在水天间像野马般嘶叫，疯狂的浪涛冲击着炮台下的泥沙和碎石。成了废墟的古炮台眼睁睁地看着敌人的舰艇从自己面前疯子般地狂驶！敌舰上的炮口全部打开了，朝着江面上的船只和像蚂蚁般漂浮在江上的难民轰击！

飘着星条旗的美舰"巴奈号"和飘着米字旗的英舰"瓢虫号"也被日军的飞机大炮炸沉和击坏了！

切断南京守军退路的日军国崎支队像一条吐着血红舌头的毒蛇曲折前进，他们在当涂附近渡江奇袭，箭一样地插到了与南京隔江相望的浦口！

南京被日军的飞机、大炮、舰艇、枪弹、刺刀和恐怖包围了！

南京陷入了魔掌！

兵败如山倒

12月11日，南京四城都在激战。

唐生智心烦意乱。吃午饭前，他请顾伯叙讲了一段佛经，又到佛殿上敬了一炷香。

香烟袅袅，他闭目合掌。

卫士跑来叫他："顾长官的电话。"

唐生智拿电话的手有些发抖，他又惊又喜。顾祝同转来蒋介石的命令，要唐生智渡江向津浦路撤退，部队除少数渡江，主力应相机突围。

他的心更乱了。守城部队正在全线抵抗。撤退？怎么撤呢？

晚饭后，报务员接连送来两份急电，都是蒋介石签发的，电文完全一样："如情势不能持久时可相机撤退以图整理而期反攻。"

12日一早，唐生智把副司令长官罗卓英、刘兴和参谋长周斓、副参谋长佘念慈等人召来玄武湖边百子亭的公馆。唐生智把蒋介石发来的电报给各人传看了一遍后，就一起拟起撤退的命令来了。

正拟着命令，各路守军告急的电话和电报纷纷传来：光华门求援。紫金山吃紧。水西门岌岌可危！午后，又传来了雨花台失守的消息。

大势已去！唐生智想到了提议建立安全区的一些外国人。安全区是维护人道的。他立即赶到洋楼林立的幽雅的宁海路国际安全委员会。德国人、英国人、美国人、丹麦人都出来了。唐生智顾不得面子，他说出了难以出口的话："请求国际安全委员会出面，立即与日军接洽休战。"

德国人史波林愿意为此事奔波。可是已经晚了，日军拒绝停战。他们的目标还是一个：要使中国人丢尽脸！

唐生智垂头丧气地回到了他的寓所。他站在院子中间那棵宝塔松下，叫秘书立即通知守城的军师长以上部队长到这里开会。

五点整。各路将领气喘吁吁又阴沉沉地来到了唐公馆的大厅，刚刚坐下，唐生智装出平静的语调说了几句敌我情况后，突然提问："在目前情势下，在座的有谁还认为可以固守？"

大家面面相觑。没有人抽烟了，有的放下了手中的茶杯，气氛十分紧张。他们即使不知道司令长官说这几句话的用意，也确实黑云压城，无力回天。

一阵难堪的沉默后，唐生智咳嗽了几下，庄严宣布：委座有令！

哗的一声，全体起立。

读完蒋介石那份一句话电文，参谋长周斓手拿一沓早已油印好了的突围命令，一张一张地发给到会的每一个人。不到二十分钟，南京十万守军的神圣使命化作了烟云。军长、师长们像丢了魂一样，立即各奔东西。

唐生智也离开了他那幢用土黄色围墙围起来的漂亮而幽静的小楼。已经来不及整理文件图表了，他命令警卫部队倒上汽油，将公馆烧毁。

四周的炮声震得地都在颤抖。夜色中，城内好几个地方火光冲天。唐生智在卫士的保护下，急匆匆地赶到了下关码头，坐上小火轮率先撤退了。

接到撤退命令的部队很快离开了枪林弹雨的阵地。退下来的败兵们像惊弓之鸟，纷纷丢掉枪支，在街上没命地逃！也有一些长官从唐生智那里拿了一纸撤退命令后没有回部队传达，就慌慌张张地找自己的生路去了。

兵败如山倒！撤退的部队大都没有按照撤退命令与规定的线路突围，像一股股洪水似的一齐朝着下关码头逃命。一时间，汽车喇叭绝望地尖叫，大炮横七竖八地挡道，骡马嘶鸣，伤兵喊叫，加上敌军炮火的隆隆声和飞机炸弹的爆炸声，像被开水浇了的一百个蜂窝！

从鼓楼开始，十里长的中山北路就堵塞了。一辆载弹药的汽车突然爆炸，顿时人仰马翻，血肉横飞。马车、黄包车和其他卡车也都烧起来了，败退的士兵和难民们哭着、喊着、叫着，人推人，人踩人，人挤人，死伤了一大片。

挹江门的城门口人声鼎沸，逃难的人像海潮一样一阵阵地涌动和呼喊。这是一条通向江边的路，这是一条求生的路！

城门紧闭着。城楼上一挺挺乌黑的机枪对着争相逃命的人。守卫挹江门的士兵奉命阻止部队一齐向江北撤退，不时朝天上和城内拥挤的人海开枪警告。逃命的官兵大骂着、怒吼着，有些人端起枪来，朝守城的士兵叭叭射击，上下对打。自己人与自己人又干起来了！拄着棍子的伤兵气呼呼地骂着："长官跑了，把我们甩在这里，有良心没有？"败兵也在骂："他妈的，早知这样，谁肯打仗！"

挤在城门边还出不了城，一些勇敢分子纷纷找来被单、衣服和绑腿带，拧起来捆成长长的绳子，把它悬在城墙上，想抓着绳子翻出城去。城墙有十几米高，有的爬到半空，没有力气再往上攀登而掉下来了。有的爬了一半，绳子断了，一个个惨叫着摔死在城墙下！

不知是挡不住人潮的冲击，还是汹涌的人流撞开了城门，人潮像决堤的洪水，一浪一浪地向前推拥着、哭喊着。许多人挤倒了，没有挤倒的人身不由己地往倒在地上的人的背上、肩上、腿上和头上踩过去！一个从挹江门挤出来的人说："当时我的胸贴着前面人的背，背贴着后面人的胸，两脚着不了地，全身架空，被人潮拥来拥去地拥出来，脚下软绵绵的都是人，那天晚上，城门口被踩死的人有三四层高！"曾在光华门的城门洞里与日军拼死血战的团长谢承瑞，竟在过挹江门时被挤倒踩死了！

有不少散兵走了另一条路。他们脱掉军衣，丢掉军帽，改扮成老百姓混进了难民区。有的没有棉衣御寒，只好穿着单衣发抖。江阴要塞司令部的政训处长廖新棚用五十元的高价向一个要饭的叫花子买了一件破烂不堪的棉衣，才混进了难民区避难。

"国际安全区"的委员和维护秩序的黑衣警察不管怎么阻拦也挡不住丢盔弃甲的败兵——他们扔掉了枪支、弹药、水壶、钢盔、军服以及一切有军人标记的东西。他们请求"安全区"收容他们，他们以为"安全区"一定是安全的。

最安全的当然是那些长官。他们庆幸自己早早地渡过了长江。此刻，老态龙钟的卫戍司令长官部副参谋长佘念慈已若无其事地坐在列车指挥室的软椅上了。七十四军军长俞济时在他的卫士的保护下，悠闲地抽着香烟。七十一军军长王敬久披着青毛哔叽的披风，正眯着双眼在吞云吐雾。

南京卫戍司令长官唐生智早已到了滁州。他瘦瘦高高的身上穿着黄呢子的军大衣，头上戴了一顶红绿相间的鸭绒睡帽，帽子顶上垂挂着一个彩色的小圆球。他嘴上叼着香烟，轻松地在月台上散步。

败将们集中在欧阳修写有名篇的醉翁亭中团团坐下。唐生智叹了一口气："我当了一辈子军人，从来没有打过这样糟的仗！"他深深地吸了一口烟，忧伤地说，"我对不起国人，也对不起自己。"

没有人说话，一个个垂着头，一副败将的狼狈相。突然唐生智吼了一声："把周鳌山叫来！"

运输司令周鳌山战战兢兢地来了。唐生智猛地一拍桌子，桌子上的茶杯都跳起来了："你干什么吃的！你他妈的只顾自己逃命，把我的几千伤兵都丢在南京让日本人杀了！"

周鳌山吓得腿有些发抖，嘴上支支吾吾："我有什么办法呢？情况变得太快了，我也没有办法啊——"

"枪毙你！"唐生智大喝一声。

周鳌山先吓了一跳。过了一会儿，他斜着眼睛看了唐生智一眼。一场虚惊。

九死一生的陈颐鼎旅长过江后大哭了一场。他的六千多人马打了三个多月的淞沪战役，退守南京时只剩下两千多人，撤退到下关时只有千把人了。现在他身边只跟了七八个兵！参加南京保卫战的六千多警察宪兵损失了五千多！三万五千多人的教导总队损失了十分之九！总队长桂永清没有哭，他发了财：三万余人 12 月的薪饷和十万元的犒赏费，全落入了他的腰包！

第三章

安全区写真

　　当东洋人举着太阳旗从四面八方向南京城杀来的时候，南京钟鼓楼下的一群西洋人举起了一面红圈红十字的旗帜。

　　德国人、美国人、英国人、丹麦人，还有一个中国人，聚集在鼓楼岗下富丽而幽雅的金陵大学校董会的客厅里。他们用国际通用的语言，热情地商议着为国际人士所关注的关于人道、正义、公理与和平的问题。

　　上海失陷，南京已成危城。日机一次次地来南京上空轰炸扫射，城外炮声隆隆。金陵大学已经西迁成都，三十五岁的校董会董事长杭立武是中国人。面对国土沦丧，他心情沉重。

　　前几天，他在报纸上看到一条消息：日寇侵占上海时，德国的饶神父在租界成立了一个难民区，救了二十多万在战乱中无家可归的人。杭立武早年留学英国和美国，又是基督的信徒，他与在南京教书、从医、经商和传教的不少西洋人熟悉。他邀请了二十多个外国人来，讲了上海饶神父的事以后，他担心南京陷于战乱，提议共同筹建一个保护难民的安全区。教授、医生、牧师、洋行代表纷纷赞同，他们为这个关系到人类命运的组织起了一个全球性的名称：南京安全区国际委员会。当时就画了安全区的地图，托上海的饶神父转交日军，又请南京卫戍司令长官唐生智把军事机构和五台山上的高射炮等武装撤出安全区。安全区应该是非军事区。南京市市长马超俊答应负责供给并派出四百五十名警察维持秩序。宁海路五号那幢秀丽而宽敞的宫殿式格局的张公馆成了安全区的总办公处。浅灰色的大门口挂有一个很大的红圈红十字的安全区徽章。

杭立武收到了饶神父的回信：日军司令长官"知道了这件事"。日本军队保证："难民区（安全区）内倘无中国军队或军事机关，则日军不致故意加以攻击。"

五十多岁的德国大胖子约翰·H.D.拉贝哈哈大笑，这位西门子洋行的代理人被大家推选为国际委员会的主席。浓眉大眼、英俊潇洒的杭立武担任了总干事，黄头发、高鼻梁的美国人费吴生博士是副总干事，他的名字明白地告诉大家他是在中国的苏州出生的，他会讲一口吴侬软语——苏州话，他的美国名字叫乔治·费区。

由十五名外籍人组成的"南京安全区国际委员会"和以美国圣公会牧师梅奇为主席的十七人组成的"国际红十字会南京委员会"负起了救苦救难的重任。

当时在南京的最有地位、最负声誉的英国新闻记者之一 H.J. 廷珀利目睹南京中外人士的高尚行为，满怀激情地赞扬国际委员会：

"对于这二十几位大无畏的英雄来说，赞扬与褒奖从一开始就是当之无愧的。当他们的事迹被人们传开来以后，这一点就可以看得更清楚了。他们不顾本国官员的劝阻，做出了留在南京的选择。而这座城市中成千上万的中外人士，都正在寻找一切可能的交通工具逃往他处。虽然留在南京的人们并不能预知后来发生的暴行，但这些先生与女士都是经验丰富、学识渊博的人，他们完全能意识到自身处境的危险。尽管如此，他们仍然下定了决心，一旦南京陷落，就去拯救那些处在水深火热之中的难民。他们的勇气、热情、无私和献身精神，必将为人们所崇敬。"

为了人道

大胖子拉贝穿着笔挺的咖啡色西装，头发稀疏的头顶上戴了一顶呢子礼帽，手举着印有安全区徽章的旗子，微笑着招呼他的委员们站好队，去迎候胜利进城的日军，履行他们国际委员会的职责和义务。

走到汉中路，见到了一小队日军。有的在马路上站立着，贪婪地看着六朝古都的街景；有的坐在路边，擦着寒光闪闪的刺刀和乌黑的长枪。

拉贝第一个迎上去："Hello!"

东洋兵惊讶地看着这些金发碧眼的西洋人。一个军官站到面前来了，他听完翻译的话，从军裤口袋里掏出一张皱巴巴的军用地图。费吴生给他指点了安全区的位置，还用钢笔做了标记。

日军的地图上没有标明安全区的范围，但日本军官说："请放心！"

拉贝又说明了一个情况："刚才有一些解除了武装的中国兵进了安全区，我们希望贵军站在人道的立场上，拯救他们的性命。"

日本军官又说了一句："知道了。"

"Good bye!"西洋人向东洋人招手再见。

从汉中路、新街口、鼓楼到山西路一大圈大约四平方千米的安全区内挤满了难民。学校、机关、图书馆、俱乐部、工厂、招待所，还有私人住宅都成了收容所。金陵女子文理学院的走廊上挤满了躲避日本兵的妇女和儿童。金陵大学收容了近三万人！人们以为这里是神灵庇佑的天国，其实安全区已经不安全了。

躲进安全区的士兵，将枪支、弹药、军衣、绑腿带和其他的军用品都扔在马路上了。国际委员会雇了许多人埋的埋、烧的烧，可这一切已被进城的日军发现了，偏偏从鼓楼附近的最高法院里面搜出了一屋子的枪。气势汹汹的日军闯进了安全区，将躲入收容所的上千个中国兵抓走了。

费吴生后悔极了，他觉得对不起中国人。他与中国有着千丝万缕的联系，他和他的妻子爱尔宝黛都有许多中国学生，他们的四个子女有三个是在上海、北平和北戴河出生的。善良的中国人对他和他的一家有过许多帮助，他有很多的中国朋友，可今天，许多中国人被日军拉出去杀害了。他在当天的日记中这样记述着：

"来不及逃出的士兵都避到难民区来要求保护。他们忙着解除他们的武装，表示他们缴枪后就可以保全生命。可是抱歉得很，我们失信了。不久，他们有的被日军枪杀了，有的被戮死了。他们与其束手待毙，不如拼命到底啊！"

情况越来越坏了。

14日，费吴生驾驶汽车送路透社记者斯密士和史蒂尔出城，一路上尸骸累累，他的车轮不能轧过去，他常常下车搬开尸体。城门口臭气扑鼻。野狗睁着血红的眼睛，大口大口地吞食。

15日晚上，日军冲进一个收容所，拖出了一千三百多人。戴着帽子的，都一顶顶抓下来扔在地上，每一个人的手臂上都缚着绳子，一百人排成一行，被押向黑漆漆的刑场。

16日，金陵大学教授李格斯到国际委员会总部报告：昨天夜里，金陵大学被日军劫去了一百多个妇女，均遭强奸。法学院和最高法院的难民全部被抓走，五十名警察也被害了。

李格斯提出抗议，反而被一个日本军官在胸部揍了几拳！

国际委员会立即召开紧急会议。外面响着机枪扫射的声音！

17日，到处是抢劫、屠杀和强奸。这天，"被强奸的妇女至少有一千人，一个可怜的妇女被强奸了三十七次！"

外侨们也遭到了伤害。一个排的日军进入北平路，一个日本军官拿出地图看了一看，命令士兵包围飘着两面米字旗的英国领事馆。朝天打了四五枪后，冲进去的日军在屋里乱翻了一通！美国大使馆的四个看门人被日军用手枪打死了！意大利领事馆被日本兵抢走了一辆汽车和三个妇女，德国领事馆遭到洗劫！

暴行愈演愈烈。三天后，二十二名外国人联名抗议。拉贝带着十四名代表将抗议信送到金陵大学对面的日本大使馆。田中参赞答应转告军队。但他的应允是不起什么作用的。

大胖子拉贝气愤了。公理和正义受到了亵渎与践踏！侵占和屠杀对他的刺激太深了！12月13日那天，正是他的西门子洋行创始人恩斯特·西门子诞生的日子。这一天，虔诚的基督徒见到了比《圣经》中的犹大还要狠毒的兽性的肆虐！他要为人类呼唤人道，伸张正义！住在五台山下的袁存荣老人向我讲述了德国大胖子拉贝五十年前的一段逸事：

"日本人来时我住难民区宁海路十九号的隔壁，靠山西路边上，是一幢大房子，房主人姓邢，里面住了胡老五，他们家还有很多人。我原先住神庙口，就是现在的高楼门，因为有个邻居在国际委员会做工，我是泥瓦匠，他介绍我和他一起做杂工。

"大胖子德国人是蓝眼睛，有时戴眼镜，会讲中国话，对我们不错。他开始叫我在难民区四周插旗子，是白布红字的小旗，不让日本兵进来。

"日本兵不管，照样进来抓人抢东西。大方巷的塘边，就是现在化学厂那地方，死人一堆一堆的，都是被日本人从难民区拖出来枪毙的。我命大，死了两次没有死掉。头一次把我也拖上了汽车，还有胡老五、胡老五的二嫂子和她的小孩，小孩子哭起来了，这时日本兵吹号了，车上就我们四个人，就放我们走了。

"我个性强，什么事都不怕，人家叫我袁大个子。第二次，鬼子和汉奸来难民区抓人，叫中国兵站出来，说是抓夫去做工。都没有人站出来，看着日本人和汉奸那副熊样子，我气了，我就叫：'我是中国兵！'好，一车车的人拉到北京西路 AB 大楼东边一个大院子里，下车后叫站队，站了很长的好几排，拿洋刀的一个日本人喊：'立正！'我没有当过兵，我不知道怎么立正，日本人把我拉出来，我想要开我的刀了。谢天谢地，日本人挥了挥手，放我走了。不会立正的好几个人都放走了。

"旗子东倒西歪也没有用了，不管它了。又叫我砌炉灶，给难民们烧稀饭。杂工嘛，杂七杂八的事都干。开始那个大胖子德国人叫我们把马路上的枪和军衣、皮带、子弹都收起来，背到山西路菜场对面，枪和子弹丢到塘里面，皮带和军衣堆在空地上放火烧。大胖子看我这个大个子干得挺卖力，说我'好'！

"日本人进城六七天的时候，大胖子德国人又对我说：'你是中国人，我有件事叫你干，你敢不敢干？'我问什么事，他说：'古平岗有两个军用仓库，国民党走的时候丢下了，全是硝磺，你去炸掉它！否则给日本人拉去做子弹，要死掉多少中国人？'我说'我就去'。德国人说：'怎么破坏，你懂不懂？'我不懂，摇摇头。

"我穿着一件大褂。他教我先用褂子兜一兜的硝磺，再用手在地上撒一条长线，然后点火柴。我去了，仓库在公园当中，门对着黄瓜园开的，一仓库是子弹，一仓库是硝磺，淡黄色的，像面粉一样。我照德国大胖子教的方法干了，乖，一点火，人还没站起来，就轰的一声炸了，烧了一阵黄烟，房子烧起来了，两个仓库全完了，子弹啪啦啪啦响，我高兴死了！"

休戚与共

安全区的情景，是难以描述的。

南京市西北角这片学校、使馆、政府机构、高级公寓、私人洋楼林立的新住宅区，原是石头城中环境最幽美的地区。可现在，几十万难民潮水般地涌进了这片狭窄地带，每一幢楼房、每一间房屋都挤满了惊慌逃命的人。男人、女人、老人、小孩，本地的、外地的，认识的、不认识的，都心慌意乱地背着包袱，挎着篮子，提着大件小件的日常用品，汇集到这片陌生的土地上来。一间普通的房间内都住了二三十个人，只能勉勉强强地一个挨一个地躺下来。即使挤得像罐头中的沙丁鱼，还是容纳不下因战争造成的无家可归和有家难归的难民。于是，走廊上、院子里、马路边、树林中，一切没有房子的地方，全搭起了像防地震那样的芦苇棚子，似乎进入这片插有白布红字旗帜的土地，就像从地狱进入了天堂。至少，宝贵的生命就有了保障。

可以想象，在风雪严寒的冰冻季节里，几十万人密密麻麻地生活在一起，除了维护秩序，还要保证基本的生活条件，困难像座大山！因为，管理这一切的，只是二十几个教书的、经商的、传教的和看病的外国人。何况，自来水和电灯都停了，吃的米、喝的水、烧的煤都极少极少。而最难最怕的，是防备和阻止毫无人性的日军进入安全区，对可怜的难民施行侮辱、掠夺、强奸和屠杀！

宁海路五号这座园林式住宅的大厅中，彻夜亮着煤油灯。安全区的委员约翰·梅奇、H.D.拉贝、O.M.汉森、S.C.史密斯、P.R.希尔兹、查理斯·李格斯、爱德华·史波林等轮流巡视，还日夜有人值班，负责接待难民的申诉和解决困难，记录日军的暴行。我在这里向读者描述的关于安全区的情形，部分资料就来源于档案上的记载：

"约翰·梅奇牧师记录了该城城南一个十三口之家的遭遇。12月13日至14日，这个家庭共有十一个人被日本士兵杀死，妇女们也被他们奸污，两个幸存的小孩诉说了这个事实。"

"12月14日晚，发生多起日本兵闯入中国人住宅强奸妇女或将她们掳走。这类事件在该地区引起了恐慌。昨天，有几百名妇女逃到金陵女子文理学院来。所以，三位美国人留在学院保护院子里的三千名妇女和儿童。"

"12月15日，日本人闯入汉口路中国人的住宅，强奸了一位年轻的妻子，掳走三名妇女。两位丈夫追赶时，遭到这些士兵的枪击。"

"12月15日，安全区卫生委员会二区的六名街道清洁工，在鼓楼家中被杀害，一人被日本兵用刺刀刺成重伤。杀害他们是没有理由的，他们是我们的雇员。"

"12月15日，一位被刺刀刺伤的人来到金陵大学医院。他报告说，六个中国人被日本人从安全区带走，运送弹药到下关。到下关后，全挨了日本人的刺刀，他幸而未被刺死。"

"12月15日，一名男子住进金陵大学医院。他带他六十岁的叔叔往安全区去时，日本兵开枪打死了他叔叔，他也受了伤。"

"12月15日晚上，许多日本兵闯进金陵大学宿舍，当场强奸妇女三十人，有的妇女被六人轮奸。"

"12月19日下午三点左右，一个日本兵闯进金陵大学医院，当麦卡勒姆医生和特里默院长叫他离开时，他开了枪，子弹从麦卡勒姆医生身边飞过去。"

"12月19日下午四点四十五分左右，贝德士博士前往平仓巷十六号视察，那里的难民好几天前就被日本人赶走了，日本人抢完后在三楼放火。贝德士试图把火扑灭，但是太迟了，整个楼烧完了。"

"12月19日晚六点，贝德士博士、费吴生先生和史密斯博士赶到汉口路十九号金陵大学职员宿舍，四个日本兵在强奸躲在地下室里的妇女。他们赶走日本兵后，把所有妇女和儿童送到金陵大学主楼，那天晚上，日本领事馆将派兵驻守。"

…………

记述侵华日军在南京安全区的暴行的档案文件很多很多。这是日本军队的罪行和耻辱，历史已经做出了公正的判决！

热心于人类正义事业的人们自然在历史上留下了光荣和尊敬。第二次世界大战结束的时候，"南京安全区国际委员会"和"国际红十字会南京委员会"的二十七名外国人荣获了中国政府颁发的勋章。

这是正义与和平的奖赏。他们蓝天一样纯净的眼睛，闪烁着慈善与友爱的光！蓝眼睛的梅奇牧师得知外交部里有一千多个中国伤兵，他冒着枪弹，手举着一面红十字旗赶去了，人道的旗帜保护了一千多人的生命。月黑风紧，梅奇牧师又举着红十字旗帜，把三十多个国民党军的医官和伤兵悄悄地送上船。他与素不相识的中国军人握手："等你们胜利的那一天，我还在这里迎接你们！"

友好的西方人和受难的东方人站在一起。一位曾在安全区躲避过的军官向人们介绍了他亲眼见到的一件事：日本兵将抓来的三百多个中国人押到一块空地上，正准备开枪扫射时，一位黄头发的外国人赶来阻止。日军不听，黄头发据理力争："即使是中国兵，已经解除了武装，按国际法规定，俘虏是不能杀的！"日本兵不听，举枪就打。这位外国人勇敢地站到了一挺机枪的枪口前。这位不知名的外国人救了二十七个中国人！

李格斯教授会开汽车，难民区没有粮食和煤炭了，同他穿着破衣服，带了一些中国人坐着汽车，到安全区外面去搜集大米、面粉和燃料。他拉来了难民们能充饥活命的物品。粥厂的大铁锅又冒了热气，手端着脸盆和饭碗的难民们排起了长长的队伍，他们高兴地向李格斯叮叮咚咚地敲打饭碗。

李格斯的汽车开到司法院的大铁门时，正遇到冲进院子里的日本兵。他探头一看，几十个日本兵手挥刀枪，把男性难民一个个地用绳子捆绑着往卡车上赶。他快步走进院子。麦加伦牧师也在，他见到李格斯教授，悲哀地摇摇头，不断用手在胸口画十字。李格斯走过去向日军的一个矮个子军官解释。军官指挥士兵用刺刀逼李格斯离开。李格斯不走，他还是不厌其烦地说明这些都是守秩序的难民。三个日军冲过来了，你一拳我一拳地朝李格斯的胸部猛击。美国教授哪里是日本人的对手，他疼得捂着胸口，用生硬的中国话骂着："野兽！野兽！"

已经六十多岁的德国商人史波林是上海保险公司的，他来南京办事。12月11日，日军的大炮朝安全区轰击，炸死了三十多个中国人，住在华丽的福昌饭店中的史波林也受了轻伤。这位在欧洲战争中当了四年日本俘虏的德国人，重新燃起了对侵略者的仇恨之火。他没有登上回上海的外轮，他加入了拉贝设计的那个红圈红十字的组织。这位德国老人在异国的土地上戴着国社党图案的臂章，天天在安全区巡视。吃过中饭，他和美国人费吴生在宁海路上走着。院子里传来了呼救声！"是十五号！"两个人一起跑进去，屋子里有四个日本兵，两个在搜索柜子里的财物，两个光着身子在床上奸污妇女。史波林大喝一声，挥了几下他的那个黑卐臂章。日军一见连声惊呼："德意志！德意志！"一个个像老鼠见了猫，床上的日本兵抓起衣服就跑。

因为每天奔忙，史波林病了。来不及撤退的国民党军野战救护处处长金诵盘得知消息，带着医官赶到大方巷看望史波林。看过病，送上药，史波林连连感谢。当得知为自己诊病的人是被围困的军人，他赞扬和钦佩中国人尽心尽责的美德，答应帮助他们脱险。他指指自己穿着布鞋的脚说："我们外侨的东西也被日本人抢去了，皮鞋没有了，我们的行动也受到限制。"他拿出一张地图，指点着对两位医官说，"日本人现在占领的，只是中国的百分之几，你们的出路只有抵抗，不然就要做奴隶！奴隶，懂吗？"

他显得很激动。他经受过当奴隶的屈辱。

华小姐——魏特琳

被南京难民叫作"华小姐"的金陵女子文理学院美籍教授明尼·魏特琳，是一位非凡的女性。直到五十年后的今天，我在南京的大街小巷采访这段史料的时候，许多老人还念念不忘地赞颂她和怀念她。她是当时南京女同胞的保护神。

五台山下宫殿般华丽的金陵女子文理学院是安全区中专门收容妇女的避难所。她像苦海中的一片绿洲，给苦难的同胞带来生的希望。

绿洲上的羊群自然是饿狼般的兽兵掠夺和充饥的对象。据南京安全区国际委员会 1937 年 12 月 17 日的统计，金陵女子文理学院当时收容妇孺约四千人。后来走廊上和屋檐下都挤满了人，大约有七千人，管理这个收容所的就是金发碧眼的魏特琳教授，她的中国名字叫华群。

华群是 1912 年二十六岁时来中国教书的，先在合肥当女中校长，七年后至南京任金陵女子文理学院教育系主任兼教务主任。受过她保护的金秀英、邵素珍、张镜轩等大娘向我描述了她的形象：瘦长个、高鼻梁，长长的脸上有一对湖蓝色的善良的眼睛，上穿西装，下着毛裙，五十岁左右的年纪。她常常手拿一面美国星条旗站在校门口看守大门，不让无关的人员进来，有人说她腰上插着手枪。

她的学识、志气、能力和人格，都使中国人崇敬和钦佩。她把几千个人组织得井井有条，从住房编号、饮食卫生到出入大门，都有严格的制度。

红了眼的日本兵端着枪冲进了校门。华群先是说理，后是阻挡。文明的教授哪里挡得住野蛮的日军？兽兵们得到了疯狂的满足。华群两眼泪汪汪，她只有报告和抗议！

一天上午，六个日军从五台山边的竹篱上爬进了校园，她立即赶去抗议，被凶狠的兽兵打了几个耳光。她不屈。日军从校园里搜捕了几百个中国兵，华群小姐发动妇女们去认领自己的"兄弟""叔叔"和"丈夫"！七十三岁的金秀英对我说："那天我认了三个，一个叫叔叔，一个叫大兄弟，还有一个叫侄子，日本人'吐噜'一声，就放他们走了，那三个人朝我作揖。我说，快走！快走！"

女子文理学院是兽兵像兽类那样泄欲的地方。他们成群结队地乘黑夜爬墙挖洞进来，像小偷般地摸索进屋，又像猛虎般地发泄兽性！惨叫声、哭喊声撕心裂肺。美丽和善良被破坏打碎了，伟大的母性遭到了凌辱！慈善的华群愤怒了！铁门紧闭着。两辆日军的汽车吼叫着要开进校门抢劫妇女。华群手握着星条旗要日军把汽车走开，日本兵冲下车拉开铁门，华群挺立在门口，像帆船上的桅杆。卡车怒吼着冲过来，华教授急中生智，她把手中的星条旗扔在汽车前。汽车停住了，日本兵的汽车轮子不敢碾压美国的星条旗！

12月17日，是星期五。这天晚上，金陵女子文理学院又遭到了不幸。十五的月亮惨白地映照着飞檐彩绘的校门，二十几个妇女已被上了刺刀的日军从房子里拖了出来。妇女们哀求着，哭泣着，跪在地上。华群、德威南夫人和陈夫人一起阻挡。这时，费吴生开着汽车送密尔士牧师和史密斯教授来这儿值班，日军挥着刺刀不让他们进校。雪亮的手电筒光在美国人的蓝眼睛上扫来扫去，教授和牧师的说理换来的是搜身和掷掉他们的礼帽。一位操着蹩脚法语的日本军官抓住华群教授，把她拖上卡车。愤怒地抗议了一个多小时，华教授才恢复了自由。这天晚上，日本人还是抢去了十二名姑娘。她们秀发蓬乱，明亮的眼睛失去了神采，花一样青春的脸色惨白。

收容所里的妇女们都改变了她们本来的容貌。娇美的脸上抹了锅灰，柳丝般的秀发剪短了，有的剃了光头，头上扣上了一顶礼帽或包了一块蓝头布，身上裹一件黑色的棉袍，富有曲线的苗条的身段消失了。这一切，都是为了防备狼的践踏和保护自己的纯洁！年轻、活泼的姑娘都成了不男不女的丑八怪。她们愁容惨淡，泪痕斑斑，面颊上失去了平日的笑！

不知是耐不住寂寞，还是爱美的天性诱惑了她们，有一天上午，十几个年轻的女郎洗净了脸上的锅灰，各人抱着一个包袱来到校园的假山上，山上有一片树林。她们脱掉黑色的棉衣棉裤，换上了红缎绿绸的旗袍。多日不见自己青春的容颜了，姑娘们你看看我笑，我逗着你乐，竹林中充满了欢声笑语。

笑声招来了是非和横祸。竹篱外边开过了日军的汽车，车上的鬼子狂叫着："花姑娘！花姑娘！"汽车冲进了校园。华小姐赶来了，她一见十多个姑娘这一身美丽的打扮，馋猫似的鬼子嬉笑着，她气得流出了眼泪："你们不听话！你们出去，都出去！"

姑娘们泪汪汪地走出了金陵女子文理学院的大门。她们落入了虎口！华小姐哭了。难民们有的哀叹，有的怒骂："不要脸的臭货！"

也许这些姑娘被人误会了，也许华小姐为自己激愤的情感后悔了，她是一位有血性的女性。她最痛恨没有骨气的人。一群身穿和服的日军妓女在日本兵的陪同下，恣笑着来参观妇女收容所。华小姐远远地冷眼看着她们。突然，花枝招展的妓女们向苦难的人群撒出去一把把的铜板和一把把的糖果。像见了鱼的猫，无知的女性你争我夺地在地上又抢又捡！日本人高兴了，男男女女拊掌大笑。

国际委员会的德国人、美国人、英国人脸红了。

收容所又恢复了平静。华小姐气哭了，她痛心地对女同胞们说："仇人扔东西给你们，你们为什么去捡？是金子也不应该捡啊！你们不但失了中国人的面子，连我华小姐的面子也给你们丢光了！"

华小姐在中国度过了她生命中最宝贵的时光。这位勇敢、热情、刚毅的女性与中国人民风雨同舟。她没有结婚。她爱中国胜过爱她的祖国。已经七十多岁的张镜轩老大娘告诉我：

华小姐会讲中国话。有一次我去晚了，粥没有了，华小姐把自己在吃的麦粥给了我。她问我会不会写字，她对我说："你们不要愁，日本要失败，中国不会亡！"当南京城里挂满太阳旗、行人手臂上都套有旭日臂章的时候，明尼·魏特琳绝不允许太阳旗进入金陵女子文理学院。她在门口站着，进出的人戴有臂章的都得摘下来。她说："中国没有亡，不能戴这个。"有个十四岁的小孩戴了太阳臂章提着竹篮给姐姐送饭。华小姐招招手："你为什么手臂上戴这个东西？"小孩不知道，摇摇头。

她亲切地说："你不用佩太阳旗，你是中国人，你们国家没有亡！你要记住是哪年哪月戴过这个东西的，你永远不要忘记！"说完，她把它取下来。孩子点点头。难民区的同胞都感动了。

可惜，华小姐没有看到太阳旗从南京城落下来的那一天。因病离开中国的第二年——1941 年 5 月 14 日，明尼·魏特琳闭上了她湖蓝色的眼睛。她在临终前说："我如有两个生命，我还要为华人服务。"

同是天涯沦落人

受西洋人的保护和受东洋人的屠杀，对于中国人来说，同样都是悲剧。

患难见真情。危急中的同胞都袒露出了自己的那一颗心。

位于五台山上的美国大使馆里的人已撤退了。除了两名美国记者，这里还躲避了三百多个难民，有男有女，有老有小，有军有民，谁也不认识谁。小院里拥挤、嘈杂不说，还缺水断粮。每个人心惊胆战地提防日军的搜捕和屠杀，都为自己的性命担忧。日本兵捕杀的重点，是放下了武器的中国兵。这座院子里躲避着好些中国兵，虽然他们已换上了便衣，但言行举止，一看便知。住在一起，许多事谁也瞒不过谁。好在患难中的人都有同情心，谁也不敢欺侮谁。日军一天七八次进来搜查，常常是那两位美国记者拿出手枪把他们喝退。

躲在这样的小院子里，国际委员会是没有粥供应的，一切都得自己设法解决。军医官和一群散兵在这里住了八天，五元钱买来的两斗米已经吃完了，另一支部队的一位姓杨的司务长得知了这个消息，送来了一袋面粉。门角落里有两缸咸菜，医官叫士兵送了一缸给杨司务长他们。这样一来，大家都有了饭，也有了菜。

自来水早就断了，吃的、用的水都要到山下的泥塘中去挑。挑水是要冒险的，被日本兵看见，一枪扫来或一刀刺来，就回不了这幢小楼了。水塘中浸泡着不少同胞的尸体，黄泥水中混杂着一摊摊的血。但住在里面的青壮男子都争着去挑。挑来一担水，大家都将就着用，十几个、几十个人合用一盆洗脸水。一个叫黄子良的士兵遇到了乡下来的三十多个难民，他把这些人带进来。听说一天没有吃东西了，住在楼下的胡先生送来了两大碗稀粥和一大盆水。原先他一家住了一小间，乡下的难民一来，他的房间里挤进了好几个，楼下两小间屋里住了十多人，男女老少挤在一起，大家互相谦让、互相尊重，人人都关心一件事：鬼子不要来敲门，院里不要出事情！

外面风声很紧，颐和路四号洋楼里躲避了五六十口人，留守房子的周正元会几句日语，他应付了几次搜查的日军后，召集大家开会：国难当头，我们这院子里一定要互相关照，大家要齐心合力！日本兵除了抓中央军，抢东西，还要糟蹋妇女。他组织人在地下打了一个大洞，把几十个妇女和小孩都藏在里面，早上躲进去，晚上爬出来，上面铺上芦席睡老人。日军来了，就用脚踩三下地板，告诉下面的人不要出声。日本兵一批又一批地来搜索，他们始终没有发现这里的几十个妇女。她们躲避了两个多月，几十天没有见到光明！

躲进意大利领事馆内的教导总队营长郭岐，买了一身破烂衣服和一顶油腻腻的礼帽扮成了苦力，他三个月没有洗脸，蓬头垢面，连指甲都不剪。他和他的士兵丢掉了一切东西，就是不肯丢掉枪，他把十支手枪用绳子拴成一串，偷偷地扔在院内的水井中，难民们谁也没有怀疑他是个兵。有一次，打水的人把手枪带上来了，这一来，吓坏了院子里几十个人。因为日本人搜出一支枪，全院子里的人都要遭殃！旁边一幢小楼外边发现了一件军衣，院内的人死了一半！收容所的地上捡到一颗手枪子弹，马上枪毙了十个同胞！

一些难民对郭岐说："我们有五十多个人，如果查出你们是军人和这些手枪，我们都得同归于尽！"

"请大家放心，如果日本兵查出我，我绝不连累大家，我自己去担当一切。不过，对于我的士兵和井里的枪，大家不要责难，我们各人有困难。什么叫共患难？就是这个时候啊！"郭岐这么一讲，许多人都点头赞同，一位姓张的男人说："郭先生，你如果有危险，我来担当，我替你死！"

营长感动了，他流着泪对大家说："我们是中国人，不能受日本兵欺侮，如果大家有危险，我作为军人，一定不顾一切地营救，我们要活一起活，要死一起死！"

一番感人肺腑的话，使院内的人忘却了墙外日军的刺刀和枪弹。团结一心，才能众志成城！

团结不仅仅是群体的组合，也是感情的凝聚。沦陷后的南京，民族仇恨和民族自尊心使中国人变得更伟大和崇高了。

一位矮个子老人的故事吸引了我。我在老式的砖楼下见到了八十三岁的朱寿义先生。这位简朴和清贫的老人当时在安全区中分发救济款。没吃没穿的难民，写一张条子送来，少的发五元或七元，多的发十元，每天发出几百元。断了粮，他可以开一个月的领粮条子。有伤有病的，他这里开了条子，盖上红的圆印，可以到鼓楼医院免费治疗。死了人的，开始还发棺材，后来被害的人太多了，就没有办法了。要求救济的人成千上万，警察手拿着藤条维持秩序，许多人都挤不到这个铁栏杆的窗口来。中饭后休息，一个三十岁左右的人挤进来："请问你是朱先生？"

那位戴黑框眼镜的朝他点点头："你有什么事？"

来人立即跪地磕头："我是拉黄包车的，不瞒你说，现在一家没有吃了，递了几天条子都换不到钱，我想求求你。"

三轮车夫的手臂上有一条条的血痕，朱寿义给了他五元法币。

解放初的一天，朱寿义到洪武路的一个同事家，院中一个五十多岁的人看见他了，问道："这不是朱先生吗？"

朱寿义不认识这个人："你是——"

"难民区里托了你的情才递上了条子，那五元法币救了我全家的命。"他拉着朱寿义到家门口，"看，我供着你的长生福禄牌位，初一、十五都替你烧香！"

朱寿义一看，堂屋的正中立着一块红底黑字的长生牌位，香烟缭绕。他急得直喊："快拿下来，快拿下来，不要把我折死了！"

黄包车夫两手抱拳："救苦救难，我不能忘记您的大恩大德！"

"人都有危难的时候，患难相助，这是应当的！"

讲起发救济款，朱寿义老泪横流：

"那时真苦啊，五台山下来一个人请求特别救济，说他父亲死了，没钱买棺材。国际委员会派一个叫刘云海的人去调查，我也跟着去了。去了一看，破棚子边躺着一个老头，脸上盖了一张大草纸，旁边有一堆纸灰。姓刘的弯下腰去揭开草纸一看，老头还没有闭眼，就说：'装死！骗钱！走。'"

朱寿义心软，他难过地说："刘先生，瞒上不瞒下，做做好事，人到这一步，够可怜的了，多少给一点，譬如给了我。"

刘云海点了点头，朱寿义给老人手里塞了五元钱。

经过这场劫难的老人大都知道一个悲壮的故事：某天，三个日本兵一人挟着一个妇女嬉笑着往他们的驻地拉去，两个妇女又哭又叫，另一个妇女边走边对日军说："这两个人不懂道理，对皇军没有礼貌，不如放了她们，我一个人来慰劳你们！"

日军明白了她的意思后，狂笑了一阵，就放了那两个姑娘。三个日本兵簇拥着这个妇女向前走。走到难民救济会门口，这位妇女突然抽出一个日军的刺刀，深深地刺入自己的胸中。她倒下了，她救了两个同胞姐妹！这个故事发生的日子和这位妇女的名字至今没有人说得清，但这是一件真实的事情。

自然，同是天涯沦落人，不是每一个人都有这种无私的品格和无畏的勇气的。

1937 年的最后一天，意大利领事馆门口，停下了两辆马车。五个日军敲开门后，翻译传下话来：要借用三个姑娘。兽兵们抓出了三个姑娘。顿时，姑娘们拉着父母的衣服不放，父母们顿足哭喊着，不让女儿走。一位父亲上前恳求日军不要拉走他的女儿，脖颈上却被捅了一刺刀！一位三十多岁的母亲不忍让女儿去受苦，流着泪向翻译求情，由她去代替行不行。翻译一看，可以应付，就应允了。鬼子们见几个姑娘拖拖拉拉不肯走，就大声骂起来。这时，有几个难民就劝说了：

"走吧，快走吧！日本人发起火来，大家都要受连累，没有办法的，快走吧……"

三个女同胞被推上了马车，她们被日本兵拉走了，她们在哭，她们的心在滴血。日军和同胞都催促着："快走吧，快走吧……"

圣诞之歌

无论外界怎样改变人的生活轨迹，人们总要顽强地坚持自己的生活习俗。野蛮和恐怖笼罩着南京。在阴沉沉的寒风中，一年一度的圣诞节来临了。

这是西方人的节日。这是他们心中的上帝诞生的日子。上帝是神圣的，他给世界带来慈善、安宁、幸福与和平。他是善良的化身，为了洗刷别人的罪恶，他心甘情愿地替别人赎罪，被钉死在十字架上。

这样的人是值得纪念的。圣诞节前的一天，费吴生和费太太就忙开了。他们在准备圣餐。圣餐要有饼和酒，这是耶稣受难前与门徒吃的晚餐。这是上帝的身体和血。吃了圣餐，人类会赎去原罪。人间的原罪太多了。南京在流血、在呻吟、在死亡。这是犹大们干的，这是罪恶。主啊，救救这些人吧！

中午，德国卡罗威治公司的代表克鲁治、史波林和金陵大学医院代理院长德利谟博士都来了。午餐不太丰盛，只有炸牛排和烤白薯。味道都不错，牛排很香，白薯很甜。可惜，拉贝没有来。他走不开，位于小桃源他的家里躲避了三百多个妇女和老人。日本兵时常来抢劫和侮辱妇女。昨天还从隔壁的围墙上翻过来。正好被拉贝撞见，靠了那面国社党黑卐字的旗子才把他们吓走。拉贝气极了，他不许爬进墙来的日军从他的大门出去。他要日本兵仍然爬墙出去。有的日本兵不愿意再爬墙，大胖子拉贝指指自己胸前戴的那枚国社党勋章，质问日军明白不明白这勋章的意义。这枚黑白图案的勋章在日本是至高无上的，每一个日本兵都望而生畏。

晚上，他来了。他是走来的。因为拉贝又驱赶了几次日本人，所以晚了些时候。这位难民区最年长的长者，开朗而乐观，也很严厉，但人们都很尊敬他。他穿一身深色的西装，紫红色的领带给他减去了白发和皱纹。他带来了礼品，给每人送了一本精致的羊皮面子的西门子公司的日记本。

威尔逊医生弹起了钢琴。悠扬的琴声使人们暂时忘却了外面不愉快和不安定的事情。

今天，费吴生邀请了几个女士来他的家中欢聚，明尼·魏特琳教授来了，她是和她的同事、中国讲师吴女士一起来的。金陵大学医院的鲍尔女士也来了。还有史密斯和李格斯教授，他们说好了也要来的，可已经十二点了，怎么还没有来？电话已经不通了，13日起中断了服务。

他们可能有事。不等了，吃吧。中午吃烧鹅，鹅很肥，火候又好，红通通的烤鹅很脆也很香。费太太陪着女士们喝了点葡萄酒，费吴生劝女士们多吃点，她们都很兴奋。已经十多天没有好好地吃一餐饭了，她们都在各人负责的收容所里和难民们一起经受各种各样的苦难。

正当大家在品评烤鹅味道很鲜美的时候，有人急匆匆地来报告费博士：

"金陵大学的好几个地方冲进了日本兵！"

"喝完这一杯就走。"费太太说。

杯中的酒还没喝完，又来了两个报告紧急情况的人。

"走！"费吴生放下叉子，魏特琳教授和鲍尔女士也一起跟他出去了。

日本兵冲进了美籍教授方恩博士的住宅，冲进了中国教员的宿舍和蚕桑系校舍。他们一处又一处地驱逐和抗议。

关于这天的情况，费吴生在日记中是这样记述的：

"今天日本兵扯下了农村师资训练学校的美国国旗。昨天晚上和今天晚上，七个日本兵在圣经师资训练学校过夜并强奸妇女多人。我们隔壁，一个十二岁的小女孩被三个士兵奸污了，另一个十三岁的女孩也在我们救援之前被奸污了。刺刀伤人的事件时有发生。威尔逊医生报告说，医院的二百四十名病人中有四分之三是日本占领军的暴行造成的。对中国人的登记在金陵大学的校园里开始了。日本人欺骗说，如果有军人主动站出来，就可以送到劳工队工作，性命也可保全。约有二百四十人站了出来。他们被集中起来带走了，两三个活下来的人讲述了事情的经过（他们受伤后装死，然后逃到了医院）：一批人被机枪扫射而死，另一批人被士兵练习刺杀挑死了。也有很多人在行刑队的枪口下死里逃生，不过受了一两处伤。他们躺在同伴们的尸体下，从白天躺到晚上，然后逃到医院或朋友那里，全靠日本兵的疏忽捡了一条命。"

李格斯教授这天遇到了麻烦。他遭到了日军稽查官的抢劫和侮辱。当费先生和女士们正在品尝烤鹅鲜美的滋味时，他气呼呼地来到国际安全委员会秘书史密斯博士的住宅，向他述说了事情的经过，他要求向日军提出抗议。史密斯博士也愤慨了，他叫李格斯再说一遍，他当即用钢笔写了一封向日本大使馆的抗议信：

致日本驻南京大使馆各位官员

亲爱的先生们：

今天上午大约十点钟，李格斯先生在汉口路二十九号发现一些日本兵，并听到一位妇女哭叫。这位年纪二十五岁到三十岁的妇女用顿足和打手势示意要李格斯先生过去。一个日本兵正拽着她，其余的士兵则在房子里。她抓着李格斯的手。其余的日本兵从房子里跑出来，和外面的一起跑了，只留下李格斯和这位妇女。这位妇女是出来买东西时被日本兵抓住的。她丈夫四天前就被抓走了，至今还没回来。她要求李格斯先生护送她回汉口路陆军大学的难民营。李格斯先生就护送她由汉口路往东走。快到金陵大学时，他们遇到一名稽查官，带着两名士兵和一名翻译。

这个稽查官将李格斯先生的手从口袋里拽了出来，扒下日本大使馆发给他的臂章。李格斯把手放回口袋里，稽查官又重击他的手。他问李格斯是谁，但双方谁也听不懂谁的话。稽查官就在李格斯的胸前猛击一拳。李格斯问他这是什么意思，这下激怒了该官员。他向李格斯要通行证，但是李格斯忘记带了。他问李格斯在干什么。李格斯说正在送这位妇女回家。稽查官又给了李格斯一下。李格斯想看看这个稽查官戴的是什么臂章，他却给了李格斯一记耳光。稽查官指指地上，抢走了李格斯的帽子。李格斯猜想这是要自己给他磕头。李格斯不干，因而又挨了一巴掌。然而翻译解释说，稽查官想要一张名片。

李格斯解释说，他要护送这位妇女回去，因为她害怕。该官员命令士兵走到李格斯两旁用枪对着他。翻译解释说，该官员要他鞠躬。李格斯先生拒绝这样做，因为他是美国人。

该官员最后要李格斯先生回家去。

这位妇女看到李格斯受到这样的对待，吓得朝汉口路跑了。李格斯先生说，他没有招惹这位官员，只不过把手插在大衣口袋里没拿出来。而这位妇女是在他前面走，中间隔一段距离。

我们希望日军士兵的秩序和纪律能很快得到恢复，使外国人能安全地在大街上行走，不再为会受到骚扰而担心。

致以崇高的敬意

（签字）路易斯·C.史密斯

（Lewiss·C.Smyths）

于南京平仓巷三号

1937年12月25日

一件一件不愉快的事件使笃信基督教的西洋人大为遗憾。晚餐后，拉贝把南京安全区国际委员会和国际红十字会南京委员会的委员们请到他的家里，没有电，只好点蜡烛和煤油灯。今晚，他在大厅中装饰了一棵美丽的圣诞树。圣诞树是德国人发明的。红红绿绿的小灯泡在不停地闪烁。墙上还挂满了他年轻时在南非的森林中猎获的兽角、鸟类和漂亮而珍贵的皮毛。六十多岁的胖老头拉贝穿上了红色大袍，嘴边还粘上了棉花，扮成了白胡子的圣诞老人。他给每个人送了一张自己制作的贺年片，上面是红圈红十字的难民区徽章。

望着这个徽章，德国人、美国人、英国人、丹麦人都停止了欢笑。拉贝第一个在自己的贺年片上签名，杭立武博士因押运文物去重庆了。二十二个委员都写上了自己的名字。为了人道，为了博爱，为了正义，为了和平！

〔第四章〕

血似江水水似血

　　铅灰色的登陆艇在雾茫茫的长江上缓缓航行。我站在甲板上，两眼凝望着岸边的一景一物。我的心是沉重的。沧桑变迁，人事代谢，这一段弯弯曲曲的江岸，沉淀着一页不能忘却的历史！

　　长江、夹江、秦淮河汇合处的三汊河江潮湍急。中山码头江轮云集。大桥脚下，像黑色火柴盒般的南京肉联厂，当年是英国人的和记洋行。下关电厂的那只高烟囱，矗立有七十多年了。前面那个陈旧的码头叫煤炭港。再向东，是与八卦洲隔水相望的上元门和幕府山，山下长长的江滩叫草鞋峡。芦苇丛生的草鞋峡下游，是惊涛拍岸的燕子矶！

　　灰蒙蒙的江雾给这片苦难的山川披上了一层白色的轻纱。在惨绝人寰的南京大屠杀中，集体屠杀的十二处现场，有八处在长江岸边！

　　三十里的江边，洒下了十多万人的鲜血！

　　血似江水……

中山码头【遇难者五千余人】

幸存者梁廷芳：

16日早饭后十二时前，突有日军七八名持枪来。即挥手令余等五人随其出走，因不知其用意，只得听其指使，跟至华侨招待所后大空场时，见有数百人席地而坐，余等亦随坐其旁。继之陆续由日军从各方驱来平民多人，大空场人已满，复送入对面两大空院中。当余等到达时约十二点钟，一直等到下午五时，捕捉人数，除带走一部分之外，仅在大空场上就有五千人以上。此时天已渐黑，即由日军指令以四人列，依次向下关方向而行。到达下关已六时多，即将余等置于中山码头沿江人行道上，余还以为渡江做工，初不能断其实，此空前绝后惨无人道之大屠杀也。少顷，即有大卡车两辆满载麻绳驰至，复有新式汽车一辆到达，下车似一高级长官，即有多数带刀者趋向前向其敬礼。高级长官嘱咐数语，一带刀之日本军官即令其士兵分取麻绳，然后向东西分散，同时在路当中每数十步放置机枪一挺。约十分钟后，即听到步枪声响，时在晚七时光景，大屠杀开始矣。枪声离余等坐处约一千公尺，东西连续发射各五枪则停一两分钟，继之又响。但机枪则未用，因天黑看不见，机枪恐枪杀不彻底也。屠杀至夜约十点钟，余等借着月亮看见东边有十余名日军正在捆人执行屠杀，状至极惨……增荣对余云，如其等待屠杀，不若投江一死。廷芳则以为总是一死，两个即携手投入江中，自料必毙身鱼腹，乃江边水浅深及大腿，一跳不死，则不愿再往深处。万恶的日军，见余等投入江中尚不肯饶，即以机枪向江中扫射，唯恐留下活口作今日对证也。廷芳伏水中，忽由右侧射来一弹，由后肩窝穿入前肩窝而去……

随着滚滚的江水，他们和遇难者的尸体一同漂流！当刽子手被押上历史的审判台的时候，白增荣和梁廷芳出席中国审判战犯军事法庭做证。1946

年，梁廷芳还赶到日本东京，在远东国际军事法庭上用肩上的伤疤和目睹的事实，向法庭提供了上述证言。

铁一样的事实，铁一样的证言。

目击者今井正刚：

来到江边，只见酱汤色的扬子江像条黑带子，精疲力竭地、缓缓地流着，江面上漂溢着乳白色的朝雾，天就要亮了。

码头上到处是焦黑的尸体，一个摞一个，堆成了尸山，在尸山间有五十到一百个左右的人影在缓缓地移动，把那些尸体拖到江边，投入江中。呻吟声、殷红的血、痉挛的手脚，还有哑剧般的寂静，给我们留下了极深刻的印象。

对岸隐约可见，码头的地面上满是黏滞的血，像月夜的泥泞似的反射着微光。

过了一会儿，结束了清理作业的苦力们在江岸上排成了一列，接着是一阵嗒嗒嗒嗒的机枪声，这群人有的仰面倒下，有的朝前跌入江中。

今井正刚当时是《朝日新闻》社的随军记者。《朝日新闻》南京分社设在大方巷。12月15日晚上，他和中村记者在分社门外发现了"一支望不到头的中国人的队伍"，"被带到屠场上去"，就一直尾随着跟到下关的中山码头。

机枪声震动了脚下的土地，接着是一阵潮水般的呼喊声。

日军阻止他们走近："不行，记者先生，那里太危险，流弹乱飞。"

今井对中村说："真想写下来。"

"不知何年何月才能写，可是现在不行。但我们都看到了。"中村说。

今井："我还想再看一次，就用这双眼睛！"

今井把看到的一切写出来了——十九年后的1956年12月，他的《目击者的证言》在日本发表。

有良心的人，总会说真话的。

幸存者刘永兴：

我们是老南京了，住了好几代了。日本人进南京那年，我二十四岁，我是做裁缝的，那时住在城南张家衙。家有父母、弟弟和结婚不到半年的老婆。我们五个人都躲到大方巷的华侨招待所里面。

那天下午，一个鬼子到我们住的门口，他朝我招招手："出来，出来！"我走过去了，他要我弟弟也一起跟他走。

走到对面一个大广场上，已经有不少人坐在地上了。过了一会儿，翻译官说："做苦力去，都到下关码头搬东西去！"

有的不去，当场就被打了一枪。排好队就走，前头是穿黑制服的国民党警察开路，后头是日本人的马队压阵。路上死人很多，碰到人就抓，都带走。哪个跑，就开枪。

挹江门边上国民党的官兵好多被日本兵抓了，用铁丝穿大腿，一串一串的，都穿着军装。到了下关码头天黑了。抓来的人很多，二十个一串捆着，捆好就用枪扫。我在前面，连忙跟着别人跳江。这时，子弹的响声把耳朵都要震聋。打破头的，打断手的，一片哭叫声！

我身子全在泥水里，只有头露在上面。子弹从我的肩上穿过，棉袍子里的棉花都打出来了。机枪扫过后，日本兵又用刺刀一个一个地捅。没有打死的哇哇地叫。我在江水中朝岸上看，只见刺刀的亮光一闪一闪的，日本兵一边"嗨！嗨！"地喊，一边朝乱七八糟的死尸堆里用刀戳，惨叫声听得人汗毛都要竖起来！

刺刀捅完又用火烧。火很旺，滋滋地响。没有死的人一着火手脚乱动，大声地惨叫，一会儿就不动不叫了。我在水里，日本兵下不来。天又黑，他们看不见，所以保住了一条命。天快亮的时候，他们走了，我才慢慢地爬上来。那天爬上岸的有十多个人。

水里泡了一夜，冷也冷死了，吓也吓死了，我上岸后躲进了一个防空洞。躲了一天，晚上转到一个尼姑庵。庵旁边有个草棚子，棚里面有个四十多岁的农民。我掏出十二块大洋，求他救救我。说了许多好话，他才烧了一点胡萝卜给我吃，又给我换了一套对襟的蓝布老棉袄，还有一条手巾，我拿来扎在头上，就这样逃了命。

五十年后的今天，我找到了刘永兴。过了青溪上的竺桥朝前走，小巷的丁字路口旁就是他的家。他中等个子，很健朗，红润的脸，头发和胡子都花白了。他今年七十四岁，是南京玩具厂的退休工人，可仍然丢不下他的裁缝老手艺。我去访问的时候，他正戴着一副老花镜在裁剪衣服。他用一口地道的南京话向我叙说九死一生的经过时，有一句话重复了十几遍："吓人呵！吓人呵！日本兵狠呵！"

杀人者田所（日军士兵）：

那时我们驻下关。我们用铁丝网上的铁丝把抓来的俘虏每十个捆成一捆，推入坑中，然后泼上油烧死。有种杀法叫"勒草包"，杀时有种像杀猪一样的感觉。干着这些事，对杀人就会变得无动于衷。因为这对我们来说太司空见惯了……再者，因为是命令，也就不去多想它了。

也有用机关枪扫射杀人的。把机枪左右两边一架，嗒嗒嗒嗒扫射。

这是一个有勇气的人，说真话是需要勇气的。

煤炭港【遇难者三千余人】

日本《扬子江在哭——熊本第六师团出兵大陆之记录》:

在那宽阔的江面上，漂浮着数不清的死尸。放眼望去，全是尸体，江岸上也是，几乎看不到边。这些死尸中不光是士兵，还有许多平民，有大人也有孩子，有男有女，就像满江漂流的木排，缓缓地向下游淌去。把目光移往上游，看到的也还是尸山，简直无边无际。扬子江正在变成一条死尸之河。

幸存者说——

我叫潘开明，今年七十整。小命是捡来的。我从小就命苦，父母早死了，姐妹八个给了人家四个。大妹妹早出门了。我是老大，十四岁到水西门的陈有记理发店当学徒。学了三年，自己挑担，手里拿一副行头，两块薄铁板中隔一根木棍子，一拉嗒嗒嗒响，剃一个头十个铜板。生意不好，青菜煮黑面条吃不饱，晚上还去拉黄包车，就这样一天也挣不了几角钱。活不下去了，一个弟弟卖了三十五元，还有一个小弟弟给人拐走了。

日本人来了，先扔炸弹。成贤街的教育部、中央大学都炸了，八府塘那边炸死不少人！难民都跑反，拉黄包车生意好了，新街口到下关一趟能挣四角钱。没过几天，日本兵进了城，我躲到鼓楼二条巷二十四号的洋房里。那里是难民区，那年我刚好二十岁。

13日上午八九点钟的样子，我出门去看看，三个日本兵把我带走了，带到了大方巷口的华侨招待所，造得像官殿的那种式样。日本兵把我和另外七八个人关在一间小屋里，三天不给吃不给喝。16日下午，日本兵把我们赶出小屋，用绳子一个个地反绑起来。排好长的队伍后，又用长绳子把队伍两旁的人的膀子与膀子连起来。我排在右边，从前面数下来是第八个，两边有日本兵扛着枪押着。

到了下关，走热河路，再往靠河边的一条小巷子进去，到了煤炭港，就是以前火车过长江的那个地方。

队伍停下来了，我看了看，大概有三百人。日本兵用皮带抽、用枪托打，把我们都赶到煤堆上，四周机枪架好了，一个日本兵"啊"的一声大喊，接着哨子一吹，枪声就像放鞭炮似的噼里啪啦响了，人一排排地像割稻子一样倒下了，我糊里糊涂地也倒了，人昏了，不知道是死是活。

那天白天晴，多云。夜里月亮当头的时候，我醒过来了。身子动不了。睁眼一看，我身上压着死人，身上尽是血！我想：我是人还是鬼？我死没有死？

推开死尸，我爬起来一看，还有几个人坐着，我数了数，有八个。我问离我近的那一个人："老总，你没有死？"

那是个军人。他说："没有。"

这时，坐在铁轨边上的一个人把反绑的绳子磨断了，后来你帮我、我帮你，八个人的绳子都解开了。

我爬到江边，先把黑棉袍子外面的灰大褂脱下来，洗了洗，擦掉身上的血，就摔到江里去了。我四天没吃饭了，身上没劲，起来后就靠在一个铁架子上养了一会儿神。这时，其他人都各奔东西了，有的到和记洋行，有的抱着木板过江了，有的带着伤一拐一拐地朝城里走，好几个都是中央军，讲的四川、广东口音。有个人问我："你不走啊？"

我说："我是本地人，不能走。"

坐了一会儿，我慢慢地站起来，往一排空房子里走，在那里捡了一件破衣服穿，天亮走到热河路。不料，惠民桥边过来了四个日本兵，我吓死了。日本兵大吼一声，要我站住，问我："干什么的？"

我说："老百姓。"他们抓过我的两只手看了又看，摸了又摸，又问我出来干什么。我骗他们说："给日本先生挑东西。"边说边把手搭在肩上装出挑担的样子。一个日本兵问我："有没有路条？"

"没有。"我心慌了。

一个中等个子的日本兵还不错，他从衣袋里掏出日记本，撕了一张，用钢笔写了"苦力使用过"几个字给了我，上面还有些日本字我不认识。

他们在前面穿了大皮靴咯咯地走，我在后面慢慢地跟着。马路上没有什么行人，全是死人，一堆一堆的。

进了挹江门，我就朝右边一拐，插进了察哈尔路。翻过山，在古林寺旁边碰见了一个种菜的老头。我跪下就磕头："老爷爷，我几天没吃东西了，日本人把我拖到煤炭港用机枪扫，我没有死，我逃出来了。"

这老头五十多岁，脸黑红，中等个，留着胡子。听了我的话，他说："可怜啊可怜！"他进到草棚子里端出一大碗干饭，用水泡泡给了我，"没有菜，将就一下吧。"

吃完饭，他说："现在不能走，你先睡一觉。"我在他的草棚里睡了一觉，到晚上六点钟的样子，他说，"能走了，你走吧，路上当心。"

我跪下又磕了个头："老爷爷，谢谢你！"

他说："不用不用，都是中国人！"

幸存者说——

你找我可找对了，我这人命苦，可也命大。我们那一批三千多人都给日本人打死了，就我一个逃了条活命，你说命大不大？要不，早变成鬼了！

从头讲？好。那时我在车行当学徒，就在珠江路小营那块修脚踏车。日本人来了，我和我哥都躲到宝塔桥难民区英国人的和记洋行的房子里。

15日上午，日本人进来了，先是要洋钱、手表、金戒指。难民区三千多人分三个地方，日本人放了三只搪瓷脸盆，叫大家把这些值钱的东西都往脸盆里丢，连妇女的耳环子和老太太的簪子也都搜罗去了。

到了下午四点多，来了二百多个日本兵，都扛着枪，叫我们都跪下来，四个一排。然后把我们押到煤炭港的货房里。机枪在大门两边堵着，还有上了刺刀的日本兵一边一个管着我们。关了三天。

第四天早上，来了个翻译说："现在出去做工，十个人一批！"

大门口的十个人先赶出去了。过了十多分钟，枪响了。我知道坏了！外面是河汊子，没有通路，这下要死了！

两三个日本兵进来赶出去十个人，外面江汊子边穿黑衣服的日本海军三四十个人一人一支步枪等着。一阵枪响，第二批人又完了！

我是第三批，我排在前面，出去时我就站在江边。都站好了，我知道快要开枪了，日本兵刚举枪要打，我一个猛子拱到长江里去了。这时，枪砰砰地响，我管它，我只管拼命往对岸拱。我早做准备了，我在货房里就把褂子的纽扣都解开，裤带也解掉了，裤腰一卷掉不下来。江汊子有四丈多宽。我水性好，钻到水里先将衣服裤子都脱光，身上精光滑脱拱得快。冷？那时一心想逃命，哪里还管冷不冷！一会儿我就钻到对岸了，正好有节货车厢翻倒在江边，我就躲在货车肚子下，看着对岸十个一批十个一批地用枪打死。死人多了，河汊口的那只小汽艇开几下，把尸体冲走。日本兵那天中饭是轮流吃的，不停地杀。一直打到下午四五点钟还没有杀完。冬天五点多钟天就黑了，后来扛来了几挺机关枪扫，把好几百个人一起赶出来在江边扫死了！

天黑了，我从车厢底下钻出来，手脚都冻麻了，又冷又饿。我躲到了扬州班轮船码头边的桥洞下，桥下都是难民的尸体。我在死尸堆中找了一条破毯子把身子一包，就在桥洞里躺下了。

天亮了，日本兵往桥下扔手榴弹，我在死角里，炸不到。后来来了几个哨兵。我冷，动了一下，哨兵乒的一声给了我一枪。我曲着身子睡的，右手夹在两条大腿中间取暖。那日本兵枪法好，一枪伤了我三个地方。子弹从两条大腿中间穿过，两条大腿和右手第四个手指都伤了，黏糊糊的全是血。我不敢动，更不敢哼。夜里我在死人穿的棉衣里扯出棉花把大腿包起来。

第三天太平一些了，日本兵抓了夫子来挖坑埋死人。我听一个人在讲："他妈的，难民打死这么多，还叫我们来挖坑。"

一个人来拖我时我动了，他说："你还没有死？"我说："我不是中央军。"这个夫子四十多岁，他一看我的腿，就把我扶到桥上去。他走过去跪下给一个翻译官讲："这是个小孩，不是中央军，还没有死。"

翻译走过去和日本人叽里咕噜讲了几句，就过来对我说："你是小孩，写个条子给你，回家吧。"

我不能走了，就爬着回去。过煤炭港货房时我站不起来不能鞠躬，站岗的日本海军给了我一棍子，疼死了。我连忙咬着牙站起来鞠躬，又递过条子，才爬回和记洋行。

难民区里有个张老头，八十多岁了，白胡子很长，他的儿子和我一起被抓走的。我说："我的命是捡来的。"他哭得很伤心。后来他用茶水给我洗伤口，又用死人的大腿骨头刮粉敷在上面，两天换一次，整整一年才好。

现在还不行，伤了筋，天一变就疼。大冷天光着身子在江边泡了一天，身上一根布纱都没有，冷啊，两条腿得了关节炎。（本文作者见他两个膝盖上都贴着伤湿止痛膏。）

那天我哥哥也被日本兵抓走了，他当挑夫，烧水做饭，一直到句容，夜里把水桶扔在井里跑回来了。他叫陈金龙，我叫陈德贵，我们兄弟俩命大。

唉，那时的人老实，都不敢动，叫跪就跪，叫坐就坐下。大货房里三千多人只有三个日本人看管，大门开着，又都没有绑，一起哄，三千人至多死几百个，两千多都能逃出去，可就是没有人出头，都胆小，都怕死！

我陷入了深深的思索。求生是人的本能，可是，为什么面对死亡，这么多的人都不敢拼死去寻求生路呢？看来，懦弱和胆怯比死亡更可怕。或许，一个人或几个人的胆怯和软弱是可以谅解的，而懦弱一旦成了集团性的通病，成了国民性，就会酿成悲剧。

我从中山码头走到煤炭港，走到当年英商和记洋行的旧址。我极力地想从历史的陈迹中寻找一点对于今天的人们仍然有用的东西。

我望着电厂那只高烟囱出神。下关电厂大门口用砖石和水泥修筑的"死难工人纪念碑"深深地吸引了我，碑上记述着五十年前一个悲惨的故事，它像电，它像火，照亮了人们的心。

电厂厂史编写组一位姓谢的老同志向我介绍了碑上的往事。他是遇难者们的代言人。

代言人说——

我们下关电厂早时候叫金陵电灯管厂，清宣统元年用二十万两白银建的，七八十年了，机器都是德国、美国造的。新中国成立前改名扬子电器公司，成了宋子文的官僚资本企业。日本人来的时候，先是挨飞机的炸弹，但工人边挨炸边修理，电灯一直亮到12月13日凌晨。当时厂里有五十三个人留守。日本兵进城时，工人都躲到旁边的和记洋行去了，后来被赶到洋行旁边江汉子车站的一排货房里，就是以前火车过江的地方，又叫煤炭港。

电厂的五十三个人中有两个失散了。副工程师徐士英被和记洋行的领班叫去给日本人配汽车钥匙了。有个叫曹阿荣的工人，早些时候在上海的日本人开的丰田纱厂里做过工，会说几句日本话，就被日本兵拉去烧饭了。这个人聪明，他知道拉出去的人生命有危险，就对日本兵说烧饭的人不够，把厂里的周根荣、薛和福、孙有发和李金山四个人喊出来了。他本来还要喊，但被日本兵制止了。

这几个人死里逃生留了条活命。其他四十几个工人和三千多难民一起，十个一批十个一批被押出去赶到江边枪杀了。只有一个叫作崔省福的，他被押出去时已是傍晚了，听见枪响，他一头栽倒在死人堆里，一发子弹从他的肩上打进，从腰背穿出来，过了好久才醒来，终于九死一生地幸免于难。还有一个船工也侥幸活命。失散的两个工人后来才知道，一个躲在朋友家中没有遇害，另一个被日本兵杀死了。这样，我们下关电厂在日寇制造的"南京大屠杀"中有四十四个工人遇难。为了纪念死去的工人兄弟，新中国成立初，我们在厂门口修了这座纪念碑。全厂工人天天见到它，它天天在和我们说话，说这一段难忘的历史……

汉中门外【遇难者两千余人】

【访问记】
他出席过国际法庭

我在繁华而又嘈杂的闹市区找到了他的家。这里是靠近南京最热闹的新街口的糖坊桥。一块"佳乐小吃"的招牌和我笔记本中记下的门牌号码对上了。大铁锅上热气腾腾，饺子的香味阵阵扑来。

"伍长德？你找他干啥？"店主人问。

我递过介绍信。

"在里面，请。我是他的儿子。"他伸出沾满面粉的手引我穿过店堂，进入了南京市常见的木结构的老式旧屋。

屋里很暗。一个瘦削的高个子老人从椅子上站起来和我打招呼。他双手抱着个白白胖胖的重孙子，身边靠着一根长长的白木拐棍。

伍长德老人长脸长眉毛，平头短发，眼睛不大，鼻梁上架着一副像玻璃瓶底一样厚的近视镜，额头上像蚯蚓一样的血管和紫红色的皮肤上像细浪似的皱纹，说明了这位八十岁老人饱经的风霜和艰辛。

他向我述说了他的苦难和仇恨：

俺是徐州邳县人，十七岁来南京做小工，后来当交通警，也做豆腐，一直住在这里，住了六十多年了。

日本人的飞机大炮一齐攻南京，俺把家眷送到淮安丈母娘家去了，当时大儿子才三岁（就是门口那位佳乐小吃店的主人）。俺一个人躲进了中山路司法院的难民区，里面有好几百人，有两个人俺认识，也是交通警，都换了便衣。俺住小楼房。第二天进来躲避的人多了。

15日早饭吃过的时候，来了十几个日本兵，用日本话乱叫了一通，俺也听不懂，不知说啥。后来就用刺刀赶大家出去，屋里只剩下老人和小孩了。

大门不开，日本兵把俺从侧门赶出来，赶到了马路上，有好几千人，叫大家都坐下，不知他们要把俺们怎么的，心里很害怕。日本兵还在大声地叫喊，反正俺听不懂。

在马路上坐了有个把小时，就用刺刀赶俺们站起来排队走，走到新都电影院门口，停下来了，又叫俺们都坐下。不知搞啥名堂。

一会儿开来了好几辆汽车，车上有日本兵有机枪。俺有点慌了。

汽车在前面开，俺们排着队在后面走，往汉中门那个方向走。走到汉中门里，又叫俺们在地上坐下。我看见日本兵把汽车上的机枪搬下来，扛到城门外去了。

坏了！四周都有端枪的日本兵看着俺们。一会儿，两个日本兵手拿一根长绳子，一人一头，在人堆里圈，圈进去的有一百多，日本兵拉着这个绳圈圈把他们押到城门外面去了。

城门外面是秦淮河。俺害怕了，要杀人了，很多人都紧张，又都不敢说，更不敢动。

枪响了，有哭的，有叫的，吓得人心里发毛！队伍乱了套了，坐着的人有的吓瘫了，倒下去不会动了，看押的日本兵当场一枪就把人打死了！

第二批又圈走了一百多个。从城门外进来的日本兵刺刀上鲜血淋淋！到了五点钟的光景，俺也被圈进去了。这时，剩下的坐在地上的还有两三百人。

俺们那一批人中有的知道要死了，呜呜地哭，有的不吭气，也有骂日本兵的。刺刀顶着脊梁，谁都不敢动，也没法子跑。走出城门，就是护城的秦淮河。日本兵把俺赶到河的堤坡上，岸上有两挺机枪对着，堤坡上尸体层层叠叠一大片，血像小河似的一股股地向河里流。

俺急了，跌跌撞撞地向前冲了几步，就趴倒在尸体上面了。这时，机关枪咯咯咯地响了，人都倒了。只听得"爹啊""妈呀"地叫，也有"哎哟""啊呀"喊疼的。

机枪扫过又打了一会儿步枪，是单响的。俺身上压着的那个人一动也不动，好像是死了。

天黑了，尸体上好像有人在走。热乎乎、黏糊糊的血流到了俺的脖子上，俺是双手抱着脑袋朝河水趴倒的。

啊哟！俺背上不知咋的，一阵火辣辣的疼痛。原来日本兵在上面捅刺刀，俺背上也戳了一刀，还好，不很深，刺刀是从上面那个死人身上穿过来的。

刀刺过以后又听到了机枪扫射声，俺身上扑通扑通又倒下来好些人，压得俺气都喘不过来。俺脑子清醒，上面人的说话声，模模糊糊都能听到。

后来倒下来汽油，又扔了不少劈柴。汽油味难闻。一点火，呼呼地烧起来了，俺身上的衣服也着火了，疼啊，又是烟又是火，俺受不了啦，死了算了，俺用劲拱，用劲爬，爬出尸堆，俺脱掉了衣服，跳进了护城河。

河里水不多。天黑了，日本兵走了，俺就爬上了岸。背上疼得直不起身子，只好顺着堤坡爬。爬不动了，后来在岸边见到一只小船。船上没有人，有破衣破裤子。俺拿来就穿，衣服太小，俺个子高，穿起来露出肚子。

再爬，爬到了一家被火烧了一半的人家。俺在草堆中一倒，昏沉沉地睡着了。

醒来，俺用锅灰抹了一下脸，挎了只破篮子装成要饭的进了城，到鼓楼医院住了五十几天伤才好。住院不要钱，是红十字会救济的。伤好了，背上留下了比鸡蛋还要大的一个疤。

他掀起衣服的后襟，裸露出紫褐色的瘦弱的腰背给我看。腰脊骨偏左处，凹下去一条五寸左右的刀伤！月牙形的伤口早成紫褐色的硬块了。他给许许多多人看过这块伤疤。1946 年 5 月，作为受害者和目击者，伍长德被远东国际军事法庭邀请到日本东京，参加对日本战犯的控诉！

他对我说："十二个大法官坐在台上，有法国人、英国人、美国人和俄国人，俺中国的梅法官坐在第二位。气势汹汹杀人的日本鬼子像瘟鸡一样低着头站在俺面前。俺把怎样受伤、怎样逃命的经过讲了一遍，日本人没有话好说！国际法庭给俺拍了好些照片带回来，可惜'文革'的时候都烧了，照片上有很多外国人，俺怕'里通外国'变特务！

"那时国际法庭给俺发了一个卡，在东京吃饭坐车都不要钱。俺坐在车上、坐在饭桌边，就想起许多被日本兵打死的人。俺在法庭上说：'要赔我们的损失！赔我们三十多万人的生命！'不知咋搞的，没有回音。"

【当我写完这一章节的时候，突然传来伍长德老人因病去世的噩耗。他带着要求赔偿战争损失而得不到回音的遗憾到天国里去了。他带着被侵华日军的刺刀戳了五寸长的那一块紫褐色的僵硬的伤疤到另一个世界去了。】

草鞋峡【遇害者五万余人】

1937 年 12 月 17 日

《朝日新闻》报道：

俘虏众多难以处理　廿二栋人满为患　粮食供应颇伤脑筋

【横田特派员南京 16 日电】两角部队在乌龙山、幕府山炮台附近的山地俘虏了 14777 名南京溃败敌兵，因为这是前所未遇的大规模地生俘敌军，故部队方面略觉为难。部队人手远远不够，只得采取临时措施，将其解除武装，押入附近兵营，兵营中塞进一个师以上的兵员，二十二栋房舍挤得满满的，真是盛况空前。××部队长发表了"皇军不杀害你们"这样的训话，俘虏们举手鼓掌喝彩，欣喜若狂，彼支那之散漫国民性，诚令皇军为之羞耻。

报道有几点失实：俘虏并不全是散兵，也有不少老百姓。俘虏的数字被大大地缩小了，实际人数是五万七千多人。

五万多人的命运如何？

四十七年后的 1984 年，日本福岛县七十三岁的田中三郎吐露了真情。当时他是两角部队的下士。记者采访了他：

《朝日新闻》记者本多胜一
1984 年 9 月《朝日周刊》:

在南京北面有一座叫作乌龙山炮台的阵地，部队向这里进攻时，也未遇到有组织的抵抗。在沿支流挺进至幕府山脚时，一举迫使大批中国士兵投降了。各个中队手忙脚乱地解除了这批俘虏的武装，除了身上穿的以外，只许他们各带一条毯子，然后就把他们收容进一排土墙草顶的大型临时建筑中，中国兵管此叫"厂舍"。田中回忆说，这些建筑在幕府山丘陵的南侧。

被收容的俘虏，生活极为悲惨，每天只分得一碗饭，还是那种中国餐中常用的小号"中国碗"，连水都不供给，所以常看见有俘虏喝厂舍周围排水沟里的小便。

在举行入城式的 17 日那天，根据上面"收拾掉"的命令，把这群俘虏处理掉了。那天早晨，向俘虏们解释说："要把你们转移到江心岛的收容所去。"

转移大批俘虏应当警备，所以配置了约一个大队的日本兵。这是一次大批人员的行动，动作很迟缓，先把俘虏们手向后捆起来，出发时已是下午。出了厂舍，命令俘虏排成四列纵队呈一字长蛇，向西迂回，绕过丘陵，来到长江边走了四五千米，顶多六千米。不知是觉察到可能被枪杀，还是渴不可耐，田中看见有两个俘虏忽然从队伍里跑出，跳进路边的池塘，但是立刻被射杀在水里，头被割下来，鲜血染红了水面。看到这种情况，再也没有人试图逃跑了。

大群俘虏被集中在江边，这里是一块点缀着丛丛柳树的河滩，长江支流的对岸可以看见江心岛（八卦洲），江上还有两只小船。

俘虏队伍到达后三四个小时，俘虏们也注意到这个矛盾：说是要把大家送到江心岛上，可是并没有那么大的船，江边也看不出什么渡江的准备，就这样不明不白地等着，天快要黑下来了。然而，就在俘虏们的周围，日本兵沿江岸成半圆状包围过来，许多机关枪的枪口对着俘虏们。

天将黑时，在田中对面的西头，俘虏反抗，杀掉了一个少尉，因而传来了"小心！有俘虏要夺刀！"的警告。

不一会儿，军官们下达了一齐射击的命令。重机枪、轻机枪、步枪围成半圆阵势，对着江边的大群俘虏猛烈开火，将他们置于枪林弹雨之中，各种枪支齐射的巨响和俘虏群中传来的垂死呼号混在一起，长江边简直成了叫唤地狱、阿鼻地狱。田中也操着一支步枪在射击，失去了生路而拼命挣扎的人们仰面朝天乞求上苍，结果形成了巨大的人堆。齐射持续了一个小时，直到没有一个俘虏还站着，这时天已经黑下来了。

但是，就这样结束行动的话，难免会放过一些活着的人，这既有只负了伤的，也有倒下装死的。一旦真有活着逃出去的人，那么这次屠杀全体俘虏的事实就会传出去，成为国际问题，所以一个人也不能让他活着出去。田中一伙日本兵从这时开始直到第二天天亮，为了"彻底处理"而忙活了一整夜。尸体摞成了很厚的一层又一层，要在黑暗中翻遍这尸层，从上万人中确认一些人的死活是很伤脑筋的，于是想到了火烧。这些俘虏都穿着棉制冬装，点着了以后不容易灭，而且火光下也便于作业。因为只要衣服一着火，不怕那些装死的人不动弹。

尸山上到处都点起了火，仔细一看，果然有些装死的人由于经不住火烧而偷偷地动手灭火，于是只要看见哪里一动，便赶上去给他一刺刀，将其刺死。一面在层叠的尸山中翻来翻去，一面在烟熏火燎中了结事情，这种作业延续着，皮鞋和绑腿上都浸透了人油和人血。如此残酷的"作业"毫无疑问也是在"杀敌越多，胜利越大""给上海开战以来失去的战友报仇""也算对得起战友家属"等心境中干的。在把那些还在动弹的人刺死时，心里只有两个念头：这下子战友的亡灵可以升天了；决不让人活着逃出，留下证据。

田中说：能从杀人现场逃脱的人，"可以断言一个也没有了"。

人是杀不绝的。

就在《朝日新闻》记者本多胜一发表田中三郎回忆"丛丛柳树的河滩"边集体大屠杀的文章的同时，在中国的南京，终于查访到了一位在这场五万余人的集体大屠杀中九死一生的幸存者，他叫唐广普。1987年春天，我驱车一百多千米，在苏皖交界一个柳绿麦青的乡村中找到了他。

他记忆的屏幕上，又展现出了五十年前的画面……

天黑下来了，挹江门内人潮汹涌。涂着白色十二角星的一辆坦克车吼叫着冲开了一条血路，坦克后面是断肢裂体和血肉模糊的死尸！轰隆隆的履带上沾着红的血和白的肉！愤怒的人潮中跃出一位穿灰军衣的士兵，他往坦克车的车门里塞进了一捆手榴弹。轰的一声，烟火升腾，炸毁的坦克堵塞了城门洞，拥挤的人潮更拥挤了。

辎重营开汽车的戴三颗花领章的上等兵唐广普丝毫不同情被炸死的开坦克车的驾驶兵。为了逃命，自己人轧自己人，太残忍了！他和比他大两岁的张营长的警卫员唐鹤程手拉着手紧紧靠在一起，他们都是教导总队的，他们怕被人挤倒和挤散。脚下全是被挤倒后踩死的人，软绵绵的真害怕！涌动中，不知哪个部队的一个高个子士兵提议：拉起手来。拉手也不顶用，人潮像咆哮的波涛。后来每个人解下绑腿带，六个人的手腕与手腕拴在了一起。一人冲倒了，左、右两边的人一拉就起来了，逃生的时候是能急中生智的。好不容易出了挹江门，唐广普的好友唐鹤程找不到了，手腕上的带子断了！

走到下关，唐广普遇到了救星，胖乎乎的上司骑在一匹枣红马上，手拿着一个喇叭筒在大声喊着："弟兄们，要想活命的，跟本总队长冲！"

哪个不愿意活命呢？散兵们围着总队长听他的喊话："现在没有船，过不了江。敌人采用五爪金龙和一字长蛇阵的战术，兵分几路杀来，我们走三汊河冲出去，冲到敌人的后方去！"

像一阵旋风，人潮都卷向三汊河了。没跑多远，唐广普掉队了。另一部分人朝下游走，他又遇到了唐鹤程，他们跟着一伙人走过了老虎山，走到了十多里外的燕子矶。

满街都是人。争相逃命的人扛着木板、木盆、木桶往江里跳。唐广普和唐鹤程东找西找，找了个猪肉案子，两个人抬着扔到长江中，肉案子太重，在水中四脚朝天，半漂半浮，两个人一踩上去，立即翻了个身。他们湿漉漉地爬上了岸，又找了两个小柜子，用绑腿带一边一个拴住，这样好一些了，唐广普拿着一把小锹用劲往江北划，但不行，沉重的小柜子把不住方向。右边划往左拐，左边划往右拐，只能随波逐流地朝下游漂，漂到了笆斗山。

"我生在江北，看来要死在江南了！"唐广普想起了他苏北阜宁的故乡，对天长叹道。

唐鹤程安慰他："不会的，不会的。"

划不过江了，只好往回划，几下就到了岸边。

夜静更深，风雪阵阵。穿着被江水打湿的衣服，他们瑟瑟发抖。两个人的鞋子都掉了，肚子里早唱起了空城计。他们搀扶着朝燕子矶镇上走。太疲劳了，在密密麻麻的人堆中，他们一倒下就睡着了。

蒙眬中响起了叭叭的枪声。睁眼一看，穿黄军服的日本兵在眼前高喊："出来，通通出来！"

他们端着明晃晃的刺刀，将人群朝一个广场上赶。

一个会讲中国话的日本兵说："哪个认得幕府山，带路！"

有人说："我认得！"

在刺刀的寒光和晨曦的微光中，黑压压的队伍被押走了。

白蒙蒙的朝雾和白蒙蒙的水汽混成一片，沿江的大路上，蠕动着一条黑色的长蛇。走得慢的和走不动的，立即被刺刀戳穿了胸腔，刺成重伤的难民在路边打滚和哭喊！

幕府山一片荒凉。光秃秃的杂树和枯草间，有十几排毛竹支架起来的草房。这是教导总队野营训练时临时住宿的营房，四周用竹篱围着，竹篱上装上了铁丝网，铁丝网外边是陡峭的壕沟。

十几排草房中都塞满了人，背靠背、面对面地挤在一起。有男有女，有军有民。唐广普看得真切，有几十个女警察也被绑着押来了，看样子是从镇江方向逃来的。燕子矶、上元门和沿江一带的难民与散兵，都一队一队被押送到这里来了。

没有吃，没有喝，只有兽性和暴行！鬼子拿着粗大的木棍和刺刀在巡逻。对于大声说话的，好强反抗的，不时用木棍狠命地捶，或者用刺刀使劲地捅！女人的尖叫和呼喊声日夜不断。每天都有奸死的妇女被扔进深深的壕沟！

到了第三天，每排草房的门口放了水桶和木盆，被囚禁的人才喝到一点从土井中打上来的泥水。

第四天，一个四川口音的国民党兵悄悄地说："跑啊，不跑不得了！"怎么跑呢？

那天夜里，这个四川兵把芦席草盖的大礼堂点着了。一刹那，风吼火啸，烈焰腾空！唐广普在礼堂斜对面的一排草房子里。草房子里的人都冲出了门朝外面奔跑！日本兵的军号嘀嘀嗒嗒地吹起来了，四周的机关枪开火了，已经爬上铁丝网的，像风扫落叶般地倒下来，踩着人背跳下了壕沟的，也因爬不上陡峭的沟壁而被枪弹打死在深沟中。人群像没头苍蝇似的到处乱窜。弹雨横飞，火光冲天！混乱中，不少人跑到了伙房，直抓水缸中的大米饭一把一把地吞咽。唐广普冲过大礼堂边的山头，一看前面的人都一片片地倒下了，连忙折回头来。这时，四面灯光刺目。他蹿到伙房中，也抓了一把米饭，狼吞虎咽地下了肚子后，再伸手去抓已经没有了。这是他四天来第一次吃饭。

礼堂烧成了灰。人潮渐渐平息下来。奔逃的人群死了好几千！

第二天天没亮，几辆卡车开进了幕府山，车上装的全是整匹的白洋布。鬼子兵一群一群地守在每排草房的门口，用刺刀把白洋布刺啦刺啦地撕成布条子。

大约凌晨四点的样子，日本兵大吼着："出来，通通地，出来！"

草屋里的人一个个地出了门，门口的日本兵用白布条将出来的人先是背着手反绑，再把两个人膀子靠膀子捆起来。唐广普说："一动不能动，哪个犟一犟，当场就一刀，人不如一只小鸡！"

绑到下午四点钟左右，会说中国话的那个日本人又喊了："哪个认得老虎山？"

"我认得！"有人说。

"好的，前面的带路！"

四个一排，一条黑色的长蛇，从幕府山的草房里慢慢地游动出来。转出山口，路两边横七竖八地躺着一大片被日本兵枪杀的尸体。

排在队伍中间的唐广普，突然听到从队伍前头传下话来："笑，要笑，不笑要戳死的！"怎么回事？唐广普的眼前出现了令人战栗的情景：路边站立着三个裸体的女尸。女尸的背部和腋下用三根树枝撑着。一个是六十左右的老太太，一个是中年妇女，一个是小姑娘。她们披头散发，无力地耷拉着脑袋，苍白的躯体早已僵硬了。

这就是我们的母亲、妻子和姐妹！这支队伍中的大多数人，都是失去了武器的士兵。有血性和人性的中国军人，怎能忍心看这惨不忍睹的情景！他们不能动，手被捆绑着。他们紧闭双目，咧开大嘴，对着侵略者苦笑着，才混过了这令人心碎的一关。也有人对着雪亮的刺刀怒睁双眼，咬牙切齿，这些刚烈的男子汉都倒在白色雕像的脚下了！

队伍骚动起来了。日本兵说话了："到了老虎山，就送你们到南京城里去米西米西！"

拖着沉重的脚步，队伍来到了老虎山下的江边。这地方叫草鞋峡，又叫上元门、大窝子。冬季是枯水期，江滩上生长着稀疏的柳树和一蓬蓬枯萎了的芦苇。

"坐下，统统地坐下！"会说中国话的日本军官说，"送你们到江心岛上去！"

透过苍茫的暮色，可以看见江边停靠着两艘小汽艇。"过江？这两条小船能过多少人？"人群中有人议论。

"坏了！没的命了，要下毒手了！"有人看见日军四面架起了机枪，连小汽艇上也有黑洞洞的枪口。

天慢慢黑下来了，坐在江滩上黑压压的一大片人群周围，有上了刺刀的日本兵警戒着。"不能绑着死，做鬼也要做个散手鬼！"有人说："咬，把疙瘩咬开！"唐广普挤坐在大路与江边的中间，他又找不到唐鹤程了，他用牙齿咬开了前面一个人手臂上的布条结，后面的人帮他解开了手腕上的布条。你帮我，我帮你，唐广普周围的人大多都松了绑。

这时，江边两条小艇上探照灯的白光像刀一样刺射过来。路边的树枝上撒上了稻草，再浇上汽油，一点火，像火把一样照亮了夜空。没等警戒的日本兵撤离，江边混乱起来了：

"掐死他！掐死他！"

"夺枪！夺枪！"

"要死一起死！"

骚动中传来了一阵又一阵的叫喊声。

俘虏们三四个人拖住一个日本兵，用拳头揍，用手扭，用脚踢牙咬！鬼子们扔掉了枪，哇哇地乱叫。腿快的都跑上了大路。这时，四面的重机枪一齐开火了。混乱中，唐广普又碰见了唐鹤程，两个人连忙卧倒搂在一起。嗒嗒嗒嗒的机枪声吼叫了二十多分钟后停了，江滩上密密麻麻地躺满了血淋淋的尸体。还有些人在爬行、滚动。唐广普晃晃唐鹤程，唐鹤程也晃晃唐广普：

"怎么样？"

"不知道。"

"你怎么样？"

"我不行了。"

其实，唐鹤程没有事。两个人都没有知觉了。唐广普的右肩被江边小汽艇上扫射过来的机枪子弹打穿了，但他不觉得疼。他只是用两手的肘部死死地抵在江滩上，这样好喘气。他的身上重重地压着好多尸体。他隐隐觉得上面有人在挣扎，在叫喊。

枪声停了五分钟左右，第二阵机枪又吼叫了，扫射了一刻钟光景，枪声停了。唐广普再摇摇唐鹤程，他不会动了。唐广普用手一摸他的头，头上黏糊糊的。唐广普想：他的头被打开了。

枪声一停，日本兵踩着尸体上来了。他们用刺刀戳，用木棍子打，还没有死的人在大声地喊和骂："哎哟，我的妈啊！"

"日本兵，我操你娘！你来补老子一枪！"

"日本人，你对不起我们啊！"

"狗东西！畜生！"

打过、刺过，日本兵又搬来稻草和汽油焚尸。火势熊熊！活人的喊叫声和尸体燃烧的滋滋声以及树枝哔哔剥剥的爆裂声混合在一起。红色的火焰主持黑色的葬礼！

在底下的唐广普，忍受不了上面流下来的鲜血、汽油、热浪、烟火和发烫的人油！他在下面透不过气来。他要逃命，他渴望活着，求生的本能给了他力量和胆量。他前拱后拱都拱不出来，硬蹭才蹭出半个身子。他看到，日本兵叽里呱啦地在大路上烤火。唐广普在死尸堆上慢慢地爬、爬，爬到了江边。他听听动静，江浪哗哗地响，他的心怦怦地跳。

还有一个人也在爬。唐广普小声地对他说："慢点，不要给日本人发现。"

那人回答："要跑啊，不跑不得了啊！"

"轻点、慢点，等他们走了再跑。"

他说："不行，不行。"

他跑了，跑不多远，扑通一声，这个要逃命的人掉到一个小河汊里去了。水声一响，日军惊叫起来，机枪吐出了长长的火舌。

唐广普不敢动了，他轻轻地拖过一具尸体挡在自己的面前。又过了一阵，日本兵吹哨集合了。大概有十二点了，唐广普想。

日军的大皮靴在路上咔咔地走远了，唐广普才拔腿，顺着江滩往燕子矶跑。滩头全是芦苇，他在烂泥和芦苇根中深一脚浅一脚地走着。

出了芦苇滩，前面发出了红红的光亮，像一盏灯，像一团火。他怕碰见日本兵就用耳朵贴地听听，没有一点声音。他朝红光走去，用手一摸，是一堵被火烧毁了的墙。风一刮，木柱上又冒起了火星。墙脚下热烘烘的，他一摸，是烧焦了的稻谷，还烫手呢。

鸡叫头遍了，唐广普钻进这热烘烘的谷灰里，抓一把烧焦的谷子，一粒一粒地嗑着吃。

天亮时他被冻醒了，看看四周，没有一个人。这里是燕子矶，死一样的沉寂。村庄被烧毁了。他往江边走去，忽然，江上飘动着一面太阳旗！他连忙钻进江边的一座砖窑。窑里有五个死尸，全是散兵，四个穿灰军服的士兵，一个穿黄呢子服的军官。他躺在尸体堆中，一动不敢动。

外面没有动静。唐广普从窑洞口探出头来看看，太阳旗已到了岸边，它插在一条小舢板上，舢板上是一老一少两个农民，看样子是父亲和儿子。

两个人上岸了，把船的绳子拴在一棵小树上。唐广普像见了亲人，立即跑过去。

"老伯伯，救救我的命！"他一边说，一边趴在地上连连磕头。

老汉看着面前的这个血人："你是哪里的？"

"昨天夜里日本兵在大窝子杀人，我是从死尸堆里爬出来的！"

老汉微微点了点头："怪不得昨天夜里枪声响了那么长时间。"

二十出头的年轻人气呼呼地问："你是中央军吧？"

唐广普一看他怒气冲冲，就赶紧笑着说："大哥，我、我是抓壮丁来的。"

"哼，没有看到你们打日本人，反把我们的房子先烧了！"

唐广普一个劲儿地磕头，嘴里一声接一声地叫："大哥，大哥，做做好事！"

老汉埋怨他的儿子："讲什么东西！"

"老伯伯，江北还有我的父母，你带我到八卦洲吧！"唐广普一再求情。

老人为难地摇摇头："不行啊，被日本人的巡洋艇发现就没命了！"

一老一少走了。他们是来搬稻草的。唐广普连忙上去帮忙。老人说："我们跑反到了八卦洲，两条牛拉去了，没有草吃，来拖一船稻草。"

装好草，唐广普再一次下跪磕头。老人终于点了头，叫他钻进草堆里去。他的上面，是一面迎风飘扬的太阳旗。

唐广普安全地到了八卦洲。八卦洲上有许许多多散兵。八十八师的、八十七师的、三十六师的、教导总队的。八卦洲上有几十条船，都沉没在内湖里。唐广普到了八卦洲，像鱼儿跃入了水。一个人是孤独的，孤独是可怕的。军人又回到军人的队伍中了，虽然都是散兵，都是败兵，但都是戴青天白日帽徽的国军。他在八卦洲上吃了些东西，感到温暖多了。

第二天，据说是一个师长，还有另外三个军官，化装成士绅的模样，皮帽、长袍、大褂、金丝眼镜。四个人的后面跟着七八个随从，随从们的手上，一人端一只大木盘，木盘上是用红纸包封装的一筒一筒的银洋，还有香烟、糕饼、水果、纸糖……

从上游开来了日军的巡逻艇，艇上有乌黑的机枪和红白相间的太阳旗！八卦洲的码头上鞭炮齐鸣，锣鼓震天，震天的鼓乐声中，有一面白布做的太阳旗在摇动。

汽艇靠了岸。艇上走下来一个小队长模样的日军："什么的干活？"

戴皮帽子的人上前一个九十度的鞠躬："报告太君，我们是八卦洲的难民，从南京逃出来的难民很多，这里地方太小，已经没有吃的了，请求皇军准予我们送一部分到江北去。"

翻译官用日语重复了这个意思。戴皮帽子的人朝端大盘的人示意了一下，一大盘堆得高高的红纸包送到了日本军官面前。他拿起一筒，用手掂了几下，嗤的一声撕开红纸，白花花的大洋在盘中叮叮当当地响。

"要摆渡到江北去，有没有支那兵？"

"很少，徒手的，没有武器。"

"你们有几条船？"

"六条船。"

"什么船？"

"三舱小船。"

小队长想了一下，从口袋中掏出个本子，用钢笔唰唰唰地写了个条子，交给戴皮帽子的人，算是通行证明，并规定了摆渡时间为上午八点至十二点，下午一点至五点。

日本军官又一一打量了这些人，一个个都点头哈腰。当他的目光扫到那面用长竹竿挑着的太阳旗时，他摇了摇头："这个的，不行！"

太阳旗是用白床单做的，上面用红颜料画了个不圆的太阳。

日本军官叫人从船上拿来一面新制的太阳旗换上："这个，标准的！"

小汽艇开走了，盘子上的礼物全带走了。

败退到了绝路的中国兵有了生的希望。四面环水的八卦洲上，队伍又集合起来了，按照各单位的编制站队，还指定了带队的长官。

几十只木船和隐藏起来的枪支弹药都抬到了洲的北岸。唐广普站在教导总队的行列中，带队的是原一团一位姓韩的营副。他很激动：

"弟兄们，我们现在不是在作战，我们是在逃命！但军风军纪仍然要严，大家选我带队，咱们要共同一心，归奔大本营，到北徐州的台儿庄去！"

唐广普是第一批下船的，他很快到了北岸。他庆幸江北人又回到了江北，庆幸自己死里逃生。他踏上了江北黑油油的泥土，这时，他才发现他的两只脚板全被芦苇和石头戳破了。他一步一个血印，一步一个血印……

●据日本防卫厅战史室撰写的《中国事变中的陆军作战》一书记述，在草鞋峡集体大屠杀中，"日军也牺牲了九名军官和士兵"。

●唐广普说："我到江北后，还碰见过一个在草鞋峡大屠杀中逃出来的人，是焚尸时被火烧伤了才爬出来的。他是广东人，姓储，瘦矮个子，瘦长脸，比我小一岁。1941年秋天，他在六合的竹镇参加了新四军。我们是难友，当时我送他一支钢笔、一个日记本、一支牙刷和一包牙粉。但后来一直没有音信了。"

●日本《朝日新闻》记者本多胜一于1985年秋天采访过唐广普。他请唐广普讲一讲幕府山囚禁时的房子是什么建筑材料构成的、墙是什么样的、房顶是什么材料。

唐广普答："那里是十几排简易营房，稻草顶，竹子梁，墙是用竹子劈开后编成的，内侧糊上黄泥，外面不糊的。"

他看见本多胜一手里捧着一本很厚的书在翻阅。唐广普凑过去一看，书中有幕府山营房的照片。他惊奇了："你哪里拍来的这些照片？"

唐广普的叙述和照片中的房舍一样。照片是当年日军的随军记者们摄下来的。据说，五十年前的老记者不相信草鞋峡的大屠杀还会有幸存者，他想亲自来，他八十多岁了，他的身体条件不允许长途旅行，他请本多胜一细细地采访一下。

真实才是历史。真实才有力量。

不义的杀人者都害怕败露杀人的丑行。日军们明白，屠杀和平的市民和放下武器的俘虏将引起公愤，于是，他们急急忙忙地毁尸灭迹，掩盖杀人的真相。

血是抹不掉的。在长江岸边参加毁尸灭迹的日本少佐太田寿男这样供述：

我在12月15日晚到达南京下关第二碇泊场司令部之后，司令部的司令官命令我说："安达少佐正在处理尸体，现在命令你和安达少佐共同完成这项任务。"当我奉到命令之后，就在南京下关码头上，分东西两个区域执行任务，安达在东部处理，我在西部处理，两个区域共使用三十只汽船、十辆汽车、八百名运输兵，从12月16日开始，至18日两天的时间，经我处理的尸体有一万九千多具，安达处理一万六千多，加上头两天安达自己处理的那六万五千多具，碇泊场司令部共处理了十万以上的尸体，其中除有三万多具是掩埋、烧毁的以外，其余的都投到扬子江里去了。我想其他部队自己处理至少也有五万人，共计有十五万人。被杀害的人们绝大部分是市民，有男女老少。还有一部分抗日军，估计约三万。我刚到下关的时候，还看见有日本军队仍用机关枪向他们扫射，我记得被扫射过的许多人之中，还有很多带活气没死过去而仍在呼吸着的人。

经我处理的将近两万个尸体里边，就有三百五十多个是被扫射后仍在呼吸未死的。处理这些活人的时候，我命令部队先用装货的铁钩子将他们打死，使其绝命后再用钩子搭到船上，投到扬子江里去。我清楚地认识到这是一种惨无人道的杀人行为。

这是太田寿男1954年12月27日在抚顺战犯管理所的交代。

事实俱在，铁证如山！！！

燕子矶【遇害者五万余人】

从幕府山到燕子矶的江滩上，密密麻麻地挤满了从上元门和观音门跑出来的军人和老百姓。成千上万的人都想从这里渡江，过夹江就是八卦洲，逃到那片葫芦形的江心岛上，命就保住了一半。

日本兵已经冲出了挹江门，中山码头、煤炭港方向激烈的枪声和像潮水般的呼叫声在这里隐约可闻。从下关方向顺流漂浮的人像野鸭子似的一群一群地朝下游冲去，也有在这一带被江涛吞没的，被激流冲到岸边的。哭的哭，叫的叫，无路可退的散兵们蝗虫似的拥挤在滩头。胆大的拆屋卸门，抱着木板跳进江中逃生了。偶尔有一两只小木船从上游下来，滩头上的人又是呼喊又是开枪，请求摆个渡，留一条活命。可江水茫茫，寒风呼呼，没有一只能摆渡的船！

人越来越多。从 13 日开始，燕子矶就没有渡船了。头台洞、二台洞、三台洞，江边十多个岩洞里都躺满了人。不少人以为，这里有观音阁，有玉皇阁，菩萨会保佑落难人的。

庙堂里红烛高烧，香烟缭绕。僧侣们嘴里念着佛经，手中敲鼓击磬，请观音大发慈悲，请玉皇降魔捉鬼。朝拜的人跪满了殿堂的里里外外，他们祈求神灵，虔诚地许了心愿：躲过劫难，一定重塑金身！"随缘乐助"的银箱里，铜板、大洋和一把把的钞票不停地丢进去。一个小脚老太太口里念着"阿弥陀佛"，把她手指上的金戒指捋下来，献给了逢凶化吉的佛祖。

十九岁的郭国强躲在三台洞里面。他是八十八师的士兵，雨花台失守后，他和散兵们一起向北败退，退到燕子矶，走投无路了，他们二百多个弟兄都换了便衣，现在各奔东西逃命了。

突然，密集的机枪声响起来了，他不敢出去看，他缩成一团和逃难的人一起挤在岩洞里。枪响了一个多小时，停了一会儿，洞外人声鼎沸。大队的日本兵搜山来了！

躲在岩洞中的人群都被驱赶出来。有人不愿出来，日军就朝洞里开枪，也有扔手榴弹的，闷雷般的声浪过后，岩洞里血肉飞溅，洞口飘出一缕缕白色的烟雾，硝烟呛人。

走出岩洞，眼前的情景触目惊心！山下的路上和江滩上躺满了尸体。三面临水的燕子矶上，等待摆渡的男女老少都被枪杀了！乾隆皇帝写有"燕子矶"三个大字的御碑上也溅满了鲜血。山石曲径上尸首遍布。悬崖枯树上，倒挂着一个个死人！

土红石赤，江水似血。金陵名胜燕子矶成了杀人的屠场！据说，在日军机枪扫射的时候，不少人纵身跳崖，葬身江涛！

郭国强被日军从三台洞里赶出来后，他乘机钻进了路边的小庙，屋里有开山用的铁锤和钢钎，他把一根长长的钢钎紧紧抓在手中。门撞开了，端着刺刀的日本兵冲进来驱赶屋里的人，郭国强说："我们是开山的。"他举起手上的钢钎给日本兵看。

日本兵朝他们四五个人看了看，都赤着脚，穿着破衣烂衫，便"嘟噜"一声走了。郭国强和他的四五个士兵弟兄逃过了劫难。

郭国强见日军下山了，又回头钻进岩洞。三台洞有上、中、下三个洞，他沿着石梯向上攀登，直爬到洞顶的望江楼上。这里本来是观景的胜地，可现在他吓得要命，他紧紧盯着山下像蚁群一样的人。

黑压压的人群都被赶到了江滩上。冬天是枯水期，水落石出。江水冲上来的尸体密密地排列在滩头，枯黄的芦苇和野草在寒风中抖动。日军三面架上了机枪，滩头上人潮涌动，闹哄哄地隐约听出有人在叫，有人在喊。

"嗒嗒嗒嗒……""嗒嗒嗒嗒……"郭国强吃了一惊，十几挺机枪一齐吼叫了，江滩上的人像高粱秆似的一片片倒下去！

机枪不停地吐着火舌，震天动地的枪声在冬日的水天间久久回荡。许多人跳入江中，长江的激流巨浪把一群一群争相逃命的人吞没了！

郭国强的心一阵又一阵地战栗。长长的江滩上，从东到西，从西到东，全是被枪杀的尸体！日军像野狗似的大声吼叫。一批人倒下去，又从观音门、幕府山一批一批地赶来。燕子矶的江滩上，机枪吼叫了一天一夜！

枪声停了。燕子矶的僧侣们双手合十出来观看，他们见到了一幅十八层地狱的惨象！从幕府山下的三台洞到燕子矶头，几里长的江边尸首累累，血肉模糊。迎面扑来的阵阵寒风中，充满了浓烈的血腥气！

观音阁的能益法师对着长天连声哀叹："罪过！罪过！"三台洞的松修法师和寺庙里的和尚身披袈裟，手持法器，一齐列队来到江边，为善男信女的亡灵超度！

木鱼声声，鼓钹声声，长号在江面上呜呜地哀泣。燕子矶四座寺庙的几百个僧侣面对尸山血海一齐跪拜！他们合掌闭目，口念《弥陀经》和《往生咒》：

"如是我闻，一时佛在，祇树给孤独园，与大比丘僧……"

"南无阿弥多婆夜，哆他伽多夜，哆地夜他……"

〔第五章〕

虔诚的教徒

宗教，神秘而神圣。在有人群的地方，总会有宗教的图腾。

佛门弟子

淞沪的炮声把南京的各界人士都卷进了抗战的烽烟。全民动员！和尚尼姑也组织集训。南京有三百多座寺庙，和尚尼姑一千多人。佛教徒穿着黄衣服，一人一支枪，军队的教官喊口令。跑步、射击，枪里没有子弹。尼姑们组织了救护队，学包扎，抬担架，学了三个月没有用。全城都唱《义勇军进行曲》。日本飞机一次又一次地甩炸弹，城里几十门高炮不知怎的都打不下来！

日军不怕中国人的高炮，却怕中国人造的寺庙和寺庙里的菩萨。他们逢庙进香，见佛就拜。日本兵身上大都带有杏黄色的香袋，每经一处寺庙，总要在香袋上盖一个方印章。有的干脆把印章盖在衣服上。衣衫的背上有一行毛笔大字：南无妙法莲华经。他们祈求神灵，保佑他们平安。日军还有随军布教士，随时为阵亡的士兵念经超度。有一个叫作小野濑大胜的和尚住在城隍庙中，此人矮个长须，三十多岁，中国话讲得相当流利。

南京的栖霞寺是日本人最崇敬的地方。一位老法师给我讲了一个鲜为人知的故事。

千年古刹栖霞寺旁的山岩上，雕刻着与云冈石窟并誉的千佛岩。七百尊佛像大小各异，形态生动，是珍贵的文物。民国初年，有个日本商人游千佛岩时，偷走了一个佛头。他回到日本，将佛头供奉在家中。后来关东大地震，当地家家遭难，只有这位商人丝毫没有损失。

半夜，佛头说话了："我救苦救难，使你逢凶化吉，可你害得我身首分离，我头在这里，身在中国，你快将我送回栖霞山吧。"

日本商人点香燃烛供奉以后，用一块红绸布包好佛头，就亲自送到南京。栖霞寺的僧人夹道迎接，立即将佛头安在佛身上。日本商人跪拜磕头后，雇人刻了一块石碑，将这一故事刻在碑上，碑名叫作《佛头记》。

石碑立在山门一侧，众人看了连连称奇，千佛岩的名声更大了。侵占南京的一部分日军冲到栖霞寺后，一看寺门口的《佛头记》，下令："寺庙重地，不得入内。"这样，躲在寺内的数百名中国散兵和难民才幸免于难。抗战胜利后，一位曾在寺内避过难的中国守军，为报答栖霞寺的救命之恩，将避难经过刻成石碑，引出了一段神奇的故事。它意味深长，又发人深省。可惜，这两块碑据说都砌入墙内了，这段动人的逸事也极少有人知道了。

佛是人理想的化身。人不是佛，人是佛和魔、神和兽、善和恶的混合体。每一个人的心中都有脱胎时留下的印记，都有一头凶恶的猛兽。它在寻求机会，它冲动的时候，会撞开文明的铁栅，发泄它兽类的本性！这是返祖——心理的返祖。

栖霞山佛学院的融通法师目睹了日军的暴行——

日本人进南京时，我十六岁，在古林寺上初级佛教学校。我的师父叫果言。冬月十四那一天，日本兵冲进寺里，把近百个和尚和躲在寺里的百把个散兵都赶到山门外的菜园里集合。枪响的时候，寺后面一个四五岁的小孩跑着喊着来找他妈妈，鬼子的大皮鞋一脚踢过去，又狠命一踩，小孩的头都被踩扁了！白的脑浆，红的鲜血，一塌糊涂，孩子的手指头还在一下一下地抽搐。罪过啊！

后来我到城隍庙当和尚，城隍庙的师父叫光辉，是湖南人，当过北伐军，方圆脸，很和气的，他被日本兵打死了。那天夜里，日军来抢东西，逼着师父要麻将牌和银洋钱，师父说没有，他穷得冬天都穿单裤，日本兵飞起一脚，踢在师父的胸口，过两天师父就死了。中华门外天界寺的老和尚也是被日本兵杀死的。我们城隍庙里那时住了保安九中队，都是警察。日本人一来，他们都放下了武器，全部被骗上汽车，一个个地都被杀掉了！日本兵杀人不管你老的小的，他不高兴就杀。有一天上午，我看见秣陵路口一个老头、一个老太挑担木柴出来，老头不知什么原因被日本人杀了。老太坐在地上哭。一个三十多岁的女人头上包着一块蓝布出来淘米，我们南京人叫下河猫子，一刺刀被日本兵戳死了，地上好大一摊血。那时明瓦廊有个春阳米行，日本人住里面，我们城隍庙里的一个伙计刘怀仁被抓进去毒打了一顿。可怜我的舅舅差一点命也完了，他四十八岁才找了一个寡妇，刚结婚，就被日本人抓了夫。一共四个人，搬完东西，就挨个儿被枪杀，我舅舅命大，日本侵略者打了三枪没有子弹了，只好用刀砍，正要砍，出来一个军官叽里咕噜说了几句，不杀了。晚上又出发扛东西，到了中华门外，我舅见路边有一个小水塘，就扎下去了，日本兵开了好几枪，天黑，都没打中，菩萨保佑！

七十五岁的宏量法师难忘南京佛教界的劫难——

我十四岁进长生寺，长生寺在中华门外的方家巷，这个寺有三进三十多间房子，五开间的大殿中央是金身的释迦牟尼，左边观世音，右边地藏王，四周是十八罗汉。头进是弥勒佛，二进是灵官、文昌、关帝、五显。长生寺规矩很严。我师父叫梵根，这个人宗教观念很深，他不相信日本人会糟蹋寺庙，他说："日本人也信佛教，都是佛门弟子，善哉善哉！"

日本兵攻下雨花台后就来了，躲也躲不及。梵根师父把寺里的和尚召到大殿上念经，香烛梵音，一个个都跪在蒲团上，向慈善的佛祖顶礼膜拜。端着刺刀的日本兵在院里站好，派一个日军进大殿拍拍和尚的肩膀，一个个地叫出来。到院中的丹墀上跪下，旁边站一个和尚念"阿弥陀佛"。乒的一枪，跪着的和尚死了，再叫一个出来念佛。一枪一个，十七个人念佛，十七个人毙命！清静的佛地血迹斑斑，穿着僧衣的出家人竟倒在佛像面前！送佛送到西天。信佛的日本兵是念着佛经杀害佛教徒的！

那天，还有一个俗家人，是卖油条的吴老头，他没地方躲，就躲进了长生寺。救人一命，胜造七级浮屠，师父好心，给他一件僧衣装成和尚，真可怜，日本兵在他后颈上砍了一刀，只砍了一半！颈骨砍断了，气管还连着，头耷拉下来，血不停地流，刀口上的皮肉一收缩，就朝里面卷进去了！老头躺在地上抱着头喊疼，喊了半天，另外来的日军又给了他几刺刀！第三天，日本人来寺里找花姑娘，找到了和尚隆慧。隆和尚是旗人，四十多岁没有长胡子，人白白的。几个日本兵以为他是个女的，七手八脚扒掉他的衣服，一看是男的，日本兵来气了，把他赤条条地拉到陀罗尼门的大石坎上，抬起来往下摔，头砸开了，脑浆和血淌了一地！

可怜我师父当时快五十岁了，和高座寺来避难的一个和尚一起被日本兵拉走了，穿着僧衣走的，一去没有音信。长生寺一共死了二十一个，只留下了我的十一二岁的徒弟妙兴和能行。

我当时躲到普照寺去了，普照寺在莫愁路靠难民区，这是讲佛经的地方。长生寺还有个隆和尚也躲到普照寺来了，日本兵进到寺里，他爬到罗汉菩萨背后躲起来，靠一个叫陈妙信的女居士用绳子吊上去送饭吃。刚下来，日本兵进来找花姑娘，先把辉因住持拖出来，叫隆和尚闭目念佛，一枪打死了辉因，隆和尚也吓昏了。

逃进寺里的尼姑和居士一起躲在大殿隔壁西方殿后的楼上，一个个都抹了烟锅灰，度厄法师叫她们合掌念佛，不要出声。大殿与西方殿的通道上，他搭了一张板床挡起来，这里睡了一个六十多岁的老太婆。三四个日本兵要污辱这个老太婆，老太婆吓坏了，用手指了指蚊帐里面。日本兵一掀，冲进去哈哈大笑，七八个女的又喊又叫，连十一二岁的女孩也被糟蹋了！

日本兵自己伤天害理，还要亵渎佛门！守中华门的日本兵强奸了一个姑娘后，要中国人也干这个缺德事，不干的一个个都杀了。正好有个和尚要进城，日本兵叫和尚"快活快活"，和尚双手合掌，念声"阿弥陀佛"。日本兵讥笑他"没有用"，便把他男人的东西用刀子割了，和尚在地上滚了好长时间，活活地疼死了！那阵子佛门遭了劫难。武定门正觉寺被日本兵杀死了七个和尚，莲华法师告诉我的。通济门外的龙华寺印沅和尚的师父也是被日本兵打死的。小心桥百岁宫里有位七十多岁的隆华老师太，她见日本兵作恶多端，虐杀生灵，就叫人在大殿上架好了柴火，自己盘腿坐在上面，日军冲进宫后，她点火自焚，人和宫一起烧了。

五十年后——1987年4月17日上午，日本山妙法寺的二宫大山法师身穿袈裟来到了南京，他在江东门遇难者的累累白骨前合掌诵经，又手击鼓磬，为"南京大屠杀"中死难的中国人超度亡灵！

阿弥陀佛！

善哉！善哉！

基督的信徒

他正坐在圣母像下读《圣经》，他当了六十年的基督徒。他的一副老花镜是五十年前用三十块钱买的。我请他谈谈买老花镜那一年的事情，朱寿义放下《圣经》——

提起大屠杀，我要哭啊！我是基督徒，基督教我们人要爱人，要拯救世人。可日本兵却人杀人，这是罪恶，这样的人进不了天国永生。我从小在南京，南京危险了，我要逃扬州。

我带着老婆、儿女一起到水西门。一条小船上铺了一条芦席，刚要上船，上帝在我耳边说话了："船漏水了，不能去，要死在江里的！"

我说："回去！"花了七八块钱，要了两部黄包车，又拖回来。回到青年会，碰到费吴生和密尔士牧师，他们说："不去好，你搬到安全区去吧。"

我搬到阴阳营四十七号，是平房，我把丈母、舅舅、姨父母、姐夫四五家三四十人一起叫去。只过了三四天，日本人来了，穿黄呢军服，拿枪拿刀，凶样不得了！是强盗！是土匪！什么都要。还是畜生，见到女人就强奸！我老婆抱着姑娘，脸上涂着锅烟子，穿着她母亲的破棉袄，四十几天不洗脸！我跪在房子上祷告："主啊，救救我吧！"

没有用。我的亲戚中，有三个姑娘被日本兵抓去了，小的才十二岁，过了几天才回来，那天夜里，一人手里拿一支蜡烛，跌跌撞撞的，哪里还像人的样子？小的那个吓坏了，黄胆吓破了，回来就死了。我去难民区开条子，弄了一口小棺材。（他停了好一会儿，哆哆嗦嗦地从衣袋里摸出手帕擦去眼角上的泪花。）

我父亲六十多岁了，天冷，戴了一顶皮帽子，日本人说他是"太君"，用绳子绑起来跪在地上，要杀头，刚刚举起刀，费吴生坐汽车来救了。耶稣保佑!

中国人可怜呵,一个老头在阴阳营走着,日本兵举起枪托,一下砸下去,满头都是血!十几岁的一个小孩好好地站着,日本兵"嘿"的一声,一刺刀捅到大腿上,血不得了,小孩爬不起来!我眼泪直掉!后来又说要夫子去抬子弹,抓去一百多个,一个都没有回来!

我在中华路的三间房子也给日本人烧了,烧了我家不稀奇,烧了教堂我心疼。青年会是两层楼的洋房,烧了教堂哪里去祷告?(说到这里,朱先生嘴唇不停地颤动,眼圈慢慢地红起来,全身都战栗着。终于,泪水流下来了!)

我一生穷,我一生不做坏事。难民区地板上和我睡的一个人,叫王承典,鼓楼开拍卖行的,日本人来了以后,他进了自治会,当个什么社会局长。四五十岁,个子不大。他对我说:"朱先生,我们是难友,我给你弄个位置,当个区长吧。"

我说:"我只能写字算账,我胆子小,这种事你另外找人。"

"这么好的发财机会你不干?"他说,"一区在夫子庙,日本人要去找花姑娘,你不干,那你去二区,二区在升州路。"

"我不干。"我说。

"你这个人不识抬举。"他在地板上翻了个身,屁股朝我转过去了。

我要是去了,肯定要做坏事,就活不到今天了。那个王承典早死了!我最难过的是当亡国奴,出去左膀子上要戴太阳臂章,见到日本人要鞠躬。没得办法,忍辱负重啊!中华门城楼下那时有五个日本兵站岗,进进出出都要搜查,女人要脱裤子摸。惨!评事街小学门口有一个日本兵站哨,走过要弯腰低头,我不走,我八年不走那条街!我不喜欢"中日亲善",我不忍心!你是记者,你是作家,你要讲公道话,你看看我的心!(他激动地掀起衣襟,露出一根根肋骨和满是皱纹的松弛的皮肤。这是一个苍老的瘦骨嶙峋的胸腔,胸腔里有鲜红的心和鲜红的血!)

穆斯林们

豆菜桥二十八号是一座普通的楼房，躲在这里的，是南京市伊斯兰教内一些年老的阿訇。房主王寿仁是一位和善而热情的穆斯林，他也是阿訇。阿訇是伊斯兰教的职业人员。这些头戴白帽、银须飘拂的教徒，不管外面响着铁蹄和枪声，仍然坚持一天五次面朝西方麦加礼拜。临睡前，几十个人作了宵礼，每个人的口里都念着清真言："万物非主，唯有真主，穆罕默德，主的钦差。"

王寿仁今天睡不着觉。白天，好些教徒都来找他，日本兵烧了好几处清真寺，杀了不少穆斯林，请求教会想想办法。作为阿訇，他有这份责任。教徒们在流血，在亡故，亡人还暴尸于野。真主用泥土创造了人，亡人应该回到泥土中去。可眼下人人自危，日本兵天天在杀人放火！

马阿訇、沈阿訇、余阿訇几个也睡不着。都是六七十岁的老人了，何时见过这种惨象？大家席地而坐，悲愤地谈着穆斯林的遭遇。中华门外西街清真寺住着张巴巴一家七人。几个日本兵冲进寺后，拉着他媳妇就要污辱，张巴巴两眼红得像两团火，大骂日军："畜生！畜生！"日本兵开枪了，张巴巴睁着眼睛倒在清真寺内。日本兵还不甘休，把剩下的六人赶到院中，一阵机枪响，一家人都倒在血泊中了。凶恶的日军还放火烧了清真寺！

小屋里摇曳着蜡烛光。提起教胞们的苦难，一个个都呜咽起来。长乐路清真寺的白庆元老阿訇，被两个日本兵的刺刀戳进了胸膛，肚皮划开了，五脏六腑淌了一地！在水西门菜市场提秤的张长生，是回民中的大力士，他见日军奸污邻居的妇女，抄起一根大木棍打倒了一个日本兵，但另一个日本兵一枪打死了他！

清瘦矮个子的沈德成阿訇哭起来了，他想起了他的小孙女月云。日本兵进城的第二天，他一家三代九个人正准备吃中饭。稀饭刚盛好，两个日本兵来了，二十八岁的邻居扩飞姑娘一看不好，立即把三岁的月云抱在怀里，表明她是一个有孩子的妈妈。日本兵一见扩飞，上来就夺过月云往墙角里使劲一摔，孩子直瞪着两眼昏了过去。扩飞被两个日本兵推进里间强奸了。三岁的孙女月云口吐黄水，再也不会说笑了，再也听不到她脆生生的"爷爷、爷爷"的童音了。她一直昏迷在奶奶的怀里。她死了，奶奶还紧紧贴着那张苍白的小脸蛋。

再也见不到太平路清真寺那个爱说爱笑的法阿訇了。他也被日本兵打死了。按照伊斯兰的教义，亡人是要很快下土的。法阿訇的儿子法荣祥冒着危险去给父亲收尸，却被日本兵抓去背东西了，可怜法阿訇的遗体还在清真寺的院子里躺着，草桥清真寺里面，又出现了十多具穆斯林的尸体！

谈着谈着，阿訇们止住了饮泣。他们由悲转怒。为了伊斯兰的教义，他们要为死难的穆斯林按照回族的葬俗行殡礼。王寿仁和张子惠阿訇提出成立"回教掩埋队"，沈德成、马春田、马焕庭、余玉书阿訇都赞成。年轻的阿訇也要参加，他们说："为了全体穆斯林，我们不怕！"

当夜就分了工，王阿訇和张阿訇是清真寺的以马目（领袖），他们年长德高，大家推选这两位穆斯林当殡礼主任。余阿訇能写会算，舞文弄墨的事由他负责。张阿訇和沈阿訇用汤壶瓶为亡人沐洗，穆斯林有沐浴的习惯。掩埋和抬亡人由坟山主马明仁负责。虔诚的穆斯林们在邪恶面前挺起了胸膛！

白衣、白帽的队伍举着白布旗，白布上写着"南京回教掩埋队"七个黑色的大字，抬尸、掩埋的穆斯林膀子上戴着臂章，白旗和白衣上的印章，是青年阿訇杨振祥用一块豆腐干刻出来的。

冰天雪地里，行进着一支白色的队伍。没有哀乐，没有哭喊，只有寒风的呼号和一具具用白棉布包裹的尸体。

银须飘拂的以马目高举着双手面向西方，他大声赞颂真主伟大。诵读完神圣的《古兰经》，以马目为死亡的穆斯林虔诚地祈祷："真主啊，饶恕亡人的罪恶，让他进入乐园吧！"

天茫茫，地茫茫，雪茫茫。天地间回响着一个声音："真主至大！"

星期五是主麻日，虔诚的穆斯林们都戴着洁白的礼拜帽步入洁净而神圣的清真寺。我步入苹果绿围墙的木门，在太平路清真寺内见到了瘦小的沈锡恩阿訇。

沈锡恩阿訇很像他的父亲沈德成，下巴上也留有长长的银须。组织"南京回教掩埋队"那年他三十岁。那年，他三岁的小女儿月云被日本兵摔死了。他也参加了殡葬，他和他父亲都分工洗亡人。这位矮小的穆斯林微驼着背，他白发白须白眉毛，两眼的水晶体就像蒙上了一层浓雾。但讲起往事，他记得很清楚。我在叫作鸡鹅巷的一条小街上找到了他的家，这是一座陈旧而简陋的砖木平房。他舍不得离开它，他说——

我家清朝末年就住在这里了，从曾祖父开始。我八十岁了，我没有跟孩子走，我是作为纪念。我儿女有十一个，现在已经四世同堂，合起来大大小小有四十六个人！有的在杭州，有的在武汉，有的在扬州，还有个儿子在台湾，叫霞林，今年五十六岁，日本人来那一年才六岁，我拉着他到处跑，够苦的。

日本兵进南京是冬月十一，冬月初九是我三十周岁的生日，那天面也没有吃，大炮到处响，吓得不敢出门。我想，我们是平民，是教徒，两军交战对我们还不至于怎样吧，总有人道吧。谁知第一天就出了事情，原先我这房子后面就是清真寺，管寺的是六十多岁的张爸，他是山东人，大个子，一个人流落到南京。他脾气犟，他要管清真寺，不去难民区。结果被日本人用刺刀戳死在寺后面的池塘边，脸朝下趴着。是我给他沐洗的，哎哟！一身都是血！

我数了数，上身下身有十几处伤，衣服都被血粘住了，根本脱不下了。我用剪刀从袖子里剪开，剪到领子慢慢地撕下来的，灰衣服上粘着一片片的血和肉！没有白棉布包，只好找了一条旧被单。可怜张爸单身一人，老了竟死得这么惨！我们给他埋在中华门外，还用石头立了一块碑，上面刻着他的名字和亡故的年月，碑头还有阿拉伯文刻的"奉普慈特慈的安拉之名"，这是我们的习俗。愿真主保佑他！

　　提起日本兵，我真恨啊！我当时洗的尸体，都是血淋淋的！少手少脚的，没胳臂没腿的，还有没有头的！我难过，我总是呜呜地哭。中华门外一条巷子里，地上躺着一个女人和一个小孩，小孩才一岁的样子，扯着他妈妈染血的衣襟，哇哇哭着要吃奶，他不知道妈妈已经死了！汉中门内的乌龙潭里，一个塘里漂满了尸体，满满一池全是血水！还有九华山下现在煤气公司那地方，那时候来不及掩埋，死人堆了一大堆。去年有个日本人叫本多胜一来访问我，我带着他去看，我讲实际情况。日本有人说不是侵略，是进入，你进入中国来干啥？你拿着枪、拿着刀杀人放火还不叫侵略？想起日本人我就来气！

第六章

街巷血泪

杀人"勇士"

南京遥遥在望。

先遣队已经接近城垣。在苏州花园式的公馆中，指挥华中派遣军的松井石根司令官披着一件黄呢子大衣发布命令，他长方脸上的一字胡在不停地蠕动：

"南京是中国的首都，占领南京是一个国际上的事件，所以必须作周详的研究，以便发扬日本的武威，而使中国畏服！"

这道"使中国畏服"的命令，无疑给杀红了眼的日本兵打了一针强心剂。自从 8 月 23 日在上海滩登陆起，苦战恶战接连不断。攻占罗店用了二十多天。攻占大场更为激烈，以日本军史参照，相当于日俄战争中尸横遍野的二〇三高地战斗，是伤亡惨重的一场恶战。据日本方面统计，近三个月的上海战役，日军阵亡九千一百一十五人，伤三万一千二百五十七人，兵力损失数相当于最初投入上海战役的部队的编制。日军在攻占南京中阵亡的官兵，比上海战役中阵亡的还要多三千人。不到四个月，松井石根把两万一千三百名日军送进了地狱。

据说，绝对服从和绝对自信是日军的两大特征。被压制的士兵只有压制比士兵更软弱的人才能满足他们的兽性，犹如畏服老虎的狼只有吞食比狼更软弱的羊才能满足狼的野心一样。靠肉体取胜的日军无视自己的性命自然更无视别人的性命。在攻占南京的日日夜夜里，日军普遍的伤亡厌战以致绝望，大大地强化了上述的战场心理。当时任日军坦克小队长的亩本正己提供了这样的材料："许多战友眼见首都南京的灯火在前，却饮弹倒下，见此情景，不禁抱尸而哭。""攻克南京，就可以回家了，最后一战，立功的时候到了！""干吧，最后一拼！"

第六师团谷寿夫部下的大尉中队长田中军吉举起了他的"助广"军刀，像砍树和割草一样，他斩杀了三百个中国难民！我的案头有这把军刀的照片。照片上的"助广"军刀，横放在精制的刀架上，刀刃闪闪发光。当时日军把军刀拍成照片，是为了"发扬日本的武威"，想不到成了中国人民的战利品，自然也成了侵华日军南京大屠杀的一件铁证。

和田中军吉一样被日军称为"勇士"的，是日军十六师团中岛部下的两个少尉，这两个杀人魔王创造了举世震惊的"杀人比赛"。我手头有他们的合影，富山大队副官野田毅和炮兵小队长向井敏明肩并着肩，两把带鞘的军刀像人一样站立着，每个人的两手握着齐腰高的军刀刀把，黄军服、黑皮靴、一字胡，两个人的脸部流露出同样的满足和狂妄，不同的是站在右边的野田毅比立在左边的向井敏明矮十厘米左右。照片拍得不错，用的是侧光，很清晰，立体感很强，是东京《日日新闻》记者照的，这幅照片刊登在1937年12月13日日本东京的《日日新闻》报上，与照片同时发表的，是一篇新闻，题为《超过斩杀一百人的纪录——向井一百零六人，野田一百零五人，两少尉再延长斩杀》。文章不长：

（浅海、铃木两特派员 12 日发于紫金山麓）片桐部队的勇士向井敏明及野田毅两少尉进入南京城在紫金山下作最珍贵的"斩杀百人竞赛"，现以一百零五对一百零六的纪录。这两个少尉在十日正午会面时这样说——

野田："喂，我杀了一百零五人，你呢？"

向井："我杀了一百零六人！"

两个人哈哈大笑。

因不知哪一个在什么时候先杀满一百人，所以两个人决定比赛要重新开始，改为杀一百五十个人为目标。

向井："我们在不知不觉中，已经斩杀了超过一百人，多么愉快啊！等战争结束，我把这把刀赠给报社。昨天下午在紫金山战斗的枪林弹雨中，我挥舞这把刀，没有一发子弹打中我！"

据报道，向井和野田是从南京郊区的句容开始进行杀人比赛的。星期日一天，向井杀了八十九人，野田杀死七十八人。到紫金山下时，向井的军刀刀锋已受了一些挫损，因为他把一个中国人从钢盔顶上劈下来，连同身躯一起劈成两半！他说："这完全是玩意儿。"

埋在心底的恨（采访日记）

1986 年 8 月 19 日上午　天气晴

何守江　男　69 岁　南京下关五所村 290 号

你问我是哪里人？我老家在滁县，十二岁来南京要饭，后来卖烧饼油条。日本人来了，跟着大家跑反到江北，我记挂着两间小房子，就偷偷坐小划子过来，七里洲、上元门那边全是尸体，回来一看，房子被烧了。日本兵到处抢花姑娘，拖住就干坏事，还抓耳坠，抢金戒指，好些女人剃了光头躲到尼姑庵里。冬月十二，日本兵抓了几百个难民赶到宝塔桥上，用枪逼着往下跳。宝塔桥是石桥，很高，跳下去的大部分都摔死了，淹死了。没有死的，日本人在桥上用机枪扫射，都死了。

那时煤炭港是杀人场，枪扫过再用汽油烧，烧得死人身上滋滋地响。日本人在那里设了一个卡，一个小青年把"良民证"拿倒了，日本兵打了他三棍子后，抓起来往地上摔，摔得半死。一个妇女鞠躬没有鞠好，一刺刀挑死了！

1986年9月17日下午　天气晴

杨品贤　男　72岁　南京市侯家桥18号

日本人攻占南京，我在夫子庙乐古斋古玩店做事，刚满师。老板叫杨乐民。古玩店后来被日本人烧了！

我躲到华侨路兵工署里面。和我住在一起的是一对夫妻和一个六七岁的小孩。小孩扯着父亲要到门外看看，日本兵一刺刀把小孩的父亲戳死了！第二天下午，住我对面屋里的两个姑娘，被三个日本兵轮奸！父母吓得闭着眼睛不敢动，姑娘蛮漂亮的，哭死了。你问我怎么知道的？这我亲眼看见的嘛！在我对面，门开着的。上海路防空洞里躲了二三十个人，都被日本人用枪扫死在里面！水西门棺材店的小老板，二十多岁，死在豆菜桥口，日本兵把他的舌头割掉了，眼睛也挖掉了，血淋淋的，躺在路上疼死了。

领了"良民证"后，我回小彩霞街6号家里去，一路上都有尸体。走到陡门桥，看到电线杆上挂下来一串东西，我走近一看，是用细麻线穿起来的一串人耳朵！走多近？三米差不多！从电线杆上头挂到离地四五尺的样子，我当时就想，这下杀了好几百个人！这事我印象最深，不会错，耳朵支离破碎了，都沾着血，我看了吓得要命！后来我写过一篇《劫后余生》的文章，里面写有这件事，年代久了，文章找不到了。

1986年9月20日上午　天气阴

张玉珍　女　81岁　南京市四牌楼73号

可怜呵，冬月十一本人进城，冬月十二我家就遭难了。那一天，在门西福音寺开豆腐店的哥哥被日本兵逼到床边，非要花姑娘，我嫂子躲在芦柴堆里，吓得发抖。日本兵找不到女人，就一刺刀把我哥哥戳死在床上，床下一抽屉满满的都是血！我姐姐一家更惨，姐夫被日本人用刺刀捅死，兰英姐带着四个小孩跳了河塘！

他们住哪里？姐姐住在城南石坝街的白塔巷口，姐夫姓秦，以前在汉口做工，后来靠收房租在南京糊日子，他有三进房子，祖上传下来的。他舍不得房子，所以不去难民区。

十二日那天，日本人冲进门，把姐夫和一个姓徐的房客拖到巷口，一边一个站好，一人狠命地一棍子，两个人都倒下了。我姐夫四十九岁，戴一副眼镜，高平头，灰长衫。那个房客是邮政局局长，快七十岁了，白头发。过了一会儿，房客醒过来了，他女人正准备跳塘，姓徐的老头喊："我没有走，你不要寻死！"后来他们进难民区了。

我姐夫后来也慢慢醒转来了，头发上黏糊糊的都是血。他刚要爬起来，日本兵又过来了，一刺刀戳进肚子里，再一绞，肚肠白花花的都拖出来。

姐姐一看男人死了，日本人又经常寻上门做坏事，就咬了咬牙，带着四个孩子跳进了巷子南面白鹭洲的金宝山塘！做什么坏事？这就不要讲了，说出来难听。有一个卖烤山芋的老太，是邻居，这人好，她在后面喊："秦大嫂，你不要死！"

后来有人跳下去救，救上来四个，一岁多的小孩淹死了。我姐姐那年四十岁，她中等个子，缠小脚，脸白白的，脸上有些雀斑。救上来没有衣服换，躲在床铺下发抖，又冷又气又怕，三个小孩子哇哇哭，哭他们爸爸，大的孩子才十一岁。

到晚上，日本兵来放火了，外面老太喊："快出来，要烧死人了！"我姐擦了擦眼泪，拉着孩子从火里冲出来。她是小脚，跑不快，摔了好几跤，可怜！

第二天火灭了，灰堆里躺着一个人，曲着身子，一半烧焦了，看到一只黑鞋，才认出是我姐夫，只好草草地在白鹭洲挖了个坑埋了。

没办法，家破人亡了，只好到难民区去，国际委员会救济了一些衣服，发了两条被单，还有一些粮食。那时候有好心人，也有坏良心的。我姐姐第二个小孩那年八岁，被人拐跑了。有人说是旁边那家裁缝干的。裁缝的女人不是东西，以前是在夫子庙当妓女的，牙齿扒出的，一脸恶相，她不会生小孩。好几个人去找她，她到惜字庵里赌咒发誓："小孩是我拐跑的，今天夜里不得过！"这是下午三点钟的样子。菩萨真灵！当天夜里这个女的得急病死了！怪不怪？

人要有良心，不要做亏心事。

1986 年 9 月 22 日上午　天气晴

孙庆有　男　74 岁　南京市石榴新村 157 号

以前这里叫王府巷，现在叫石榴新村，因为对面有个石榴园，名字蛮好听，1958 年改的，年轻人不知道王府巷了。

日本人进城的第二天晚上，就来放火烧卫生所的房子。我们这里是棚户区，都是穷人，芦席棚一点就着。对面省委党校当时是国民党的政治学校，日本人住在里面作为兵营，是中岛部队，坏得很。你来访问，还做笔记，我高兴。说出来我心里好受一点，不说真窝囊。那天日本人进门，我"呼"的一声站起来立正，日本兵上来摘掉我的破礼帽扔在地上："你的媳妇有？"我摇摇头。"金表有？"我哪里有？我又摇摇头："没有。"

"妈的、八格牙鲁！"几个日本兵一边骂，一边叭叭打我嘴巴子，走了一会儿，又来一伙，牵着狼狗，那狗会认人，见到中国人会咬，呼的一下扑到我身上来了，我连连后退，还是咬住了脖子，疼得要命呵，日本兵哈哈地笑。妈的个蛋！日本人欺侮中国人，日本狗也欺侮我们中国人！

我家隔壁汪家的二姑娘，二十岁，瘦巴巴的，身材蛮标致。也是那天下午，两个鬼子堵住门，进去就扒掉她的裤子。她喊："救命！"我没有办法救她，我被狼狗咬得动不了。鬼子在她肚子上踢了一脚，上去就干坏事。日本人走后，她呜呜地哭，穿蓝衣服、黑裤子、小沿口鞋。我娘劝她："二闺女，不要再吱声了，有什么用呢？"

我们这边有个刘大胆，是回民，大头、黑脸、高鼻梁、尖下巴，两肩膀很宽，三十岁左右，帮马登高磨面的。他气坏了，他说他也要去放火把日本人都烧死！

马登高家就挨着政治大学，天刚黑，刘大胆翻过院墙就放起了火，烧了！日本人抓不住他，他跑得快，路熟。日本兵急了，到处抓人去救火，谁去？抓了个收废纸的徐宝弟，还有韩天成、高三、郝三四个人，喊去却没回来。我家是草棚子，头天没有烧掉。我娘叫我把破棉被搬到外面空地上，因为火快要烧过来了。我回到家，在篱笆墙的一个洞里朝外看，火烧得很旺，月亮似亮不亮的样子。快十一点，日本人嗷嗷叫，要杀人了！

刘大胆跑到我家看了看，说："火是我放的！"就飞快地顺着巷子朝后跑了。他前脚跑，日本兵后脚跟进来。几个电筒往我脸上照，哗地抽出刀，朝我头上啪的一刀，血当时就喷出来！我想死也不死在你日本人面前，就捂着头冲出门。外面还有个鬼子，一挡，王八蛋赶上来，在我背上刺了四刀，左耳下两刀！我趴下了，不知道了，迷迷糊糊的，我不敢吱声，一吱声就没命了！

狗日的，真厉害！那年我才二十五岁。西边又抓来一个姓徐的，身体比我好，当印刷工的，头靠着我的头，仰天被刺了五六刀，刺一刀喊一声"俺娘啊"，这个老实人叫了五六声不会叫了。

那天夜里，路对过的老头范永昌也被鬼子用刀砍死了。拖水车的白老五也死了，两个儿子大的十一，小的八岁，趴在他身上，也是日本兵用刀挑死的，儿子老子三个死在一块，撇下了一个女人！白老五对面一家姓王的，只有娘儿俩，儿子十八九岁，是瞎子，算命的。他母亲跪着求饶："先生，他是瞎子。"不管，也杀了，老太太也一道被杀了！

还有个吴三，收鸡毛的，他藏在鸡毛堆里，一刀，从前心戳到后心！还有刘三，收旧货换鹅毛的，三十多岁一个光棍，被日本人砍了十一刀，死了！

刘大胆后来也被抓到了，也是那天夜里，收旧瓶子的回民王耀岳看到被抓住的，不知是刀劈死的还是火烧死的，反正是死了。还有一个差一点忘了，是卖粥的瘸子，二十多岁，喊他去救火，他腿不便，走不快。日本兵一刀从左肩膀砍下来，脖子砍掉一大半，死在路边。旧货店的人用门板盖起来，有人来搬门，一看是瘸子，血糊糊的样子！

我被砍倒后大约半个小时醒了，摸鱼收旧货的龚茂福几个人把我抬到屋里。我妈哭了，我家眷也哭了，她才十六岁。我说："不要哭！"我在屋角落里躺着，摸到了一根皮带，往血淋淋的腰上一勒，披了一件在拜堂时穿过一次的灯芯绒棉袄，被送到鼓楼医院。我娘一个个地磕头，一个姓张的医生把我抬到他的房间里抹药包扎。后来在难民区一个铜板买一碗稀饭，一天只卖两碗。我趴着躺了一个月伤才好。

妈的个蛋。那一夜被杀了十八九个！

1986 年 9 月 20 日　天气晴

魏廷坤　男　73 岁　南京市长白街 509 号

（我去采访时，他离开人间五个月了。客厅的粉墙上挂着他的遗像：方脸、浓眉、两眼有神、高鼻梁、花白头发、英俊和善。他的老伴说："他不大多说话，他血压高，喜欢听收音机。"遗像下的方桌上，还放着他生前听的熊猫牌小收音机。我在遗像前默哀，他望着我，好像有许多话要说。我摘录了他生前留下的证言。）

当时我家住头条巷 18 号，日本人杀进城了，我们全家躲到成贤街一座没有盖好的楼房的地下室里。这里已经躲了三四十个人。有一个炸豆腐干的中年人冒冒失失地到洞口去望望，正好被日本兵看见，一枪就被打死了。过了一会儿，来了好些日本兵，用刺刀把地下室的人都赶出去。我忽然发现墙边有一个没有封口的烟囱，我就钻进去躲了起来。不一会儿，外面响起了枪声，我父母和其他三四十个人都死了。

夜里，我肚子饿，就钻出烟囱出来找东西吃，钻到一个大的水管子里，仍然听到枪声不断。三天后，我趁天没有亮钻出水管，被日本兵看见了，赶到一个已经集中了好几百个人的地方，后来有不少人被用绳子绑起来押到汉中门去，听说都被杀死了。我被赶到难民区，听人说难民区里的年轻人也要来抓，我就逃走了。

1986 年 9 月 22 日下午　天气晴

左润德　男　66 岁　南京市石榴新村 159 号

俺家来南京九十几年了，老家在山东。家乡口音改不了，一代传一代！那时俺拾煤渣，父亲拉人力车，苦人啊！俺那时跟老孙住不远，就是上午你找的孙庆有。

你听我说，冬月十二下午三点钟，日本兵来拖俺，说俺是中国兵，赶到小王府巷，是磨坊马二的院子，进小门，右手一拐就是。院子门口有个日本兵放哨，他没有枪，手里拿一把斧头把门，押进去有七八个人，俺后面的一个回过头去看了一眼，斧头就砍了下来，不很重，后颈破口子淌血。进了院子叫俺们跪下，脸朝西，俺是北边第一个，挨了斧的是第三个，他跪下就昏过去了。

有七八个日本兵，刚举刀要杀，跪南边的那个人不知怎的叫了起来："有马！"日本兵不知道怎么回事，叫他起来带去找马。这人是赶马车的，日本兵都跟他去了，只留下拿斧头和拿枪的两个日本人。拿枪的日本兵开始用刺刀捅了，从南边开始的，还是拿斧头的把门。第一个跪着的人"啊"的大喊一声倒地了。俺想要死要活就这一下了，就和右边的官生志膀子碰了一碰，俺呼的一声站起来，冲到门口。那个拿枪的日本兵不知怎么回事，用枪拦了俺一下，跟在俺后面的官生志头一低就钻出去了，刺刀划在俺的胸上，俺知道枪刺能拔下来，就抓住刺刀，日本兵往后一拉，自己坐在地上了。开始，拿斧头的日本兵管着跪着的几个人，后来他过来了，地上的人都站起来也想逃出去。俺趁那个日本兵倒下的时候冲出门了，他在后面开枪，第一枪没中，打第二枪时俺拐了个弯，转到另一条巷子里了。那天下午小院里杀死了四个，跑掉了三个。

夜里，鬼子来放火，俺这一片都着火了，许多人出来救，被日本兵拖着往火堆里扔，烧死了一百几十个！错不了，我数的。

历史这样记载（报刊剪辑）

美国《纽约时报》记者蒂尔曼·德丁1937年12月17日报道：

对日军来说，占领南京在军事上政治上极为重要。但是，其胜利却由于野蛮的残暴行为，由于大批处决俘虏，由于在市内进行抢劫、强奸和屠杀平民，以及由于胡作非为的蔓延而不复存在了。这些行为必将玷污日本民族的声誉。

1985年4月，美国新闻界"重访中国代表团"成员、七十八岁的蒂尔曼·德丁在江苏被访问时，语调深沉地回忆说："1937年12月13日南京沦陷时，我正在南京。当时南京并没有经过激烈战斗就沦陷了。日军进城后，到处屠杀士兵和人民，满街是尸体。街上还有很多受伤的士兵排着长队，被日本兵押往屠杀的地方。我离开南京的那天，在长江边等船，还看到日本兵把两三百个被俘的军民，约五十人一批地逼令他们互相残杀，而日军却站在一旁抽烟狂笑，真是惨无人道至极。我及时把目睹的这些惨状，向《纽约时报》发了专电，详尽地揭露了日军南京大屠杀的罪行。但是，日军占领下的南京，是不允许向外揭露南京大屠杀真相电文的，我只好驾着汽车到上海去发，行走二十英里，被日军拦住，后来只好从芜湖辗转到了武汉，才把电文发出。"《纽约时报》用八栏版面，刊登在显著地位，各国报纸争相转载，激起了全世界的震惊和愤慨。

《新华日报》1951 年 2 月 23 日：
《万恶日寇罪行滔天　南京屠杀三十万人》

殷长青：我是在下关做小买卖的，是"红卍字会"的会员。1937 年 12 月 13 日，日本人进城，到处杀人放火，外边死尸很多。我带着人到下关去埋，简直看不见活人，我埋了一个多月的人。在江边有一千多个中国人被扫射死了，燕子矶一带有膀子挂在电线上的，腿丢在大路边的。我们挖了好多房子大的坑，分别把男的女的埋下去，他们的手都被反绑着。埋了一个多月还埋不完，你看杀了多少人？

下关有三个岗是阎王关，老百姓过去就是死，有时要过路的人用头顶住石头跪在石头上，各种刑罚真用尽了。日本宪兵队抓了人，铁棒打、灌自来水，真是惨无人道，我埋了一个多月，共计埋了四万三千零七十一人，我们有详细统计的。

日本《朝日新闻》1984 年 8 月 4 日：
《又一本揭露"南京大屠杀"的日记在日本发现》

8 月 4 日，在日本宫崎县白杵郡北乡村一户农家又发现了一个直接参与"南京大屠杀"的侵华日军士兵的日记。这个士兵是侵华日军都城二十三团的上等兵。他在 1937 年 12 月 15 日的日记中写道："近来，闲得无聊时，就拿杀中国人来取乐。把无辜的支那人抓来，或活埋，或推入火中再用木片打死，或采用残酷手段加以杀害。"

《新华日报》1951年2月24日：
《永远忘不了的仇恨》

碑亭巷张正安：1937年12月，我八岁的那一年，我们全家九口，除祖父因年老留在纸店中看门外，其余都跟父亲逃到难民区，八个人窝在一间四分之一的小房间里，还有四分之三是另外三家住的。女人躲在天花板上。大家饱一顿饥一顿地过着非人的生活。日本鬼子在难民区也照样杀人，几十个几百个地杀，被害的同胞有的无头无脚，有的少手缺臂。女人赤裸裸地死在马路上。

12月29日中午，我永远忘不了这一天，天很冷。我五岁的弟弟顺安带着两岁的妹妹小霞在门口晒太阳。忽然响起了当、当、当的钟声，这是告诉每一个难民鬼子进难民区来了，院子的大门立即关上了。父亲因为顺安和小霞在外面没有回来而坐立不安，但为了全院子三十多家人的生命安全，不能开门出去寻找他们。一会儿门外叭、叭两声枪响，接着一阵大哭，院子里的人都惊恐不已，不知死神又降临到谁的身上。

一会儿，日本兵走了，管门的老吴扯开沙喉咙奔进来大喊："张老板，张老板，不得了啦！你家顺安跟小霞在对门学堂让日本兵打死了！"

天花板上咚的一声，母亲一听昏倒了。父亲也疯了似的直奔出去，我吓得一边哭，一边跟着父亲跑。到了学堂门口一看，已经有人脱下衣服盖在弟妹身上了。父亲发怔了多时，最后只说了一句话："这个仇什么时候报啊！"

不久，我们全家六个人回到家，一看，店已变成一片瓦砾了。对门牛肉店看门的刘伯伯对我们说："你们走后半个多月，有一天来了四个日本兵，那天天冷，看到你们纸店容易着火，就要放火取暖。你们老先生（我的祖父）向他们求情，有一个鬼子一脚把老先生踢倒，拔出刺刀当胸一刀，可怜他老人家就这样死了，你们的店就这样烧起来了……"

我的祖父和弟弟妹妹就这样死了，父亲辛苦开的纸店就这样被日本兵付之一炬！

日本《朝日新闻》1984年6月23日：
《南京大屠杀目击者中山揭露日军侵华暴行》

1937年12月，南京陷落时，中山作为陆军坦克部队的上等兵，目睹了大屠杀的详细状况。他说："我当时是机械兵，在修理坦克的沿途看到累累的尸体中，夹杂着许多无论如何也不会成为战斗人员的妇女和老人的尸首，这使我感到不可思议。"

《新华日报》1951年2月24日：
《不能再让鬼子来砍杀》

我叫冯金德，南京沦陷的第二天，我在老家中华门外兴隆乡同我的弟弟、儿子、邻居和几千个乡亲一齐被日本鬼子绑到下关三汊河一带做苦力。想起那时所受的苦来，日本鬼子真可恨哪！他不给吃、不给喝，哪怕是你替他抬的马料你都吃不到，逼得我们只好到那些断墙倒壁的大火堆里去找些烧剩的米面来活命。做起活来，从早到晚不准休息，慢一点就挨打，稍一不如他意，他就狠命一耳光把你打倒，跟着一脚把你踢下堤去，顺手就是一枪。就这样，我们的难友一天一天少下去，那个惨状叫人不忍看，滚到河边的、躺在路埂上的死尸，一眼望不到边，鬼子的汽车就在死尸上开来开去。使我永世难忘的，就是除掉枪杀、刀戳之外，还把活生生的青年人放在火上烧。一天，我看见一个人挂在电线杆上，烧得只有一个龇着牙的头骨和半截身子，腿和膀子都烧没了，底下还烧着一堆柴火。这样过了十几天，我再也忍不下去了，就打算找我的兄弟和孩子逃跑，可是怎么也找不着他们，后来知道他们也遭了毒手。这时我愤怒极了，总想拼命干掉几个鬼子，发泄心头之恨，可是手无寸铁，身体也在前几天被拳打脚踢得不成样子，一点力气也没有。我酸着鼻子把眼泪往肚里咽，我咬着牙、握着拳头，我想：我不死，我要记住这个仇，等着有一天把这些凶手的罪恶告诉天下人！

这天晚上我就拼死从虎口里跑了出来。

这就是历史，血写的历史。几十年过去了，受害者、加害者、目击者的声音，都录进了历史的回音壁，它将久久地播放。

七家湾的七户人家

这是在一角八分一张的南京市交通图上只有半厘米长的东西走向的一条小巷。这条小巷中低矮的平房、狭窄的路面和埋电线杆的位置基本保留着老南京的模样。这条小巷中的几十户人家也大多是百十年朝夕相处的邻居。小巷中的邻居们大都保存着淳朴而特殊的西域式的回民生活习俗。

胖胖的、笑眯眯的七家湾居民委员会的马主任就是一位回族老大娘，她戴着老花镜坐在石库门的居委会办公室中忙着统计全体居民的人口。石库门对面是一家飘着红烧牛肉香味的"清真园小吃部"。我在小吃部里坐了一会儿，店里的师傅告诉我，住在城南这条巷子中的人，在旧社会大多是杀鹅宰牛、捡废收旧的穷人。

这条巷名的来历本身就是一个悲剧。《南京市地名录》内记载着一段关于七家湾巷名溯源的带血的故事。相传以要饭为生的朱元璋当了明朝的开国皇帝以后，对与他共过患难的大脚皇后马娘娘仍然一往情深。元宵佳节，随从簇拥着他和马娘娘出宫游玩。在从大王府巷往甘雨巷的途中，忽见一户人家的门上贴了一幅年画，画上是一个不缠足的大脚女人怀里抱着个花花斑斑的大西瓜。朱元璋气坏了，他生了疑心：大脚是指马娘娘，怀中那个花斑大西瓜不就是自己那张大麻点的脸面吗？朱元璋大喝一声，下令斩满门灭九族，从此，热热闹闹的一条巷子仅存下七户人家！

今天，七家湾已繁衍到有七十六块门牌号码了。七家湾的大事中老是离不开"七"，1984年普查"南京大屠杀"的幸存者和受害者时，七家湾居民委员会填报了十七张登记表，两年多后我来这里采访时，当事人只剩下了七个！

七家湾的七户人家啊，每一个老人的口中，诉说的是十家八家的血泪。每一户人家的悲哀，折射出整个中华民族的苦难！

我叩开了他们记忆的门。

（一）这是位胖胖的壮汉子，圆脸，花白的头发，六十六岁，住七家湾三十二号，小屋里只有一张小床、两把木椅和一张方桌，桌上点着三炷香。他是南京市五金三厂的退休工人，叫袁昌华——

我当时住难民区大方巷十号。七家湾那时有一百多户人家，大部分都躲在大方巷十号，那是个大院，屋很多，现在还在，你可以去看看。我们住多长时间？我家在这里住了六代人了！你不问这个？问难民区，在难民区住了四个多月。那时我十七岁，挑担做小生意，上午卖糯米饭，下午卖糖芋苗。我记得最凶的是冬月十四那天上午，十点钟左右，进来十几个日本人，毛胡子，都有枪，吓人呵！那天下大雪，我一看不好，就跑到三楼顶的晒台上躲起来，我们有十几个小伙子都躲在楼顶上，日本人怕滑不敢上来，他们穿马靴，底下是铁钉，滑一跤要命！一个皮匠倒了霉，被抓去杀了。我的叔叔杨文才也是那天被抓走的，也死了，我祖母见小儿子被抓去了，东找西找找不到，急死了。

那天抓去不少，被杀的人很多，有三四十个，姓曾的、姓薛的、姓沙的、姓夏的、姓季的、姓李的、姓杨的，多啦！

（二）这是个清瘦的老太太，穿一件卡其蓝布衫，花白的短发，人很精神，她六十三岁，住七家湾三十二号，叫夏春英——

我家那时也躲在大方巷十号。我伯伯夏松波没有去，和姓沙的老夫妻两个守在鸭子店里。日本人进来要花姑娘，刺刀对着伯伯的胸口，我伯伯吓得直发抖，日本人哈哈大笑！

伯伯没死，我大哥死了。就是冬月十四那天，我嫂子躲在金陵女子大学里，穿大褂，戴礼帽，脸上抹灰装男人。小侄女跟着我妈和我哥的丈母娘。大哥叫夏春海，那年三十岁。什么模样？中等个，脸长长的，一脸都是蝴蝶斑，他在汉中门外宰牛的。太阳快到中午的时候，日本人进来，看到年轻的男人两个一双捆住就押出去。还有前面牛首巷姓李的一个阿訇，才二十出头，刚刚结婚，和我们住一个房间，矮矮胖胖的，也押出去了，与我哥一起捆去的，押着往下关的江边走，我妈和我哥的丈母娘背着侄女儿追着喊着叫儿子，日本兵用枪捣我妈，哭死也不睬。可怜我哥后来死在江边，那年嫂子才二十三岁。

说起来伤心，每年到冬月十四，我妈就哭着想儿子，哭了几十年，她活了八十六岁，刚死。

（三）这里是七家湾六十号，他坐着小凳子剥毛豆，嘴里叼着香烟，边抽边咳嗽。他六十二岁，在省话剧团搞舞美，花白的分头，长方脸上戴着一副黑框的花镜，这是伍贻才——

我是老巴子（南京方言，排行最小的孩子），那年才十二岁。我的三个哥哥和母亲去难民区了，我和六十多岁的父亲看家。日本兵常进来要花姑娘，要香烟，我害怕，过了三四天也躲到难民区了。

隔了四五天，邻居沙老头来告诉我妈，说"老头给日本人刺死了"。我们回家一看，老父亲穿着黑袍子仰天躺在巷子口，棉袍上一块块血都硬得邦邦响了，前胸刺了四刀！邻居说，那天鬼子吃了酒，找父亲要花姑娘。父亲听不懂，不知道怎么回事，几个日本兵就把他拖到巷子里，一刀刀地戳他。我们四个儿子把他抬到五台山，从塘里抬来水洗净了他身上的血，用白被单包着埋了，大哥找了块木板插在上面，用毛笔写的字：先父伍必成之墓。

　　唉，五十年了。

　　（四）她六十五岁，也住七家湾六十号。花白的头发梳洗得很光亮，浅灰色的大襟上衣也很挺括，白皙的脸上有几点出天花时留下的疤痕，她很健谈，说话像连发的冲锋枪，她叫兰桂芳——

　　那年我十七岁，二十二天时间我家死了三代四口人，我外公被鬼子放火烧死，姐姐兰桂英坐月子吓死，小外甥没奶吃饿死，老公公见媳妇、孙子死了，也急死了。

　　我在五台山难民区看到日本兵刺刀尖上挑着小孩还哈哈笑。我们后面一家姓马的卖盐水鸭的没有走，女人躲在柴火背后，日本兵看见摇篮里躺着个小孩，逼老太要小孩的妈妈。老太说："小孩妈妈死了！"日本兵抓起几个月的小孩扔进水缸里淹死了！马家的小叔子和侄子也是给日本兵用枪打死的。

　　日本投降后，叫日本兵挖秦淮河，给他们吃发霉的米饭。这时我不怕他们了，我常去看。休息时有人恨他们，骂他们。有的日本兵说："我不杀人，我也有父母孩子。"有一个日本兵哭了："我是被抓来的，我也是人，我没有杀中国人。"谁知道他们说的是真是假？我不信！

　　（五）灰衣黑裤，满脸皱纹，细眉毛下的眼珠子呈灰蓝色，花白头发烫成微微的波浪形，鼻梁不很挺，耳坠上金光闪闪。她六十八岁，叫陈玉兰，住七家湾五十一号——

　　日本人来时，我女儿红珠生下才四十天，住在上海路难民区。红珠爸爸是第三天抓去的。叫什么名字？叫周汉成。这个死鬼不听我话。大院子里有几十个人在晒太阳，我叫他："周汉成，进来，外面在抓人！"他说："怕什么，我们是好人！"话刚说完，两个日本兵进来了，皮靴咔咔响，日本兵

118
南京大屠杀

用手指着一个一个地拖出来，又一个一个地用麻绳扣在脖子上，院子里抓了七八个。我在门缝里看到的。出去？我哪敢出去？出去也给我一刀！这死鬼进来过一次，穿了件羊皮袍子又出去晒太阳了，进来不出去就没事了嘛，也是该死！他被拖出去时连礼帽也没有戴。啥样子？中等个，瘦长脸，那年二十三岁，是印信封的。啥时候？中午，还没有吃中饭。

抓去的人都没有消息，听说都在下关一起扫了！他死了，我苦了，拖着个娃儿糊日子，说不完的苦水呵！

死的何止我家一个，我弟弟小狗子到娃娃桥去找我妈，被抓去音信全无。那时电线杆上吊着死人，有跪着的，倒下的，五花大绑的，各式各样死的，不得了！以前我连树叶子掉下来都怕。见鬼子我个个恨！奸盗杀抢，都有他们的份！

（六）花白头发和花白胡子的汪昌海手里拿着一把雪亮的刀，白衣服上血迹斑斑，他正在割牛肉。他的肤色和鲜牛肉差不多，紫红色的，健康。他六十四岁，在小吃部当厨师——

进难民区两个礼拜了，日本兵把我两个哥哥和一个姐夫喊去当伙计，中午回来，他们很累。我和外孙拿两个银角子去打酒，走到中国国货公司（现在胜利电影院对面），来了五个日本兵，没头没脑朝我们刺来，酒瓶打碎了，我倒地了，一摸嘴上都是血，牙齿掉了半个，嘴唇刺通了，日本兵笑着走了。

后来烂了，流臭水，吃饭喝水都往外淌。有一天我在路上捡了一盒润面油，涂涂好了。但不能笑，一笑，就又崩开了，过了半年才好。五十年了，喏，你看，现在还有疤。

（七）一双小脚，一头白发，满脸的皱纹，眼眶红肿，淡蓝的对襟布衫外面罩一件黑毛背心。她叫赵温氏，八十五岁，住七家湾四号——

我三岁搬来，在这里住了八十二年了。七家湾给日本人的杀死不少，草桥清真寺里有七八个，难民区大方巷十号抓去一百八十六个，七家湾的有三四十。怎么知道的？我一个一个地数，记在心里的！卖牛肉的姓季、姓夏的都是抓去的。还有一个姓金的，当时骗去的，说出去做工，会回来的。我老头赵文亮也被抓去了，摸摸头，摸摸脚，那年四十六岁。他被抓了三次，放了三次，第四次抓走就没有回来。干啥的？扇子上画画的。

　　我们那一个房间里住三十一个人，七户人家，大地铺。有个姓沙的人聪明，日本兵来了，他钻到一个麻包里，姓李的一个麻子一屁股坐在麻包上，所以没有被抓走。一个骑马的日本兵在我身上掏，掏去了十几个银角子，吓了我半死！

　　你说我记性好？恨！当然记得！居委会开会，老头老太一起回忆，都哭。

　　我离开了七家湾，我怀念着七家湾。那一张张饱经忧患的脸时时在我眼前。老人们诉说的这一切，年轻人是没有听说过的。我挨家挨户采访的时候，好几个中学生跟着我，他们感到新奇，他们感到震惊。

　　这是一条小巷，这里是一个世界。

〔第七章〕

焚毁与洗劫

经过血洗的南京城，又经历了大火和翻箱倒柜的搜索。

这是 1937 年 12 月 15 日南京中山路上的一个镜头。

马路对面的人行道上，三三两两地站着、蹲着或坐着悠闲休息的日本侵略者。他们的身边，是一捆捆、一包包洗劫来的物品。画面中间，停着一辆马车。车上的物资太重了，马鞍上的绑带紧紧勒着马背和马肚。那两匹马大概也感到运输抢劫来的东西是不光彩的，它们耷拉着头。

右侧有一辆卡车，车上站着七个日军，不知是已经卸下了抢掠来的物资准备暂时收兵，还是准备再次出发去进行新的掠夺。最"生动"的是画面前景的四个日军了。一个戴钢盔的日本兵骑着一辆不知从哪里抢来的自行车，车架上夹着一大包不知什么东西。由于很重，他弓着身子用力蹬着，轮胎气不足。和他并行的一个日军将钢盔撂在背上的一个白色大包袱上，右肩斜挎着步枪。大包袱中不知抢了什么好东西。他很累，弯着腰，但似乎很兴奋。另外两个日军合作得很好，前面的一个笑嘻嘻地用右手抓着背上的一大袋东西，左手拉着一根绳子，绳子系在一辆童车上。后面的一个日军也背着一个大包袱，他用右手推着童车。童车太低，他只得弯着腰推着。四个小轮子承受不了车上重载的物品，轮子歪斜着，极不愿意地在柏油马路上咔啦咔啦地滚动。中国的儿童太可怜了，连童车也被侵略者用作抢劫的工具。也许，乘过这辆童车的孩子，已和他的父母一起倒在血泊中了。

童车后面还有一辆自行车，我们在照片上只见到前面的一个轮子。他们朝着同一个方向前进。

这只是照相机镜头能摄入的一角。这是日军的记者们自己拍摄的"精彩而生动"的实录。

在没有被镜头摄入的下关码头上，堆积着山一样的物品。每天，大批卡车喇叭尖叫着满载各种东西运到这里，物品上拴着布条子或贴着一张张白纸，写着日本国的收件人姓名和抢掠者的名字。

血水和泥水混浊的江面上，停泊着好几艘飘着太阳旗的军舰和商船。黑洞洞的船舱像一张张嘴，吞食着日军从童车、马车、卡车、自行车和肩背上抢掠来的大箱小包，还有机器、沙发和大批大批的红木家具。一船船的财富是一船船血液，它给疯子和狂人注入了充沛的精力和活力。

南京太繁华了。胜利了的皇军占领了一切，一切都是他们的战利品。新街口、太平路、中华路、建康路是南京的闹市，自然也是聚宝积财的地方。店门都关上了。金字招牌和名人匾额仍然高悬着，"大减价"的蓝布旗子还在孤零零地飘荡。店主人不知躲到哪里去了，能带走的洋钱和账本有的带走了，带不走的货物都在柜台里，都在仓库里。

每天，几十辆卡车呼啸着在这些街道上飞驰。车上拉着从各公司和店中抢来的货物，车在店门口一停，日本兵一阵敲打，店门砸开了。士兵们蜂拥而入，长官在指挥。不管什么货物，棉布、白糖、食盐、糕饼、大米、衣服、日用百货、古玩玉器，连妇女用的高筒丝袜和乳罩、裤衩也被席卷一空！

潘伯奎老板倒了大霉，他和别人合作经营的仁德印刷所，被日本随军的所谓"新报社"的人抢劫一空。好几台转盘印刷机，还有铅字、铅料、纸张，一共装了十七卡车！

驾桥六号的邓志陆比潘老板还倒霉。那天，日本兵用枪托砸开门后，把刺刀举到他的老母亲前："金子的有？花姑娘的有？"

白发苍苍的老太太吓得瑟瑟发抖，她说不出话。一个满脸胡子的日本兵一把揪住邓志陆儿子的衣襟："你的，中国兵！"

不管邓志陆如何解释，日军拖着他就要走。儿子叫喊着："爸爸！奶奶！"

白发老奶奶跪在地上，一手抓住日军的裤脚，一手从怀里抖动着摸出四只金戒指和两副金镯子。

日本兵笑了。他们恶狠狠地又使用了一次寒光闪闪的刺刀。为了保住儿子的性命，邓志陆从柜子的抽屉中捧出了三百块银圆和九千元钞票。抢到的东西都塞进了侵略者的腰包。一个日军端起枪，"叭！叭！"两声。邓志陆的白发老母和儿子都倒下了。日本兵狂笑着走了，邓志陆悲伤地摇晃着他的母亲和儿子，坐在地板上久久地哭泣着。

抢劫从日军一进城就开始了。黑沉沉的夜幕下，二十多个日军闯进了金陵大学医院的护士宿舍。穿白色护士服的小姐们吓坏了。贫穷的护士们没有贵重的物品，但日军什么都要：六支自来水笔、四只手表、两个手电筒、两副手套、两捆绷带、一件毛线衫，还有一百八十元钞票。

自来水笔和钞票是马上可以用的。中国女性的手套和一件色彩艳丽的毛衣，看来要穿到日本妇女身上去了。掠夺来的东西没有一样是可以炫耀的。《远东国际军事法庭判决书》上说：日军抢到手的东西，都可以取得日军司令部的许可，发给证明文件，寄往国内。

这大大刺激了日军四处抢掠的欲望。随着抢劫的不断进行，日军的掠夺手段也越来越精明了。从搜身、撬地板，发展到剥下好的皮袍呢衣，后来发展到检查居民家的马桶。因为有些聪明的主人见金银财宝无处藏匿，就丢在马桶中。日军不知怎么得知了这个情报，进屋搜索时，就把马桶往床上一倒！

从老百姓的每一户住宅到森严的总统府都是日本人的天下。《读卖新闻》报送稿件的两个日本联络员武田和畦崎进入了蒋介石的寝室。他们玩了一通，又在床上打了几个滚。武田从床下拿了一双绣鞋，他说："这是宋美龄穿过的，我要留作纪念。"

畦崎从口袋里摸出印有"蒋宋美龄"字样的名片："我也有，这是她放在抽屉中的。"

1986年8月17日，日本《赤旗报》刊登了一篇《日本侵略军进行的南京"文化大屠杀"》的文章，一位住在日本东京国分寺市的七十七岁老人青木实以当事人的身份披露了鲜为人知的内幕，这是又一幅抢掠的长卷。

日军特务部的九名工作人员接到了日军上海派遣军特务部部长"立即检查南京市内的重要图书，准备接收"的命令，他们乘坐三辆汽车在南京市内四处奔波。

九个工作人员检查了可能有重要书籍和文献的地方共七十处，其中有外交部国民政府文官处、省立国学图书馆和中央研究院。听说松井石根在苏州得到了一张南京古物字画的一览表，他要求日军按图搜索，一样不剩。城南的卢冀野、陶秀夫、石云轩等私人藏书是相当丰富的。仅石坝街老中医石云轩就被日军抢去名贵书籍四大箱，字画和古玩文物两千多件。

日军花费了一个月时间，动员了军队，以"接收"的名义进行掠夺。他们将搜集来的散乱图书装上卡车，每天搬入十几卡车。在调查所主楼一、二、三层的楼房中，堆起了二百多座书山。

可以清楚地望到紫金山的珠江路地质调查所是一座石砌的三层大楼，每个房间里堆放的图书都快到天花板了。据说当时有图书七十万册。他们对这许多图书杂志进行整理和分类。他们根据十进法的图书分类法，用粉笔在书的封面上写上〇〇和〇三，然后由雇用的苦力搬到指定的地方。好不容易在两个月后整理和分类完毕。

参与"文化大屠杀"的人员有特工三百三十人，士兵三百六十七人，苦力八百三十人，动用卡车三百一十辆次。

掠夺到的是什么图书呢？青木实的上司说："中国政府的中央和地方的公报种类繁多，而且非常齐全，事变之前的公报都在。全国经济调查委员会的刊物中，最近对中国经济产业的调查和事业计划书占了大部分，非常珍贵。珍贵书籍中还有三千多册《清朝历代皇帝实录》。"

在整理完毕这些图书之后，才知道掠夺到的图书共有八十八万册。当时日本最大的东京上野帝国图书馆的藏书是八十五万册，大阪府立图书馆的藏书是二十五万册。日本侵略军掠夺的规模是惊人的，他们抢走了中国一切珍贵的东西，物质的、精神的……

12 月 19 日——松井石根到南京参加"忠灵祭"的第二天。午后的阳光照着死寂的古城，在几名参谋人员的陪同下，华中方面派遣军司令官松井石根来到城西的清凉山。北风呼叫，枯枝飒飒，他一步一步地踏着石阶。石阶上黄叶片片、血迹斑斑。扫叶楼内尘封蛛网，空无一人。

登上这座二百多米高的石头山，南京全城历历在目。脚下的秦淮河像一泓死水。用望远镜一看，河面和岸边密密麻麻，有许多尸体。他把目光移到城南、城东和城北，那鳞次栉比、高低错落的街巷间，升腾起一处处滚滚的黑烟，有三处火光熊熊！

12 月 20 日上午，松井出挹江门来到下关。这里断墙残垣，烟火焦土。民房、民船及码头大都烧毁了，江边及街头躺着许许多多尸体。松井石根用右手在鼻子下摇了几下，淡淡地说："狼藉不堪，尸横蔽野。"

这天夜里，南京全城有十四处冲天大火！

松井石根在《阵中日志》中这样写着：

攻占南京之战开始之际，为严肃我军军纪风纪，余曾再三促各部队注意。不料，我军入南京城后，竟发生不少强奸及抢劫事件，以致败坏皇军威德。

军队无知、粗暴，实感愕然。

松井把士兵野蛮说成"无知"，把残暴说成是"粗暴"。

无知的士兵不是什么事都无知的。他们明白，屠杀和抢劫后的狼藉只有火才能灭迹。于是，南京遭到了焚烧和毁灭。太平路和中华路是石头城中最繁华的两条南北长街，犹如北京的大栅栏和天桥，犹如上海的南京路和城隍庙。这里车马如云，行人似水。国货公司、中央商场、银行、粮行、戏院、茶食店、杂货店、水果店、炒货店、绸缎庄、茶馆、酒楼、饭店、旅馆密密麻麻地一家挤着一家。店家的吆喝声、顾客的欢笑声、马车的铜铃声，以及饭店小吃店里油锅剌啦的炒、烩、炸、炖的做菜声和扬声机里悠扬的歌声、笑声汇合成都市的交响曲。五光十色的电灯泡和多彩多姿的霓虹灯，以及油漆得眼花缭乱的店门和店门前色彩缤纷的影剧海报把六朝古都打扮得像一个令人眩晕的万花筒。

这一切都见不到了。自从太阳旗升到总统府的门楼上，一泓淮水依然绿，两岸烧痕不断红。大行宫到夫子庙烧了一大半。站在内桥上，焦土瓦砾一直延伸到十里外的中华门，连美国人高高的尖顶教堂、坚固似铁的银行、银楼、南京最大的瑞丰和绸缎庄，统统化为灰烬了。

一位名叫沙溯因的公务人员躲避在难民区里，和太平路一家店老板同住一室。一天午饭后，看守这家店的一个老伙计踉踉跄跄地跑来报告——

今天午饭后，我正在店堂间里坐着，忽然门打得非常急。我本想不开，可是店里没有后门，我又溜不了，恐怕被他们冲进来，更不得了，只得赶紧去把门打开。五个鬼子兵说说笑笑走进来，有一个会说中国话："喂，老头，这里有什么人？什么东西？"

我据实告诉他："这是一间空店，什么货物也没有，只有我一个人。"

那人又问："炉子有没有？煤有没有？"

我说："没有。只在厨房里有一个土灶和柴。"那个人和其他几个说了几句日本话，叫我去把柴搬来。

边说，那个鬼子兵边用脚来踢我。我搬来柴后，那些鬼子兵就从身上掏出洋火，点着了柴。另外有一个矮的日本兵跑到我睡的房里，把我的一床铺盖抱出来扔进了柴火堆！火势旺了，那五个鬼子在火四周转着，嘴里不知在讲什么。柴快烧完了，他们又加上板凳、小桌子。我眼看火苗已快到天花板，心里焦急万分，想去扑灭，却又办不到。我向那个会说中国话的日本兵说："要烧着房子了！"

他对我狠狠地看了一眼，大声地吼了一声，举起枪杆朝我的背打来，又踢了我几脚，我被他踢倒在街上。

冷风一吹，我醒了过来。我只得在外面等他们出来，快快出来房子也许还有救。过了一会儿，那五个鬼子从门口出来了。他们刚走，我就进去，才知火苗已从门口向外直冒，一会儿烈焰腾腾，我们的店就这样被他们烤火烤掉了！

这是日军零星焚烧中的普通一例。日军大规模地有计划地放火又是另一种景象了：三五成群的日本兵先用粉笔在准备烧毁的房子门上画一个白圆圈，然后将白色的化学液体倾倒在门窗上，一点上火，房屋立即燃烧。北风一吹，烟焰冲天。

南京的大火烧了三十九天！有天夜里，融通法师在城隍庙的院子中数了一下，全城大火十七处，火光映红了半边天！麻子和阿訇对我说："那时我躲在鼓楼二条巷，日本人把一家房子烧了，把这家人杀了往火里扔，连一个过路女子也遭了灾，女人手里抱着一个小孩，背上还背着一个，大人小孩三个都被扔进火里活活烧死了！"

教导总队的营长郭岐趴在意大利领事馆的窗口，望着四面八方的浓烟红焰，心如火焚。身为守军营长，却无力保卫民众。在自己的国土上，东躲西藏，寄人篱下！大火日夜不息。

桌子上、地板上、马路上，连鼻孔里面都是黑乎乎的烟煤和灰尘！他和同住的人在楼顶上望着古城的烟火，人人摇头叹气：

"这是金陵大学？"

"是的，那边是中央商场在着火！"

"哎呀！交通部也着起来了，这是三百万块银洋造的啊！"

"大华，大华戏院也完了！"

"唉……"

金陵大学美籍教授、社会学家路易士·S.C.史密斯在《南京战祸写真》的调查报告中指出：

抢劫大体上涉及城里百分之七十三的房屋，城北区被抢劫的房屋多达百分之九十六。

房屋总数的百分之八十九出于各种原因被破坏了。白下路、中华路、建康路和太平路的损失中有百分之九十八是由纵火造成的！

南京市民每一家平均损失为八百三十八元，总损失达二亿四千六百万元！

这是不完全的统计。

精确的数字是难以统计的。

〔第八章〕

秦淮残月

据南京安全区国际委员会委员、金陵大学美籍社会学教授路易士·S.
C.史密斯1938年3月调查：因为战祸，南京居民中的"不完全型家庭"（少
男、缺女或孤儿）约占百分之七十。

请记住……

月黑风紧，秦淮河日夜呜咽。武定门内形似虎头的乱石堆边的一座十三
口人的大院子里，1937年12月13日夜里，突然无声无息了！

新路口五号——一个大门内前后两个院子，两进平房，两户人家，房东姓
哈，夫妻俩和两个孩子，是回民。另一户姓夏，三代同堂，男女老少九口人。

阴森森的寒风呜呜地吹着窗户上的破纸。阴沉沉的月光下，前院后院的
地下和桌上，躺着十一个血迹斑斑的大人和孩子！

房东家四口人全死了。卖牛肉的男人倒在家门口。他的高高胖胖的妻子和两个小孩都血淋淋地躺在桌子下！

快烧中饭的时候，外面死命地敲门。瘦高个子的夏庭恩刚拉开门闩，涌进来一群像黄蜂一样的日本兵，一句话也没有问，叭的一枪，替人抄写文书的夏庭恩倒下了，鬼子们冲进屋里，大发兽性。

八岁的女儿夏淑琴醒来的时候，太阳已经偏西了。她依稀记得，上午屋外枪炮响得厉害，爸爸妈妈叫大姐、二姐、四岁的妹妹和她四个小孩都躲进床上的被子里。后来有人敲门，踢门，爸爸出去了，响了一枪，他再也没有回来。后来进来了好多日本兵，有枪有刀，黑黑的毛脸胡子，脸上很凶。一道白光闪过，一个日本兵用刺刀挑开了蚊帐，他哈哈一笑，把大姐和二姐从床上拖出去了。夏淑琴记得，当时她吓哭了，一个日本兵的刺刀捅过来，她什么都不知道了。

她醒了，她觉得身上很疼。她用手摸了摸，左肩上、左腰上和背脊上都是血，有三个刺刀刺的孔！

怎么？没有人了？家里的人到哪里去了呢？她忍着疼从床里边爬出来。啊！二姐光着身子在床边躺着，大腿和小肚子上全是血！十二岁的二姐紧闭着双眼。她晃她，叫她，她都不会动了！

她下了床。桌子上躺着一个人！长发蓬乱，两条雪白的腿无力地垂挂着。是大姐！大姐十六岁，高个子，长圆脸，白白净净的。她已许了婆家，妈妈舍不得她走，说："还小哩！"

大姐上身还穿着那件蓝布白边的褂子，她的裤子没有了！啊，血！

外公外婆呢？"外公！""外婆！"没有回音。

两个老人也倒在地上。她爬过去。外公脸朝下趴着，棉袍的背上一大片圆圆的血印。外婆仰天躺着，她脸上血肉模糊。她白发苍苍的头颅破裂了，豆腐一样的脑浆淌了一地！

她找妈妈。妈妈在堂屋的桌子边躺着。妈妈死了。她也光着身子，上身下身都没有衣服。身上全是血！她的两个鼓鼓的白白的乳房被日本兵用刀割掉了！胸部是两个凹下去的血坑。吃奶的小妹妹被摔死在院子里。小妹妹的鼻孔、耳朵、眼睛和小嘴上都有血！

"妈妈！妈妈！"谁在哭？她爬到里屋，四岁的妹妹在叫喊妈妈。她一点伤也没有，她裹着被子靠在床的最里面。

八岁的姐姐和四岁的妹妹把床上的被子抱到堂屋的砖头地上，盖在妈妈的身上。妈妈没有衣服了，妈妈要冷的。姐妹俩在妈妈的身边哭着喊着，她们睡着了。

天亮了，她们饿了。她们一把一把地吃着妈妈活着的时候为防日本飞机扔炸弹而炒好的炒米。八岁的姐姐拖来木凳子垫脚，用勺子在水缸里舀出一瓢瓢冷水，先给妹妹喝。

八岁的姐姐和四岁的妹妹在妈妈的尸体边哭了半个月。

八岁的姐姐和四岁的妹妹在妈妈的尸体边睡了半个月。

请记住：

1937年12月13日，南京市武定门老虎头新路口5号，两个欢乐、团圆、和平的家庭毁灭了！

日本侵略者毁灭了千千万万个这样的家庭。

心的对话

失去了儿女的杨余氏（中国南京）：

日本兵打南京时，我有七个孩子，大的十岁，小的还不满周岁。当时，我自己养六个，三男三女。还有一个女儿交给我在伟子街的弟弟家寄养。

日本兵进了城，我从家里带着六个孩子，还有邻居家一个十五岁的女孩子，一起躲进了离家不远的一个防空洞。

哪里晓得躲不住，给日本兵看见了。他们先用机枪朝洞里面扫，后来又对准防空洞火烧烟熏。等日本兵走后，可怜我的六个孩子，以及邻居家的女孩子，统统被杀害了，只剩下我孤零零的一个人活着跑出来。

我又急又怕，慌忙抱了一条被子，连夜跑到伟子街我弟弟家里。后来寄养在弟弟家的那个女儿也病死了，可怜啊，我七个孩子一个都不剩！如今老了身边没有一个人！苦啊！

日本大分县铃木智子：

南京大屠杀是多么悲惨啊！我的祖父也在南京、上海打过仗，他经常给我讲那时的情景，他好像也杀害过几个中国人，还讲那时战争就是以战斗为乐趣的。

作为人，接受了强制的教育，就失去了自己的人性吗？常听见他们说这是为了国家、为了祖国等。我想，那也不能轻视人的生命。

我不仅为我们的祖先所作所为感到耻辱，而且要承认这些事实，认真地自我反省，并且把这些事实告诉给我们的子孙。我不仅要祈祷世界和平，而且要自觉地为世界和平尽力。

失去了丈夫的邓明霞（中国南京）：

我本来姓刘，我丈夫邓荣贵被日本兵打死了，公公婆婆没有孩子，我就姓了邓，生是邓家人，死是邓家鬼，我为邓家守寡，守了五十年了！

不瞒你说，我命苦哇！我男人死时我才二十一岁，女儿小华还不到一岁，今年她五十了！我吃了五十年的苦啊！

荣贵什么样子？喏，我女儿像他，高高的，黑黑的，脸长长的，双眼皮。他剃平顶头，是在船上烧火的，平常穿短褂，进难民区时穿我哥的一件皮袍子，外面罩着黑大褂，脚穿布棉鞋，头戴灰礼帽。我的男人嘛，我怎么会忘记！一生一世都记得！

那天是冬月十四，我们躲在山西路难民区，就是现在军人俱乐部里面。一早，我妈烧了一桶汤饭。正要吃，大批日本兵到了，把铁栅栏门一关，大声喊："都出来！都出来！"

我们出来后，有个像汉奸的人叫："男的女的分开站！"

荣贵抱着小华，他不肯离开我们母女两个。但日本兵拿着刺刀和大木棍在赶，他只好把孩子交给我。这时，三挺机枪堵着大铁门，日本兵在男人堆里挑出二三十岁的人另外站队，先看头上有没有帽印子，再看手上有没有老茧，年纪老的不抓，太小的也不抓，站出了好几百人，可怜我荣贵那年三十五岁，他是最后一个拉过去的，他不肯去，是用枪打着走的。有一个老太跪在地上哭着求情："老爷，老爷，我三个儿子留一个给我！"日本人端起就是一枪，老太倒在地上了！我吓得动都不敢动。

过了一会儿，大门旁开了个小边门，拉出来的几百个男人被枪赶着押走了。荣贵看着我，我叫他喊他。出铁门时，他还回过头来叫了我一声，我手里抱着小华，哭着叫着，一直到他的那顶灰色的礼帽看不见为止。

这是上午十点钟的样子，难民区里老子哭儿子，妻子哭丈夫，小孩哭爸爸，一片凄凉！一个汉奸模样的人说："不要哭，抓夫去了，到城门口抬死尸去了，过几天就会回来的！"

这一说哭声小了一些，可是到了晚上有人来说："拖出去的人都用绳子拴着，在大方巷的水塘里用机枪扫死了！"这一讲又使多少人伤心得大哭起来。日本人的皮靴响了，我们连忙捂住嘴，不敢哭，眼泪往肚子里流。

我不死心，我总盼望荣贵是抓夫去的，他总会回来的。可天天盼，月月盼，他没有回来。他死了，连个坟都没有。说出来不怕你笑话，我给他留了套衣服，想买个棺材，招魂入墓留个坟。衣服是白斜纹衬衣、中山装、西装裤。可回到堂子街的家里，房子全烧了！

我们孤儿寡母可苦了，为了活命，我抱着小孩纺纱，一天挣二三角钱。后来没的纺了，我就拾柴火、挖野菜，去当用人给人家洗衣做饭，做了四年没的做了，又典当衣服去跑买卖贩香烟，可怜在车站上叫鬼子揍了我几棍子，疼得站不起来。我是天天眼泪拌野菜过日子，小孩吃苞谷糊拉肚子，拉虫子，人又瘦又黄。长到三四岁了，跟着别的小孩去拾柴火。有一次走丢了，天昏沉沉地要下雷阵雨，我急得哭老天。亏得碰上了挑桶卖酸菜的老伯伯，老人家心眼好，抱着小华送回来了，手里还拿着两块饼。我想报答报答人家，可身上没有一文钱，只好母女俩跪下来，给老人家磕了头！

年逾古稀的邓明霞大娘流着泪对我诉说她的苦难的时候，她相依为命的女儿回来了。她朝我点点头。她今年五十岁，是一位人民教师。

她看见满头白发的母亲满脸泪水，不知道发生了什么事。她从桌子上拿起我的采访介绍信看了一遍，突然随手一扬，怒气横生："不要讲了！讲什么？我们人给他们杀了！房子给他们烧了！东西给他们抢了，我们还有什么？……苦了我们老百姓！为什么不要他们赔偿损失？我们就这么贱？！我们三代四个人就这十二平方米！"

她没有得到过父爱，她苦了五十年，她在倾倒心中的苦水！

日本宫崎县沼田昌美：

人类侵害人类最大的罪过就是战争。生活在同一时代的人，为什么非要依靠战争而凝视着死亡？到底是什么让人类走到这样地步？我坦白地说，尽管同样是日本人，但那个时代的日本人不能叫作人，那只是在战争中活着的动物。1937年并不那么久远，为什么会发生那样重大的事件呢？但事实就是事实，无论如何谢罪，历史永远要冷静地正视这件事情。

失去了妻子的薛世金（中国南京）：

我十岁的时候父亲就去世了，后来到白下路德昌机器厂当学徒。日本人打进南京时，我已满师了，结婚才几个月。我老婆叫潘秀英，十七岁，圆圆的脸，大眼睛，个子高高的，不太胖，人雪白干净，蛮漂亮的，她老子是和记洋行看大门的。

我叫师傅一起躲到难民区去，他近六十岁了。他说："我见过的事情多了，日本人不会杀老百姓的。"我带着母亲和老婆从武学园家里到了难民区，一看人很多，我想，我们家门口有躲日本飞机的防空洞，能躲飞机的洞，难道躲不了日本兵？我说："这不受罪吗？回家吧！"

我把母亲和老婆在地洞里安顿好，就到厂里去看师傅，师傅被日本人打了七枪，死了，我们几个徒弟把他埋在中华门外。我刚到家，与秀英没有说几句话，日本兵叽里呱啦地来了，我连忙叫她和母亲钻进地洞，我在上面又盖了一些杂草，然后躲进后院的小屋角落里。

日本兵一进来就到处翻腾。他们用刺刀挑开杂草后发现了地洞，就又是叫喊又是开枪，逼洞里人出来。我母亲刚出洞口，脚还没站稳，日本兵举起东洋刀，一刀把我母亲的头砍下了。秀英一见婆婆这个光景，吓得哆哆嗦嗦，日本兵吼着催她爬上来，她胆战心惊地一出洞里，日本兵也是一刀。这一刀砍在脖子左边，她当时流着血昏倒在地上了。

日本兵一走，我急忙跑到前院，只见六十三岁的老母亲身子在门口，头滚出一丈多远！秀英也倒在门口，她的短发和士林蓝褂子上都是血。我抱着她叫她喊她，她醒来就喊我："世金，世金，我不行了。"

我连忙把她抱到房里，她用手捂着脖子喊疼。我先出去把母亲的头捧回来放在蒲包里，又请邻居和师弟金子成帮忙，把秀英抬到鼓楼医院。

我急忙回家准备收殓母亲，不料半路上碰到两个日本兵，用棍子捣我，叫我在前面走，一直走到水西门的一家当铺里，里面关了一百多人，关了两三天，叫我们往芜湖抬东西，叫我拉黄包车。过了八天才放回来，我立即赶到医院去看秀英，秀英不会讲话了，大眼睛里亮晶晶的，含着泪水，直盯盯地看着我。她流产了，她有三个月的身孕，医生端着盆子给我看肉滚滚又血淋淋的我们的孩子，我痛心得呜呜地哭。

我的母亲是带血掩埋的。血海深仇！过了几天，秀英也死了，日本兵的这一刀砍了她左边半个脖子，刀锋割到她的喉咙口！

我跑回空荡荡的家里哭了一整天。我的娘啊！我的秀英啊！

日本爱媛县宫崎修至：

我是人，就要想事。但是如果想杀人的事那就不是人。我有一点力气，但如果用这点力气去夺取别人的生命，宁愿不要力气。我不能允许用智慧和力量去残害人的身心。真是可悲啊，我们就是在南京挥舞军刀实施暴力的日本人的子孙，决不能忘记！为了悲剧不再重演，我祈祷，不要这种智慧和力量。

祈祷亡灵们冥福！祈祷没有一切战争！

阿弥陀佛！

失去了父母的姜根福（中国南京）：

你来了三趟了？我在船上上班。来采访我的人很多，我是苦出身，我一家的苦难可以写一部书，大小九个人只剩下我们弟兄两个，两个孤儿！

从日本兵来讲起，好不好？我父亲徐长福是给马福记元大公司的小火轮拖船的。我母亲是摆跳板的，就是给岸上的人来河里淘米洗菜铺一块跳板，给一个铜板一把米，这行当现在没有了，你们年轻人不知道吧。我兄弟姐妹有七个，大姐姐早给了人家，一家还有八个，天天吃豆腐渣、米糠、大麦面、菜皮子，苞谷面算是好的了。

日本人进了南京，我们一家上了自己的一条小破划子，下关乱，就顺着惠民河往上到水西门、三汊河方向去。到了石梁柱，划子漏水了，头、尾和中舱都漏，二姐三姐拼命划水，刮得没漏得快，父亲说"不行了"。他赶紧把我们一个一个抱上了岸，只抢出来一条破被子，小划子就沉了。

天黑了，父母带着我们摸到一个村庄，有七八户人家，人一个也没有，都躲日本人跑了，我们不敢住。又走到一个村庄，有十多户人家，全是空房，也都跑反了。父亲带我们到江滩边的芦柴窝内躲起来。父亲带二姐三姐在一处，母亲带我们弟兄四个在一处，相隔几十公尺。那时，小弟弟才几个月，母亲没有奶水，他饿得直哭。那天夜里，圩堤上过日本兵，圩堤高，我们在堤下洼地里。日本兵手电筒到处照，照到我们了。十几个人下来了，好几个鬼子拉着我母亲要污辱她，我母亲死死抱着小弟弟挣扎。一个日本兵从我母亲怀里夺过小弟弟，活活地摔死了，母亲扑上去抱起来，日本兵打了两枪，我母亲和小弟弟都死了。

我们不敢哭，父亲也不敢过来，直到日本兵走了蛮长时间，天快亮了，父亲和姐姐才过来，全家都哭了。父亲去村子里找几块板钉棺材了，我们看着母亲，她很瘦，尖下巴，梳一个巴巴头，穿黑棉袄，棉袄的大襟、肩头和两肘有四块补丁。大襟上都是黏糊糊的血。父亲把母亲和小弟弟装进一个门板钉成的木盒子，木盒子放在圩堤上。父亲带着我们仍然躲在芦柴窝里。过了两天的下午，日本人又在圩堤上过队伍，他们看见了我父亲，就抓着他走了，叫他扛东西，一走就没有音信了。

二姐带我们了，还有一点小划子里带来的豆腐渣吃。又过了两天，中午的时候，二姐正想给我们搞饭吃，圩堤上又来了日本兵。我们都不敢吭气。可日本人看见我们了，二姐往塘边跑，好几个日本人撵，撵到现在河运学校那个地方被抓住了。二姐那年十三岁，日本人扒她的衣服要污辱，二姐死活不干，还打了日本人一个嘴巴子，一个军官模样的日本兵抽出长刀，把我二姐的头劈成两半！我们在芦柴窝里看到的。日本兵走后，我们跑过去看二姐，她躺在堤上，身上穿着破得不得了的一件黑底小暗花棉衣，是人家给我们的。二姐对我很好，她去帮人家剥蚕豆，一天挣几个铜板，回来总要买一个烧饼给我们每人一小块分分吃。现在她只有半边脸了，短头发只有半边了，半个头在圩堤下边！

十一岁的三姐说："不要哭了，鬼子还要来，我们走吧。"在芦柴窝里又过了一夜。我们饿得哭，三姐哄我们："别哭，日本人来了要打死的。"天亮了，她背着三岁的小弟弟，一手挽我，一手挽着五弟往三汊河走去。找了大半天找不到东西吃，我们都哇哇哭。三姐也哭，她拿了个和面的瓦盆到塘里舀来了一盆水给我们喝。水通红的，是血水，塘里有好多尸体，不能喝，三姐倒了，又跑到石梁柱的一个塘里舀了一盆来哄我们喝。这盆水血少一些，我们饿得慌，一人一次喝几口，转了几次喝光了，我们又冷又累，睡不着就哭，哭着睡着了，醒来再哭，一夜真抵几年过！

后来三姐在渡口对过的一间空屋里找到了一缸咸菜，我们姐弟四人靠嚼咸菜和喝水活了一段时间。咸菜吃了嘴发干，肚子胀，又烧心，喝了水也难受，难受也没有办法！

后来市面上稍稍安定了一些。有一天，一个老和尚带着几个小和尚打着膏药旗从圩堤上走过，听到我们的哭声，就走下堤来问：

"小孩，你家大人呢？"

"我爸给日本人抓差抓走了，我们等着他回来。"三姐说。

老和尚又问："你们妈妈呢？"

三姐用手指了指圩堤上的木盒子："妈妈和弟弟都给日本人打死了。"

老和尚很胖，穿灰色的和尚衣，他叫我们跟他走，有吃有穿。三姐背着六弟，一手拉我，一手拉弟弟，跟着和尚过了三汊河的船桥。到了三汊路口的一间茶馆里，出来一个蛮富态的陌生人，他与和尚说了几句，到我们面前转了几下，一下子拉断了姐姐背上捆弟弟的带子，把小弟弟抢走了。

我们哭着要弟弟，三岁的弟弟后脑上留一个鸭尾巴，他哭着叫："我不跟他去，姐姐你快来！"

老和尚说："跟他去，你们弟弟不会饿死了！"

后来三姐也被一个陌生人抢走了。老和尚把我和弟弟带到三汊河的放生寺里。这里收的都是妈妈老子给日本人杀死的孤儿，很多。叫我们念经，一天两餐面糊子，夜里用草包垫在大殿上睡觉。后来一家姓陈的收我们兄弟俩当他的养子，养了几个月他娶了小老婆，大老婆给人家做用人去了。我和弟弟就流浪要饭，捡煤渣，给狗咬，给日本鬼子打，寒夜里抱着烧饼炉子，冻得汗毛孔都出血，脚烂得露出了骨头！

我们差一点没有命了。有一天早上，一个叫鲁法兴的码头工人看我们四脚四手在地上爬，他看我们可怜，就买了两个烧饼给我们一人一个吃。过了两天，他对住在河边的杨国贞和姜树文说："你们没有小孩，车站有两个孩子怪可怜的，去领回来吧。"

杨国贞把我弟弟背回来了，我五弟姓杨。姜树文成了我的父亲，我就姓姜了。这两家都是穷人，虽然穷，良心好。新中国成立后的1951年，政府帮我们找到了六弟，他被人抢到了一家茶店里，两夫妻都抽大烟，对六弟狠，后来被一个算命的瞎子领回去当儿子，这瞎子姓戴，我六弟也改姓戴。

我三姐被人抢去当了童养媳，因受不了虐待，上吊死了！

我们徐家三兄弟现在改了三个姓。日本鬼子害得我们父母双亡，骨肉分离。我们一家的苦处，三天三夜也说不完！

五十七岁的姜根福继承他父亲的旧业，仍然在长江上航行。这位搏风斗浪的油轮司机剑眉紫脸，一口南京方言。刚强的硬汉子谈起他家的血泪史，也禁不住几次落泪。

历史像滚滚的江水，该过去的都过去了。要饭的流浪儿成为光荣的中国共产党党员，许多不相识的日本人给他寄来了问候的信件，寄给他雪花般的名片和一面面写有"和平""友好"字样的旗帜。据说有一位日本的将军，曾在这位孤儿面前低头折腰！

"这事有十多年了。中日关系还没有正常化，是冬天，还下雪。外办的同志来找我，说有一位日本客人要见我。他用小汽车把我接到双门楼宾馆。一位矮矮胖胖的、六十多岁的日本老人恭恭敬敬地在大厅门口迎候。他花白的短发，白衬衣外面是深颜色的西装，翻译对他介绍了一下我的情况后，他站到我面前，给了一个九十度的鞠躬。他说：'我没有资格来见中国，因为侵略战争，我的两手沾满了中国人民的鲜血，我对不起你们，虽然我没有亲手杀过一个中国人，但我是指挥者，我有罪，我今天是来向中国人民认罪，服罪的。'"

共产党员的姜根福淡淡地笑了笑："你对中国人民犯了罪，今天认罪了，那我们友好。""谢谢。我牢牢记住你的话，我回到日本以后一定向日本人民传达中国人民的友谊。我来以前写了一封信给佐藤，希望他接受第二次世界大战的教训，下野前做一件好事，与中国建立外交关系，恢复日中邦交。"

姜根福说："前事不忘，后事之师。"

广岛来的友人告诉他："战争毁灭了一切，广岛有的地方草还没有长。"

姜根福说："是的，像我的心里一样，那是难以医治的创伤。"

日本兵库县片岛惠子：

眼前一片目不忍睹的惨象，
令人不能不看，不能不想……
自己要生存，却将别人杀光，
人是动物，伟大而又混账！
1937 年 12 月 13 日
在南京，日本兵丧尽了天良！
战争是人为的，理应把它埋葬，
这是人比动物高明的地方。
用石子铺平和平之路吧，
这石子就在人民的心上……

〔第九章〕

十四个秀英

太沉重了，我简直无力掀开它的扉页。这是三十多万死难者的灵与肉，这是过去了的岁月！

一千多位老南京，以历史见证人的身份，写下了有关"南京大屠杀"的经历和见闻。每一位证人的千仇万恨，都浓缩在一页铅印的表格上。我久久地翻阅着这一千七百多张表格汇集成的《南京大屠杀幸存者、受害者、目睹者花名册》。每翻动一页，我的心就一阵悸动。

这是一本黑笔书写的史册。黑色的字里行间，开放着几朵秀美的花——李秀英、刘秀英、马秀英……

我草草数了数，发现有十四个秀英：

徐秀英 女 棉鞋营 44 号 父亲被日军杀害，弟弟被日军用电触死。

金秀英 女 红庙 21 号 重要目睹者。

卜秀英 女 卫巷 18 号 重要目睹者。

马秀英 女 新巷 14 号 丈夫及夫哥被日军杀害，婆母和母亲急死。

刘秀英　女　鸡鹅巷 37 号　表姐被日军强奸，夫妻被逼自尽。

蒲秀英　女　太平门农场巷 146 号　丈夫被日军杀害。

时秀英　女　军械局 25 号　丈夫被日军杀害。

方秀英　女　裕德里 24 号　哥哥被日军杀害。

王秀英　女　武学园 37 号　父亲和哥哥被日本兵杀害。

王秀英　女　火瓦巷 12 号　丈夫被日军杀害，房子被日军烧毁。

季秀英　女　汇文里 56 号　父母及姑父被日军杀害。

李秀英　女　外关头东街 10 号　父亲和伯父被日本兵杀害。

李秀英　女　侯家桥 78 号　姨父被日军杀害。

李秀英　女　鱼市街卫巷 28 号　因抗拒日军强奸被刺三十余刀。

两个王秀英。三个李秀英。这是巧合吗？

秀英——秀美的花。可惜她们生不逢时，她们被摧残而凋零了！

我要寻找她们。

徐秀英——

她退休了，她浅灰色外衣的左臂上戴着一个"治安执勤"的红袖章在小巷子中巡逻。远远望去，她花白的头发像一片淡淡的云彩在飘动，颧骨突出的方脸上显得憔悴和疲惫，这是一位苦难深重的老人。

她生下来就受苦。瘦精精的父亲挑一副剃头担子，母亲是家庭妇女，弟妹五个，她是老大，四五岁就跟着外婆拾煤核、捡垃圾。

日本兵进南京那年，她十五岁。父亲挑着担子，她扛着破被子烂棉絮，母亲拖带着弟妹到了五台山难民区。没有钱租房，父亲在佐佐营的坟堆上用破芦席搭了一个滚地龙，一家大小都滚在破棉絮中。

苞谷面吃完了，一家人正揭不开锅，日本兵来了，父亲连忙爬到芦席外面装出笑脸。他听不懂日本话，就哆哆嗦嗦地从破长衫的怀里摸出一包老刀牌香烟递过去，日本人不要，说了一通他听不懂的话。他木然地站着，脸上仍然强装出笑容。日本人拿了一盒烟走了，他喘了一口气，妻子徐陈氏在地笼子里听到日军的皮靴声远了，战战兢兢地探出头来：

"殿成，进来吧。"

"不能进，外面没有人招呼，日本老爷发起脾气来，全家都要遭灾！"

徐殿成是个老实人。他十二岁从淮安来南京学理发，三十年来像个女人似的天天低头进、低头出，从没跟人红过脸。他在滚地龙前呆呆地站着，冷得腿直打战。突然，走到岔路口的两个日本兵叽里呱啦地回头来叫他，他看见他们用手招他过去，他朝芦席棚内说了一句："我去一下。"

秀英探出头来，看见穿蓝棉衣、灰棉裤的父亲光着个头跑过去了，两个日本兵带着父亲朝汉中路汽车站边走了，她一直望到拐了弯，父亲瘦高的身影看不见了，才把头缩进芦席棚。

父亲再也没有回来，他挑过的这副剃头担子蒙上了厚厚的灰尘。徐秀英说："那两个日本兵良心不好，肯定把我父亲弄死了，我舅爷的儿子那年二十多岁，也被日本兵拖去了，他碰见了一个良心好的太君，放他回家了。"

徐秀英一连失去了两个亲人。父亲走后，他们靠捡垃圾换几个钱活命。有一天上午，一个叫陈文中的小伙伴急匆匆地跑来："不好了！不好了！来发电死了！"

秀英吃了一惊，她连忙拉着母亲来到成贤街毗卢寺后面的一条小街上。十三岁的大弟弟来发仰天躺在院内的草地上，他睁一眼闭一眼，头上和左脚上有像火钳烙过的紫黑色的伤痕。捡垃圾的那只竹腰箩靠在身边。陈文中说："我们四个小孩走到这里时，鬼子在门口用手招我们进来，进来后都赶到草地上，草地上有电线，来发踩着了，他叫了几声。鬼子哈哈笑！"破门板上躺着一个十三岁的中国少年。他是被日军用电触死的。他明亮的大眼睛还睁着一只，他愤怒地看着这个世界。

金秀英——

推开双扇旧木门，迎出来一位戴一副紫色秀郎架眼镜的老太太，花白的齐耳短发一丝不乱，虽然七十三岁了，但耳不聋，眼不花。她识字，有点知识妇女的气质和风度。

她接过我递上去的介绍信看了看，在藤椅上微微地闭了一下眼睛，像在搜索脑海中久远的记忆。

想不到，她的丈夫马六当时是抬棺材埋死人的。"我也是苦出身！"她说。

她当时住在豆菜桥难民区，和哥哥嫂嫂一家共十一口人住一间厢房。那里靠近金陵女子文理学院。她说，女子大学里面有个大地洞，好多中央军换了衣服躲在里面，被日本兵打死了不少。有一天，金秀英听人说，水井边一个中国兵被日本兵用刺刀挖掉了眼睛。她跟着几个人跑去一看，只见一个穿灰军衣的小个子士兵在地上哇哇直叫，两个眼睛血淋淋的，他的两手在地上爬着摸着，他在寻找属于自己的那两只眼睛！

金秀英哭了。她看见他带血的两只眼球像两个血丸子似的落在井边的石板上。她心疼死了。前几天的上午，她看见日本兵的两辆卡车开进金陵女子大学，拉走了一百多个男人。

不到半小时，阴阳营后面的空地上响起了嗒嗒嗒的机枪声。她刚刚结婚的表哥也是被日本兵的机枪扫死的，表哥姓梁，是赶马车的，她的表嫂一直守寡，直到孤零零地一个人死去。

谈起那一段岁月，她毛骨悚然。那年她二十四岁，正是风华正茂的年华。她却披着散发，脸上抹着黑灰，人不像人、鬼不像鬼的样子，为的是保护自己的纯洁和尊严。她几次险落虎口！

一天下午，金秀英正在院内洗衣服，被巡逻的两个日本兵看见了。房东姚老头说："他们晚上要来。"

半夜里，兽兵果真来了，他们在外面嘭嘭地敲门："花姑娘，花姑娘！"

"没有。"抬棺材的丈夫说。

几支长长的手电筒在床上和角落里乱照。金秀英直挺挺地躺在后房的芦席上装死人。她脸上盖了一张黄草纸，身上是一条白布床单。一支手电筒光射过来。"这个，里面有的！"随着这句生硬的中国话，一双毛茸茸的手揭开了金秀英脸上的黄草纸。

"哎呀！我妈啊！"她一手打掉手电筒，跳起来就朝外跑。熟门熟路的金秀英一口气跑到金陵女子大学躲了起来。她拐了两条巷子才甩掉日本兵，她听见日本兵在后面大声叫："花姑娘！花姑娘！"

马秀英——

一张南京市区交通图和一辆凤凰牌自行车，引导我穿过了一条又一条的小巷。十号，十二号，十四号。是这里！

她坐在门口补衣服。这是一位瘦削而整洁的老人，蓝布衫外面罩一件黑毛衣，花白的发髻结实而光亮。满脸的皱纹似一湖被春风吹动的微波。

她七十九岁了，儿孙绕膝，身板硬朗。可有谁知道她心中难以平复的创伤！

冬月十四这一天，对于马秀英来说，是一个流血流泪的日子！

五十年前的这一天早晨，日本兵闯到阴阳营难民区来突击搜捕中央军。马秀英住的是平房，从窗户里可以看见抓来的人都集中在对面的空地上。有一对夫妻也跪在地上，女的手里抱着一个小孩。突然，一个日本兵的刺刀朝女的怀里一挑，不满一岁的小孩在刺刀尖上疼得手抓脚蹬，厉声哭叫！日本兵哈哈大笑！

母亲昏倒了。马秀英蒙住了双眼，她不敢看这人世间最悲惨的一幕！

到了下午，人更多了，她担心儿子和丈夫会不会出事。上午，丈夫金德泉和儿子金同和一起回下浮桥的老家去取点东西，怎么到现在还没有回来？她叫二哥去找一找，儿子找回来了，可丈夫被日本兵抓走了。

她眼前一黑。从窗户里望出去，熙熙攘攘的人群中，有一个穿黑绸长褂子的人，难道是他？她定睛看了一会儿，是他！高高的身材，没戴帽子，灰棉裤，四尺一寸长的棉袍子！

他跪着。他与她隔两丈多点的距离。他两眼直盯着这扇窗户，他似乎想叫，可他不敢，他太老实了。他没有兄弟，不抽烟，不喝酒，只知道在民月戏园里干杂七杂八的事情。

下午四点多的样子，跪着的人都两个一排站好队后押走了。押到哪里去了呢？她要找。他和她同岁。丈夫是她的靠山。丈夫是老公公六十岁时才生下的一个儿子，就是尸体，她也要背回来！

没有找到。当夜她做了一个梦。她说："德泉来托梦了，他穿着黑绸褂子，他叫我认他的手指，他的大拇指上有血！"

第二天，第三天，她化装成老太太的模样，手里拿一根竹棍，路上、塘边、池里的尸体，她一个一个地认，一个一个地翻过来看，可都没有！她急得昏过去了！

这成了她的老毛病。一直到现在，天一热、气压低一些，她就犯病，就会昏过去。

刘秀英——

她买菜去了，我在院子里等她。我有点担心，不知她愿意不愿意接受采访？因为我要了解的事情，在我们中国人的传统观念中，一般来说，都是极不愿意声张的。

她挎着菜篮子摇摆着宽大的白布大襟衬衫回来了。这是位开朗、乐观、直爽又热情的老大娘。提起往事，她细细的眼缝中滚落下一串串的泪水，她只会用一句话来发泄仇恨："他们不讲理呀，他们不讲理啊！"

那年她十八岁，春天结的婚，冬天就有了收获。日本兵进城时，她挺着个大肚子住在四牌楼的家中，丈夫是修自行车的。她和表姐住在一起，表姐夫是拉黄包车的。

那天上午，男人们到难民区去联系住房了，家里只剩两个女子。刘秀英脸上涂着锅灰挺着大肚子坐在家门口，她两手生疥子疮流着脓水。她像一尊金刚似的把着门。

咕咚咕咚的皮鞋声朝这边走来了。三个背着长枪的日本兵走到刘秀英面前站住了。她朝他们翻了一下大眼睛，伸出一双流黄水的手给日本兵看了看。日本兵连忙用手捂住鼻子。走在前面的一个日军朝门里张望了一下，一把把刘秀英推倒，日本兵一个接一个地进了屋。

表姐在屋里，文文静静的。她爱干净，她不愿抹一脸的锅灰。日本兵像老鹰抓小鸡似的把她拖到秀英的床上，一个接一个地又撕又咬。她无力反抗，她一声接一声地叫喊着。刘秀英在门口听着表姐的叫声，又气又急。她没有办法救她，她不敢进去也不能进去看这种悲惨的场面。

三头野兽疯狂一阵走了。表姐浑身无力，刘秀英扶着她坐起来。她双手掩面呜呜地哭泣，刘秀英用手绢帮她一把一把地抹着眼泪，一边骂着畜生，一边好言相劝。

到吃晚饭的时候，表姐的眼圈还红肿着。她皱着眉头悄悄地问刘秀英："妹妹，我小肚子疼，下身都是血，怎么办呢？"

刘秀英帮她洗了洗，又换了一条带子。

第二天早饭后，刘秀英见表姐还没有起来，就去敲门。一推门，她怔住了：表姐死了！她直挺挺地躺在床上。她吃了好多安眠药死了！

拉黄包车的表姐夫找了一张破芦席卷了卷，把妻子埋到太平门外的迈皋桥。他咽不下这口气，他觉得一个男子汉保护不了自己的老婆还活着干什么呢？一个月后，他也吞服了一大把安眠药，随着妻子一起到天国中去了。

他们同仇共恨，他们埋在了一起。

卜秀英——

我找到了卫巷十八号门牌。我来迟了，我见不到卜秀英老大娘了。一位三十多岁的邻居告诉我，她刚刚去世！

这是一个灰砖的墙门，墙门里住着好几户人家。好几个人围着我，向我介绍卜秀英老大娘的情况：

"她老头早死了，她吃过很多苦。"

"她活着的时候坐在墙门口，经常对我们说：'日本兵杀人真厉害，像杀猪，把人一捆，一刀捅死了！'"

王秀英——

她生病了。病很重，送进了医院。

季秀英——

我找了好几遍，找不到汇文里五十六号。有人告诉我："城市改建，这里拆迁了。"

三个李秀英中的一个——

她被日本兵刺了三十七刀：她没有死。她咬得日本兵哇哇地叫。她是一位传奇式的人物。她的身上，有许多中国人缺少的东西。

她并不高大，但刚毅而豁达。她给我看身上的一处处伤疤：

当时我十九岁，肚子里有七个月的小孩，3月结的婚啊！

我们原在上海川沙，八·一三以后回南京来的，老头是部队的无线电报务员，国民党——八师参谋处的报务员。你别看他长得比我高大，他没有用，他打不过我。淞沪抗战，我跟他在一起。后来撤退了，他同部队撤到河南，我家在南京，就回南京了。

我母亲死得早，我跟父亲过。父亲大个子，瘦瘦的，他在汉中门里稽查处当稽查员，他不识字。我父亲山东人，山东郓城人，他会武术，打行意拳打得好，我跟他学过。我体质好，力气大，脾气坏，像我们的老祖宗，我们是梁山好汉李逵的后代！

提起日本兵我气死了！我们躲在五台山一所美国小学的地下室里，里外两间，五六十个人，外面住男人，里面住妇女。18日那天，日本兵抓了好些男人去。大家都怕，说男人抓去就打死，女人抓去要轮奸。第二天上午，我刚吃过稀饭，就进来了好些日本兵，一个一个地拉着出去。我们里间拉走了好几个妇女。日本兵来拉我了，我不去！我一头撞墙了！撞在右额上。我昏过去了！

父亲当时在难民区维持秩序。他喊啊，叫啊，总算把我叫醒了。我一摸短发上、额头上都是血。宁可死我也不能受日本人的污辱！

我躺在行军床上。我们里间住十多个妇女。里间有一个窗户，一半在地下，一半露出地上。中饭后，又来了三个日本兵，他们先把男人赶走，一人一个，两个日本兵拉走了两个三十多岁的妇女。那个日本兵过来了，他腰上挂着刀，嘴里叫着："姑娘，姑娘！"一边叫一边动手来解我旗袍上的扣子。我躺着的，我一气，就在他靠过来的时候，伸手去抓他裤裆里的东西，可抓不着，他弯下了腰。我想夺刀，我猛地从床上跳起来，一个鱼跃，抓住了他腰上的刺刀柄，我一拔，还没有拔出来，日本兵的手抓住了我的手腕。他死死按住我的手，不让我夺刀。我用头撞他，还用牙咬他的手，日本兵疼得"啊！啊"地大吼。另外两个日本兵听到叫声跑来了，我连忙占领墙角，一手还死死抓住日本兵的衣服不放，两个人扭打在一起。那时我劲大呀！豁出去了！那两个日本兵拔出刺刀往我身上乱刺，我气啊！我没知觉了，脸上、耳朵边、鼻子、眼睛、嘴上、腿上都被刺了，我咬着牙，像刺在木头上一样！大腿上刺得最多。我不像人了，我玩命了！嘴上很多血，我一口一口地往日本兵身上吐！后来"噗"的一刀刺进我的小肚子，刺透了棉袍和卫生裤，我倒下了，我什么都不知道了！

我迷迷糊糊地听到有人在叫我，睁开眼一看，我躺在木板上，父亲一声声地叫着："秀英！秀英！"几个人抬着我。原来他们以为我死了，已经挖好了土坑，要把我抬去埋掉！

　　冷风一吹，我气缓过来了，嘴上的血呼噜呼噜响。我清醒了。我的小孩流产了。父亲一看我又活了，就把我送到鼓楼医院。一个美国医生给我缝的伤口，他说："一共有三十七刀！"

　　那时，我的头肿得有斗大，沾满了血的头发都直起来了，吃饭喝水都从鼻孔中流走了，嘴唇缺了一块！牙齿也全掉了，喏！你看，我的牙全是假的！

　　我动手术的时候，有美国人给我照相，拍电影。那个人叫梅奇，大高个，瘦瘦的，会讲中国话。审判日本战犯的时候，东京国际法庭上放过这个电影，伍长德去当证人时看过的，他回来给我讲："美国人给你拍的电影在法庭上放了。"《南京大屠杀》的纪录片中也有这个镜头。现在日本人、香港人经常来访问我，也给我拍镜头，过几天又有一批日本人来，要我去座谈。你去不去？

　　"去！一定去！"我说。

　　1986年3月19日下午，"日中学院友好之船日中不再战访华团"的一百多个男女老少来到了南京，来到了侵华日军南京大屠杀的部分遇难者掩埋尸骨的现场！太阳帽、披肩发、花裙子和金丝边的眼镜全都失去了光彩！刺目的闪光灯在胶片上也在心底留下了一幅幅悲惨的画面，摄像机在不停地摇动和旋转：白骨累累、累累白骨。短的、长的、大的、小的，那个和拳头差不多大的头骨是一个孩子的生命！断了的腿骨、砍裂的手骨，子弹射穿的肋骨，军刀劈破了的头骨！层层叠叠！

　　鞠躬。默哀。合掌。哭泣。

　　一百多个人用青丝、白发、童颜、花裙和红红绿绿的太阳帽组成了一个五彩的花环，敬献给在屠刀下丧生的人们！

　　幸存者和受害者们也来了。刘永兴、陈德贵、夏淑琴、李秀英……

悲哀的诉说，平静的叙述，激愤的控诉，通过女翻译富有感情的表情和声音，在大和民族的心里激起了波澜！

日本妇女李秀清握着中国妇女李秀英的手，声泪俱下："那年我十六岁，我还在读书，听说南京四周都有城墙，人跑不出去，所以杀了很多！今天我们看到了这个残酷而悲惨的场面，我心中很难过。这是日军的罪过！"

"这是历史的教训！"李秀英说。

她用手捂着嘴，想尽力不哭出声来，蓝方格衬衣的双肩随着一声声抽泣而一阵阵颤抖。她叫片平裕香："我一直在日本生活，一直不知道日本做过这样可耻的事情！我不愿做这样的日本人！"

一位十八岁的日本小伙子也哭了："中国人民遭到了日本的祸害。今天我见到了事件的幸存者，深感对不起你们，我不敢抬起头来看你们！"

穿黑白条纹衫的长发女青年擦着眼泪，轻声地问坐在她身旁的李秀英："你们恨日本人吗？"

像引燃了一堆干柴，李秀英站了起来："恨！当然恨！血海深仇，能忘记吗？我流了多少血！血的教训，能忘记吗？"

她指着一处处的伤痕给他们看。"日本兵说是因为中国兵抵抗才杀人的。我是妇女，我抵抗得了吗？你来中国杀人放火，当然要抵抗！"她停了一下，"自然日本人民也是受害者，他们也要和平，他们也不愿来中国打仗，坏的是军国主义！不能再打仗了，我一家现在有十多个人了！"

六十五岁的日本妇女李秀清又一次握住了六十八岁的中国妇女李秀英的手。李秀清赠给她一个粉红色的四方盒子。

里面是时间和历史。圆形的电子钟在嗒嗒地走动。它和地球一样，在自己的轨道上运行！

李秀英高高举着它，像举着一面旗帜。

〔第十章〕

民夫们

从南京到江宁

　　寒风呼呼地吹着。张文斌只穿一件夹衣，但全身汗水淋淋。他挑着一副沉重的担子，气喘吁吁地跟在马队后面，炮车辚辚，战马萧萧，他两腿发软，头有点昏，他不敢歇下。一歇下，日军的刺刀就捅过来了。郭家山岗的郭成照昨天在溧阳时，因为挑不动担子，被一刀挑死了，就死在他的旁边。

　　离家八天了，他摸着口袋里的八颗小石子，想着和尚村自己的家，想着冬月十一那一天。

　　那天清晨三四点钟枪就响了。全村两三百人像兔子似的到处躲，拼命逃。逃到吴家山中时，被两个日本兵拦住了。两三百人立即跪在地上磕拜。日本兵叫走了朱万炳和石全子。跪了快一个钟头，又来了一个黑胡子很多的日本兵，他用手指着张文斌。跪在旁边的父亲一看不好，儿子刚十九岁，就站起来想代替儿子。

"不行！"日本兵吼了一声。张文斌只好站出来，跟着日本兵到村子里抓老母鸡。抓到毕家洼村口，他吃了一惊。穿黑棉裤、绸褂子的石全子的头被劈开了，死在路边！

日本兵押着张文斌来到安德门，给他膀子上套了一个白布臂章。臂章上有"逸见部队使用人"几个字。

第二天，一个日本兵带着张文斌进城。中华门城门口，八个日本兵正端着刺刀对着靠在城墙边上的几百个中国人一个一个地刺杀，地上和城墙上都是血，张文斌吓得脚都发抖。

他把一箱蜜枣扛到宪兵医院后，日本兵叫他挑水、烧饭和喂马。

第五天夜里，日军出发了，张文斌挑着担子跟在马队后面走。黑夜里的中华门阴沉沉的，他想起那天进城时见到的杀人情景，心还怦怦地跳。

这是一支炮兵部队，抓来的民夫不少。挑不动、扛不动的，半路上就刺死了。

走到东山桥，天黑了。过桥是江宁县城。日本兵点着了路过的三间草房，大火熊熊。熊熊火光中，马蹄、炮车和杂乱的皮靴声打碎了江宁城的安宁。

赶马车的崔金贵也被抓夫抓到了江宁。他臂膀上套着一只"中岛部队肥后小队使用人"的白袖章。他是扛箱子来的，一天多了才吃了一盒子饭。他和邻居金小夫昨天早上出来买米，在管家桥被日本人抓着当了夫子，父母和妻子都在等他回去，他们一定等急了！

第三天到了铜井，日本兵总算放了他们。一人发了一张路条，崔金贵和金小夫像捧着圣旨似的捧着路条往回走。崔金贵胆子小，他不敢走夜路。他赶马车时，也总是晚出早归，他怕天黑了出事情。他的马车和四匹马也被日本兵拉走了，那四匹马是他和父亲卖糖球、贩花生米积起来的钱买的。枣骝、海骝、青马和甘草黄，四匹马是他家里的四根柱子。现在，柱子被人拆掉了！他和比他小一岁的金小夫躺在田野里，望着寒夜中天上的星，各人想各人的心事。

天微微亮了，他们往回走。他们急切地要赶回南京城，城里有父母妻子。走到油坊桥，太阳快下山了。还没过桥，一群日本兵冲上来，崔金贵连忙赔着笑脸递上路条，谁知日本兵看也没看，接过来就扔掉！三个对付一个，两个人架着臂膀，一人端着刺刀，不由分说，雪亮的刺刀当胸刺了过来！

崔金贵挨了三刺刀！他命大。他的黑棉袍子上面的几粒布扣子坏了，只好敞着怀。对着胸膛刺过来的刺刀往上一挑，刀尖刺入了脖子！刺刀噗地一拔，他往左一歪倒在了地上，日本兵的刺刀在他的左耳后边又刺了两刀！

这里没有人家，桥是木桥。桥边全是田，崔金贵倒在田里，田里有许多尸体。到了半夜，他慢慢醒了，睁眼看看，天上一片漆黑。桥边有一堆火，五六个日本兵围着火堆在说话。他摸了摸四周，左右前后都是死人。金小夫和他一起放回来的民夫都过不了桥，都被刺刀捅死了！

他慢慢地爬，爬过横七竖八的死尸，爬到了河边，这里离日军有一丈多远，冬天水浅，他咬着牙轻轻地涉过了河。崔金贵忍着喉咙口的伤痛，一口一口地吞咽下腥乎乎的脖子上流出来的血。他知道，血流光了人是要死的。

他拄着一根棍子走到了毛公渡，毛公渡上的石桥被日本兵的飞机炸掉了，上面铺上了门板。晨光中，渡口站着两个人，刚走近，穿黄军服的日本兵掏出手枪要崔金贵跪下。崔金贵一看不好，连忙朝穿蓝大褂、戴礼帽的一个中国人求情："哥哥、哥哥你救救我！我们都是这个地方的人！"

这个人三十多岁，会讲日本话。他问崔金贵："你脖子上的伤是怎么回事？"

"狗咬的！"崔金贵说。

翻译对日本兵叽咕了几句，就喊崔金贵站起来："走吧！"

崔金贵望着黑乎乎的手枪，吓得僵掉了，他站了几次才哆哆嗦嗦地站起来。好不容易进了水西门，在北三巷又被一个日本人叫住了，日本兵摸出一把铜板，又给他几根大葱。崔金贵弄不清楚怎么回事，站在日本兵旁边的一个中国民夫说："叫你去买葱！"

崔金贵点点头。他把铜板和大葱兜在血迹斑斑的长褂子大襟上，一步一步地进了城。一进城，他把大褂一抖，摔了铜板和葱，走莫愁路，到了螺丝转弯的地方，因为流血过多，两眼一黑，靠在轧马路的石磙子上昏过去了！

这里的人都认识他："哎哟，这不是赶马车的崔麻子吗？赶快喊老头子去！"崔金贵的老父亲"儿啊！儿啊"地哭叫着来了，他把昏迷不醒的儿子背到了管家桥，请了个姓胡的江湖郎中来芦席棚子里治伤。

"这孩子不得了！"郎中把崔金贵的裤腰带一解，从脖子上流下来的血都积在这里干了，干了的血饼子一块块往下掉！江湖医生用棉花烧成灰，拌上豆油往伤口里塞，外面再敷上黑糊糊的草药。过了一天多才醒过来，过了一个多月伤口好了，但食管被刺破了，嘴里喝进去的稀饭从喉咙口流出来，还不断地吐血块，一直吐到现在。

从下关码头的死人堆中爬出来的刘永兴，用十二块大洋向一个农民换了一件老棉袄和一块毛巾，毛巾刚刚扎上头，两个日本兵来到草棚前，指着刘永兴说："你的，苦力苦力！"

"去吧，我明天来看你。"那个农民说。

日本兵把刘永兴带到火堆旁边，一个日军用棍子在地上画了四个字："干什么的？"

刘永兴哆哆嗦嗦地打着手势："做衣服的。"

"你的，顶好，顶好！你的，美男子！"

刘永兴哪有心思听日本兵的夸奖，他急得要命，结婚四个月的老婆不知怎么样，父母亲一定急坏了。

第二天开路了，日本兵给他一个袖章，上写"从军证"，还盖有一个大红印。到了江宁城，日本兵叫他给一个班十二个日军烧饭，挑水，他还会补衣服。烧饭没有柴，日本兵抬来一口棺材烧火。还抓来一个二十多岁的农村妇女。她吓得要命："大哥，你给我去说说，放我回家去吧，我家里有老有小！"

刘永兴刚要去求情，两个日本兵把这位妇女拉到后院里去了。后来，刘永兴一直没有见到这位穿蓝布大襟衣服的妇女。他跟着这支日军部队干了四十二天的"苦力"。他说："日本兵也有好的，有一次我眼睛上火，一个日本兵搞来一个猪肝给我吃，还有一包药。他们部队要开到丹阳去了，就放我们回来了，还给了一袋米和几个罐头。"

刘永兴回到了父亲和新婚妻子的身边，他很幸运。他说："很多民夫被打死了。"

姜根福至今仍盼望着被抓夫抓走了的父亲的音信。他从小盒子里拿出一封十五年前的已经发黄了的信给我看。他说："1972 年，报纸上登过一条消息，说日本有几千个从中国南京抓去的民夫，有的已死了，但保存着骨灰，准备送回南京。我立即写信到北京对外友协，过了一个多月，对外友协给我回复了一封信，说目前要查找久居日本而下落不明的中国人尚无条件。叶落归根，在中国的日本小姑娘都找到了，为什么在日本的中国人找不到呢？我父亲叫徐长富，他就是成了一堆骨灰，我也要背回来！"

一个民夫的见闻

他低着头和一起被抓来的几个民夫走进挂着太阳旗的院子，他气得要命，堂堂国军，竟成了敌人的夫役！想起来多遗憾，因为没有渡船，他无法撤到江北。刚刚脱掉军服穿上黑长衫，就被敌人押到这里来了，从街上一起押来的几个同胞都发了一块写有字的白布别在膀子上，这是护身符，他也得了一块。有了这个护身符，自然安全多了。

下午抬水。一路上尸体很多，有不少都开膛破肚，血肉模糊，有人告诉他，挖出来的心肝和男人的阳具，卖给浪人值不少钱，有些日本兵就专干这个事。

第二天一早，日本兵叫他担洗脸水，又一间房一间房地送进屋，送到后院，一跨进门，他吓了一跳。两位女同胞赤裸着身子，仰天躺着，见他进来，急急忙忙拉毯子掩一下胸。坐在妇女身边的两个日本军官却穿着女人的花衣服哈哈大笑！他连忙放下脸盆，红着脸快步退出房门。

那天黄昏，他看见后院里拖出来两具赤条条的女尸，又从外面赶进了十几个妇女。夜里，女人的叫喊声和日本兵的嬉笑声像针一样地刺痛他的心。他想哭，他想喊，可他不敢，他默默看在眼里。

12月16日，日军搬到了一所学校。街上黑烟红焰，火光冲天。一路上都躺着中国人的尸体，有不少是裸体的女尸，十个有八个剖了肚子，白花花的肠子流到地上来了。还有些是怀了孕的妇女，血污的胎儿在母亲的破腹中一阵阵抽搐。女尸的乳房有的被割掉了，有的被刺刀挑得血肉模糊，这种惨象，叫人不忍心看一眼！

这天下午，日军从外面押进来一百多个难民和散兵。他躲在做饭的小屋中，悄悄地透过窗户往外看看有没有认识的人。

他看不清。忽然，凶狠的日军扒掉了他们的衣服，又一个一个地把他们连手连脚地捆在柱子上，然后拿着锥子朝他们身上乱刺！叫声，哭声，喊爹喊妈的声音和愤怒的责骂声响成一片，这一百多人都被刺得浑身鲜血淋淋，有的刺瞎了眼，有的刺破了肚。最后一锥子，是深深地刺穿喉咙，让血像泉水般地喷出来！全体日本兵围观着拍手欢呼！

有一天，日本兵通知民夫带着铁锹出去，他不知怎么回事。到了一片山坡上，几百个难民都在挖坑，挖好后各人跪在自己挖好的土坑边，日军一人一枪，可怜的难民一个个都栽倒在自己挖的坑里！接着一声号令，戴白袖套的民夫们用锹掩埋，把土填平。日军的杀人花样，打破了世界纪录！

又过了几天，日本兵开到了滁县。他还是当挑水的民夫，烧饭的一个日本兵跟他熟了，从口袋里摸出一张照片给他看，照片上是浩浩长江，江上漂满尸体！这天夜里，日军到村子里搜寻妇女去了，他乘机逃走了。

水里火里

徐吉庆慢慢抬起头来，四周黑乎乎的，身上有点冷，他迷迷糊糊地不知是死了还是活着。原来泡在了水里。怎么？没有死？他记得和二百多人从华侨招待所出来，被日本兵押到长江边上一阵机枪扫射，他眼冒金花，他觉得自己已倒下了。他不能动，两手还反绑在背后。

他睁开眼搜索着，江滩的死尸堆中有人在动，有一个人在爬。他高一脚低一脚地从水里往岸上走来。

"有没有日本人？"他问。

江滩上的人回答："没有。"

有四个人还活着，他们搀扶着爬起来，帮着解开绳索，一起走。走到四所村，找了一间空房，大家都脱了血淋淋的外衣，在小河中洗净血迹。

"没吃没喝，在这里等死？"一个徐州口音的人说。

徐吉庆一个个打量着他们，都是中央军。一问，徐州人姓张，他里面穿着一件白纺绸的旗袍，像是女人的。镇江人姓仇，小圆脸，大概二十岁的样子。还有一个福建人，小个子，姓钟。徐吉庆年纪最大，又是本地人，大家喊他"大哥"。

"大哥，你带我们走吧。"他们说。

徐吉庆是开汽车的。他在淞沪战场上帮助国军送弹药负了伤，脚后跟被日本飞机的炮弹皮削了一块肉，现在还痛。

"我们进城吧。"他对三个换了便衣的中央军说。

"不能进城，往南走吧。"姓仇的说。

往南走，走到水西门，还是不敢进。再走，走到中华门，日本兵把四个人一齐抓去当了民夫。

抬米、打包、背袋。徐吉庆是挑一副公文箱。姓钟的福建人背不动大口袋，半路上被日本兵一枪打死了。

从中华门到牛首山，有一百多里地。吃了一团麦片，就一人拿一张明信片式的路条回来了。四个难友成了三个，三个人一起住进难民区。

下雪了，日本兵又来抓差。徐吉庆被押到丁家桥看稻草。小火车的铁道上躺着四个二三十岁的裸体女尸，乳房和下身都被刀割掉了，有一人的脚被狗吃得露出了骨头。好心胆小的徐吉庆找了几张芦席，把她们一个个地卷好。第二天，日军发现鼓楼兴皋旅社有个地洞，又把徐吉庆拉去。他被刺刀赶下地洞，递上去一包包的衣服、一只一只的箱子。他拉动一条被单，被单布包着一具女尸。蓬乱的头发，苍白的脸。他吓得瑟瑟发抖。

后来，三个难友和三个民夫开了个烧饼铺。他们天天围着一只炉子，天天围着一堆炭火。

木炭火熊熊燃烧，大厅的四壁上映出一阵一阵的红光。"妈呀！""哎哟！"扫马路的侯占清被四个日本兵抓着手和脚，赤条条地在火堆上烤！

这里是湖南路中央党部，这里已驻扎了日军。日本兵为了取暖也为了取乐，桌椅板凳都堆在大厅中燃烧。火光映着大厅正中一个很大的蓝白色的国民党党徽。

被抓来的民夫侯占清还在尖声地叫。

他已被烧掉了头发，火忽高忽低地往上蹿，他身上刺刺地响，皮像要裂开来似的，前胸、小腹、后背燎起了一个个指头大的水泡！"我的娘耶！妈妈呀！"他一声声地呼叫，日军一阵阵地哄笑，烤了十多分钟，抓着他手脚的日军终于把他扔在稻草上了。他一声接一声地哼着："哎哟！""哎哟！"

他刚刚从冰水中出来。他是清洁工，扫马路淘厕所的。清洁队七八十个人都没有撤退。

班长谢金宽带着他住进了牯岭路二十一号的难民区。听人说四个鸡蛋可以向日本人换两包面粉，他装了四个鸡蛋走到珠江路口，却被两个端刺刀的日本兵押到了湖南路中央党部，先叫他喂马，后来又抬草，还烧饭，烧好叫他先吃，日本兵怕饭里放毒药。

第二天天亮，十几个日军赶着侯占清和另一个住大方巷的民夫走到塘边。他们朝水塘里摔了十几个手榴弹，鲢鱼和草鱼都肚子朝天浮起来了。日本兵高兴极了，吼叫着赶侯占清去捞："你的下去！"

天阴沉沉的，快要下雪了。他脱掉外面的蓝色棉袍，把灰礼帽放在棉袍上。水刺骨地冷，他咬着牙，嘴里咝咝地喘着气。池很大，水淹到胸部。他一条条地把大鱼小鱼往上扔。两个人在冰水中泡了二十几分钟才上岸，他手冻僵了，牙齿咯咯地响。他披上蓝棉袍就钻到烧饭的灶边上。

"你的，过来！"日本兵叫他去烤火。他们嘻嘻哈哈地扒了他的衣服裤子，玩起了叫作"烤全猪"的把戏。

侯占清一动也不能动。他全身都是火烫起的水泡。水泡破了，浑身流黄水，钻心地疼。他缩在稻草上，一声接一声地呻吟："哎哟，娘耶！哎哟，娘耶！"

五十年后的今天，淡眉毛、小眼睛的侯占清向我叙述这一苦难的时候，却像在讲别人的事情似的，他若无其事地笑着说："他们是逗着我玩的！"

这个令人哭笑不得的侯占清！

这就是七十五岁的侯占清！

〔第十一章〕

难言的苦难

我不敢写。我不得不写……　【书信一束】

第一封信：致读者

朋友：

我本来不打算给你写这封信，因为日军的行为实在太残忍了，残忍的程度是善良的人们无论如何想象不出来的。这不是人能干出来的事情。

如狼似虎的日本兵从占领南京的第一天起，就到处追逐和搜捕妇女，疯狂地发泄兽欲。

伟大的母性遭到了野兽的蹂躏和摧残！据南京安全区国际委员会不完全的统计，在四十多天的时间内，日军在南京强奸妇女达两万人！当时有些外国人把"南京大屠杀"又称"南京强奸事件"。

女性是人类的母亲。她柳丝般的秀发、朝霞似的面庞、浑圆的手臂、高耸的乳房、丰满的大腿和白玉一样纯洁的肌体，是大自然善良和崇高的化身！古希腊的神话中，女性是青春、智慧、命运、时光、记忆、文艺、爱与美之神！污辱女性，就是污辱母亲。虐杀女性，就是虐杀神圣。

说出来，可能会刺伤朋友们善良的心和脆弱的神经，会使我们每一个人羞愧和仇恨！

水西门外有一家母女四人，长女十八岁，次女十三岁，小女才九岁，丧尽天良的日本兵将她们全部轮奸！长女和次女被奸淫得不省人事，九岁的小女儿被当场奸死，她细嫩的两腿间一片血污！还没有发育的阴部，被日本兵用手撕裂了，禽兽们是撕裂后才轮奸的！中华门附近有一位七十岁的老婆婆被日军发现后也惨遭凌辱。她白发苍苍，小脚蹒跚，日本兵嫌她松弛干瘪，为了满足兽欲，先用鞋底打肿她的下身，然后施暴强奸！

朋友，人性何在？天良何在？读到这里，你一定会气得发抖。这样的事情很多很多。在中华门一带，仁厚里五号的陶汤氏遭受日军的轮奸后，又被切腹焚尸！怀孕九个月的肖余氏也被毫无人性的兽兵奸污。十二岁的丁小姑娘被十三个日军轮奸，她惨叫呼喊，闪着寒光的刺刀刺进了她的腹腔，一个孕育智慧、才能、理想和生命的白白嫩嫩的小肚皮成了血淋淋的蜂窝！

太残忍了！怪不得目睹当时惨象的外国记者称南京的日军是"兽类的集团"。12月19日傍晚，两个日本兵轮奸一个十七岁的孕妇。少妇脸色苍白，冷汗淋漓，腹中阵阵剧痛，她流产了！洪武门外一个种菜人家的孕妇被日本兵强奸后，又被刺刀剖开了肚子，取出了一个血肉模糊的胎儿，雪白的手脚和粉红的手脚都在血泊中痉挛！我见到过一份资料，两个日军抓获了一个妇女，她挺着个有生命的肚子。日军淫笑着，两个人打赌，以猜腹中胎儿的性别为胜负的条件。他们扒光她的衣服，对着那个成熟了的、有一条褐色花纹的母腹举起了刀，血像泉水般喷涌，大理石一样的母亲倒在血泊中，一个红色的小生命在魔掌中尖叫！

朋友，大学者郭沫若先生看了日军在南京的暴行报告后，愤怒地称日军是"狂暴军部"和"超野蛮人"。他说："直至明治初年，日本的一般平民才开始有了姓氏，其原始的程度是可以想见的。本来还是半开化的民族，侥幸地受着了西欧文明的恩惠，而统治者不能运用理智的力量以事统御，故成为文明利器的逆用，犯出了人类空前的罪行。这罪行要斥之为野蛮，事实上单纯素朴的野蛮人并没有这样的酷烈，这样的残忍。"

残忍的人是没有道德和伦理的。侯占清对我说："鬼日本兵干这种丑事也不拣地方、不看时间，大白天他也会来。有天下午，我住的牯岭路二十一号洋房里面进来七八个鬼子，楼上楼下找妇女，老太太也要，找了七八个，他们把枪往墙边一靠，一人抱一个，光天化日之下，在院子里就干起来了！日他娘，不能看，恶心死了！"

年逾古稀的邓明霞老大娘说："这种事说不出口啊，我在难民区，屋里几十个人。一个十三四岁的姑娘被糟蹋得爬不起来。我闭着眼，不敢看。"赶马车的崔金贵对我说："日本兵不人道，在人堆里就脱下裤子像狗一样地胡搞。我们只好扭过头。这种事谁有脸看？"

"战时状态是个疯狂的时代。"参加攻占南京的日军——四师团一等兵、住在水户的田所耕三说，"女人受害最深，不管是老的还是年轻的全都逃不了。我们从下关派出拉煤的卡车，到街坊和村中掳来许多女人分配给士兵，一个女人供十五至二十个士兵玩弄，在仓库墙边选个有阳光的好地方，用树叶之类的东西铺在地上，士兵们手里拿着有中队长盖了印章的'红券'，脱下兜裆布，等着轮到自己。"他说，"没有不强奸的士兵。大部分强奸完了就杀掉，往往是强奸完一撒手，女人一跑，就从后面开枪。因为不杀的话会给自己惹麻烦。"

太惨了！朋友，这就是当时南京女界同胞的悲剧。不要脸的日本兵把我们中国古老文明的礼义廉耻都糟蹋光了！他们形同猪狗，伤天害理。古林寺的山坡上有一个妇女正在捡柴火，被四个日本兵看见后，把她推倒在地，一个一个地压在她身上。轮奸完后，妇女连拉裤子的力气也没有了。她大口大口地喘着气，眼里流出悲哀的泪水。日本兵还不走，他们津津有味地看着这个躺在地上的弱女子。这时，有四个中国人路过。日本兵招手叫他们过来，要他们上去奸淫。四个同胞一齐跪下："我们中国人不能干这个事。"日本兵端起枪，杀了一个。其余三个战战兢兢地你看我、我看你，终于，他们在刺刀下屈服了。

朋友，国土沦丧了，道德也沦丧了。野兽发作了兽性，野兽也逼着人大发兽性！他们强迫儿子奸淫母亲，公公奸淫儿媳，父亲奸淫女儿，哪个不从，一枪毙命！史料上记载着一则惨闻：城南沙洲圩有一朱姓人家，有一天突然去了四个日本兵，将四十岁的朱家儿媳推到床上轮奸，并强逼她的公公、丈夫和儿子站在旁边看着。日本兵轮奸完毕，又逼六七十岁的老公公上去奸淫："老头，你的快活快活！"

老公公没有办法，只好伏在儿媳身上做了个样子。日军说："你的不对！"边说边打老公公，要他认真地干。

公公奸了儿媳后，万恶的日本兵又叫十七岁的儿子奸淫他的母亲！万恶淫为首。这是千古未闻的惨状！

朋友，这就是1937年12月沦陷了的南京，这就是铁蹄下的中国人！中国被践踏了！

南京死亡了。南京的大街小巷，都有中国人的尸体。民间的慈善团体崇善堂收埋的十一万两千多具尸体中，就有两千多具女尸。她们是被奸淫后杀害或强奸致死的，多数都赤身裸体。一个目击者说：兴中门内东首城根的草房内，躺着一个六七十岁的女尸，全身赤裸，下体肿破。羊皮巷路北，有一个女孩被破腹拽肠，怒目圆睁。南门里桥一个二十岁左右的女尸，内裤上部还在，两手紧抓着裤腰，眼睛被挖去了，耳鼻也被割掉了。这是一位不屈的女性！

朋友，我写不下去了，虽然还有不少具体的材料，我不忍心再写了，每一个字，都像刀一般地刺入我的心。

我的苦难的同胞啊！

第二封信：致九泉下的一位大娘

王大娘：

你好！

请允许我以一个后来人的身份，权且以这封信当作纸钱，献给你的在天之灵。

你是苦命的，你一家都苦。拉大板车的丈夫做牛做马，也养活不了八个儿女。病的病死，饿的饿死，只留下了老七一条根！

你记得吗？老七的命也是捡来的。那年日本兵进城，你们一家逃难，在浦口车站的水塔下，碰到日本飞机扔炸弹，饭店里的一个小伙计脑袋炸掉半个，你儿子如贵被土埋起来了，你和他爸爸死拉活拉，才把他拉出来。回家进水西门，因为不知道怎么给日本兵敬礼，咔嚓一声刺刀戳过来。还好，捅在儿子右膀子上，烂了很长时间，你心疼死了，儿子是你心头肉。

那时你家住在白下路南首巷，靠秦淮河，对不对？那年你六十岁，儿子十岁。你家前面有个天主教堂，教堂隔壁是日本人的宪兵队，你一定不愿意提起这个地方，你用不着双手蒙上脸。不要这样，王大娘，你是无辜的。抬起头来！挺起胸来！虽然你赤裸着胸脯，这是野兽们对你的侮辱！你是善良的。你个子矮小，下巴尖尖的，淡眉毛、高鼻梁，那年你已是白发满头，牙也掉完了，瘪着嘴，梳一个小小的巴巴头。那天上午，两个日本宪兵来抓你去磨坊里推磨，你就跟着他们去了，你还记得吗？你是穿一件粗布的灰褂子走的。如贵爸出去拉车了，你拍拍如贵的头，要他好好看家。你是"黄鱼脚"，缠过后又放了，走路一拐一拐的，你一拐一拐地被日本兵押着走了。

你吓坏了。日本兵扒掉了你的粗布灰褂子！你六十岁了，你从来没有在生人面前露过身子，你羞愤，你害怕，你蹲在地上直发抖。怎么办呢？这丢人的事，这些坏东西！

日本兵把你从地上拖起来，他们来戏弄你松弛得像两只空口袋似的乳房，他们淫笑着。

哪个母亲没有奶？人都是吃奶水长大的！只有兽类，可以忘了母亲！他们是兽类，他们不知从哪里拿来了两只小铜铃，两个日本兵一人一只把它挂在你干枯了的乳头上！他们抽打你，要你推磨。磨盘缓缓地转动，你含着泪，含着羞，低着头，把愤怒和仇恨记在心头。你走一步，那铜铃就叮叮当当地响一阵，这是你的哭声。你推着磨，围着石磨一圈一圈走着永远没有尽头的路，那两只铜铃呜咽着，在唱一支悲哀的歌。

只有日本兵在拍手嬉笑，他们不是人！他们也有父母，也有姐妹，他们已换了面孔，也换了心肠，他们不知羞耻了！

傍晚你才回来，你推了一天磨，受了一天的委屈。你没有在仇人面前掉泪，一回家，你哭了。你抱着儿子的头："儿啊，我今天挂铃铛了！"

你放声大哭，哭得很凄惨。拉板车的丈夫在小凳上默默地坐着，他两只手抱着头，腮帮子鼓鼓的，这是恨！

这不是你一个人的恨。你知道。当时的南京，哪个妇女不提心吊胆？这是我们民族的不幸。

这一切都过去了，过去了五十年了。好有好报，恶有恶报。你可以安息了。

安息吧，王大娘！

第三封信：致一个被凌辱的女人

马大娘：

你好，还记得吗？去年夏天，我来城南采访你，那次我们认识了。

其实，在这之前，我在你家门前徘徊了好几次，我不敢贸然地打扰你。我知道，有些人来访问你，你拒绝了，你不愿提起这伤透心的往事，这是你心中的一块伤疤，伤疤结了痂，就不要再去揭它了，对不对？我理解你的心情。你有儿有孙，儿孙们都长大了，那件难言的事情是不能再提起它了，中国人都爱面子，你有难处。

我有任务。我要搜集侵华日军"南京大屠杀"的暴行，我要写出来，让没有经历过这场灾难的人了解这场灾难，让经历过这场灾难的人重温这场灾难。我找居民委员会的洪主任帮忙，热情的主任看完介绍信，就把你叫来了。我们是在居委会里面的那间办公室见的面，那天你穿一件宽大的白的确良衬衣，浅灰色的袖管向上卷了几圈。开始你很紧张，你老是伸出头朝外看，看外面有没有人在听。没有。就我们两个人单独谈的。

你先讲你的家。你家是回民，父亲是个很瘦的矮个子，他在草桥清真寺帮忙干杂活，家里六个孩子，你是老大，日本人来的那一年，你才十四岁。

你说你见过日本兵杀人，是进城第一天上午十点多钟，就在草桥上，五六个日本兵用刺刀戳一个男人，那男人疼得直叫。你在窗户缝里看，他在桥上滚了一会儿就死了。你说你害怕，就躲到床铺底下去了。

"砰！砰！砰！"有人敲门。你父亲刚把门打开，四五个日本兵冲进来，你父母一齐跪下求情。日本兵要"花姑娘"，你怕，你拔腿就跑，跑到秦淮河边的一个防空洞里。洞有一间房子大，你缩在一个角落里。对不对？

你说，日本兵追到洞口，哇啦哇啦地喊你出来，还用砖头往洞里砸，你没有办法，只好哆哆嗦嗦地出了洞。日本兵像老鹰抓小鸡似的把你拖到马阿訇的家。三个日本兵把刺刀在床前一搁，逼你脱光衣服，你害怕死了，日本兵一个个都很凶，他们像野兽一样发疯，你不敢哭，也不敢叫，你怕床边上三把雪亮的刺刀，可你情不自禁地惨叫了，一种刺痛和穿透的惨叫声！

母亲来找你了，她在外面一声声地叫"小英"。你说，你母亲当时五十多岁，她是大个子，大脸，两眼很有神，你像她。她疼爱你，从不打你骂你。你听到母亲喊你，你不敢答应，你身上有一条狗在咬你。

你说，你母亲找到清真寺门口时，被一个日本兵抱住了，也拖到了八号马阿訇的家。那个日本兵又强奸了你的母亲！

你说，这一天，你父亲被抓夫抓走了，你和母亲回到家抱头大哭，哭到昏过去。你们想用泪水洗掉蒙在身上的羞辱。

你知道，那时候，南京的多少母亲和姐妹都遭到了和你家一样的灾难，这天大的耻辱，是用秦淮河水也洗不尽的啊！你家东面的白下路中国银行旁边，两个日本兵把一个青年女子剥光衣服，一人拉着她的一只手往内桥走来，那位姑娘突然挣脱日军，跑到桥上，纵身跳下了秦淮河，白皙的玉体被浊流淹没了！

她死了，死的人太多了！有一个妇女，她也没有进难民区。日本兵几次来她这里纠缠。有一天，她穿戴得整整齐齐，坐在桌子边上，桌上放着纸和笔。几个日本兵一进门，见她干净漂亮，都很高兴，她拿起笔，写了"日本兵"三个字，日本兵高兴得拍手大笑，都围着桌子看她写字。她不慌不忙地又写了"是禽兽"三个字，写完，面不改色地放下笔。日本兵大怒，一阵乱枪将她打死了！

这是一位刚烈的女性。不知你有没有听到过八府塘小学一个女教师的故事，这位老师给很多被污辱的姐妹报了仇。因为日本兵几次要强奸她，她气极了，她不知从哪里搞了一支枪。有一天，日本兵又来找她了，她躲在床下面，一枪一个打死了五个鬼子。后来，她也被日军杀害了！我想打听她叫什么名字。可到了八府塘小学，东问西找，年轻人中竟没有一个人知道这件事！

好了，快到中午了，你还要烧饭。噢，还要问一句，你的送给人家的妹妹后来找到没有？

有机会我再来，好不好？

第四封信：致六十七岁的"小七子"

袁大娘：

你好！我见过你，你也见过我，可我们没有说过一句话，连一个招呼也没有打。那天，你用呆滞的眼神直愣愣地瞪着我。我呢？在趁你不注意的时候紧紧地盯你一眼，看你的神态、表情和形象，我极力想从你身上寻找五十年前十七岁的"小七子"的模样。不是我不懂得礼貌，而我是怕你受到刺激，怕你犯病，怕闲人们围着看你。因为，你失去了正常的理智、正常的情绪和正常的思维，你会做出反常的举动来。所以，我，一个陌生人，不敢惊扰你。自然，我非常同情你和尊重你，虽然你蓬乱着花白的头发，穿一件蓝底小白花的布衫，黄脸上长着一对满是皱纹的三角眼，木然地站着，使人一看就知你是一个病人，一个精神病患者。

你得了五十年的精神病了，你受尽了屈辱，你失去了青春和尊严。你还记得吗？是凶狠的日本兵逼得你发了疯，你是侵华日军南京大屠杀中的一个受害者。

最早，我是从《"南京大屠杀"幸存者、受害者、目睹者登记表》上认识你的。

表格上这样写的：

袁××，女，1920年8月23日生，汉族，无业，南京人，1937年住后半山园，目前健康状况：精神病。

受害事实：日本兵进城时，袁当时十七八岁（已结婚），在上富贵山拾柴火时，被日本兵发现，当时她女扮男装，日本兵把她上衣剥去，看出是女的，后又将衣服全部剥光，游街从富贵山到太平门，后有人给她一件衣服遮羞，回家后感到难为情，服毒自杀，经灌肥皂水，总算活下来了，但后来得了精神病。

听人说，你父母在清凉山，是菜农，家里穷，你是老七，你六岁的时候就到袁家当童养媳了。袁家也是种菜的，也是穷人家。你小小的年纪，一来就捡柴、挑水、种地。那时你梳一根独辫子，冬天也没有鞋子穿，光着脚，上面穿一件破棉衣，下身是一条破套裤，缩成猴子似的。天冷，你哭，你说"我想妈"。小伙伴们一起躲在草堆里，陪着你这个"小七子"流泪，你还记得吗？

你这一辈子受尽了苦。种菜、打柴、受冻、受饿，但日子总是太平的。谁能想到你十七岁的那年，那个苦可是说不出来的苦，是不是？

那时是冬天，日本兵进城不长时间，外面乱，家里没的烧了，你穿着丈夫的旧棉衣，戴上一顶破帽，背着一只竹筐去捡柴火。你知道，日本兵见到女人，会像狼一样地扑过来的。

那时，南京的许多妇女都女扮男装。有一次日本兵抓夫，他们把民夫一个个地捆起来时，发现有几个人胸脯鼓鼓的，撕开衣襟，露出白皙而丰满的乳房。日本兵淫荡地大笑，在民夫队伍中一个个地全身搜查，脱帽子、摸胸脯、摸裤裆，将搜出来的几个妇女扒掉衣裤，在墙壁上像"大"字一样地用钉子钉住四肢，还往阴户里塞进木棍！

你也没有逃脱魔掌。你在富贵山上捡柴火，筐子快满了，你还想多捡一点。几个日本兵走过来，问你话，你不答。他们打你，你还是不说话。一开口，你怕暴露少女清泉般的嗓音。日本兵生气了，他们撕你的衣服，他们吃了一惊："花姑娘！"

他们伸出了黑色的魔爪。十七岁的少女正是鲜花怒放的年华，野兽撕碎了花瓣！他们又用刺刀在你的脖子上试了又试，你吓呆了！日本兵又把你赤身裸体地押下山游街，你又怕又羞，你低着头，浑身战栗着，每一根神经都在颤抖。你是冰清玉洁的一尊雕像！

你是弱者，你怕人讥笑，怕无脸见人，所以你服毒自杀。你也是强者，当肥皂水进入你的肠胃，你的生命之神又举起了剑！你活下来了，顽强而痛苦地又活了五十年！

你是幸福的，你看到了正义和善良的胜利。你住进了新村公寓，这里曾是你种菜的地方。虽然你失去了丈夫，你的儿女都尊重你、体谅你。你常常做出让他们不高兴的事情，你为什么老是钻到垃圾堆里去捡脏东西？捡来菜皮、瓜皮和烂泥，满满地煮上一锅，再煮上一锅，给谁吃呢？那天我来看你，你又在垃圾堆里，捡了破伞、木棍和装有煤灰的蒲包，你把它堆在漂亮的阳台上，干什么呢？

我在问你，大家都在问你：捡这些破烂干什么呢？

你嘴上喃喃地说着。说什么？

噢，你在说过去的事，说你自己想说的话。那你说吧，大声地说！

〔第十二章〕

不安的"安居"

　　总面积只有四平方千米的"南京安全区",拥挤着近三十万的难民!这里可能创造了世界上迄今为止人口密度最高的纪录。在中国的这块领地,德国、美国、英国等西洋人是保护神,手拿屠刀的日军成了统治者,大地的主人中国人却成了寄人篱下的可怜虫,成了任人宰割的羔羊!

　　这里是一座不大不小的国际舞台,各种各样的人物在台上表演他们的传统节目或即兴之作。紧锣密鼓,剑拔弩张,人性、兽性和奴性展开了生死搏斗!

　　啊,令人不安的"安全区"。

人人过关

占领南京的日军惊魂未定。他们知道，曾与他们拼死血战的十万中国守军，不少人仍然隐伏在市内，相当多的中国军人混杂在安全区的难民中，这是一批危险的人物。进城的第二天——12月14日，一个日本军官带着四五个随从，来到宁海路五号国际委员会，瘦高个子的费吴生立即笑脸相迎。因为头一天日军在难民区打死了二十个难民，传教士出身的美国人尽力地想制造一点友善的气氛。

刚坐下，矮个子的日本军官就提出："据我们得知，这里有六千名解除了武装的中国兵，希望你们能交出来！"

费吴生愣了一下：他们怎么知道有六千名的呢？他急忙叫人递上茶水："败退的中国兵有一些，可不多。再说，解除了武装的士兵，应该给予人道的待遇，昨天贵方已经答应保证他们的安全。"

"我们知道怎样对付他们，帝国军队要求贵方协助的是：把六千名中国兵交出来！"

难民们分散在二十几个收容所中，日本兵一时也分不清哪些是中国兵。中国兵藏在哪里？整整花了一个小时，费吴生费尽口舌地辩解着，他极力地要保护走投无路的中国败兵。

日本军官不高兴地走了。

第二天晚上，国际委员会的十五名委员正在煤油灯下开会，日军从安全区中拖出了一千三百个男人，用绳子绑着，一百人捆成一串。戴着帽子的，都被一个个抓下来扔到了地上。

其中有许多中国兵，军人都光着头。

拉贝急坏了。他立即带着委员们赶去交涉，日军不理不睬。费吴生在队伍中穿来穿去。黑暗中，他在寻找昨天向他交枪的四个小个子广东兵。他们说，他们为抗战来的，他们不愿放下武器。还有一个北方的大个子军官，他曾向费吴生倾诉了战败后的遗憾，那一双失望的眼睛使费吴生久久难忘。他寻不到他们。刺刀押着他们走了，他们昂着头，没有一个人哭。

拉贝气得要命。他觉得日本人欺骗了他，他也欺骗了中国人。愚弄人是不道德的，当天中午，他和国际委员会秘书史密斯、总稽查史波林在新街口的交通银行内，与日军特务队队长商谈过这个问题，日本大使馆的福田参赞担任翻译，他说："对于已被解除武装的中国兵，可以信任日军的仁慈态度。"不过几个小时，日本人怎么不能"信任"了呢？难道枪杀就是"仁慈"？

16日一早，国际委员会主席拉贝叫史密斯执笔，致函日本大使馆参赞福田："昨天因贵国高级军事长官抵达此间，敝委员会认为秩序即可恢复，故未提抗议。不料晚间情形更为恶劣，敝委员会不得不胪陈各点，促请贵国军事当局注意，并设法加以阻止。"

对这件公函的答复，日军当局对费吴生说："难民区内还藏有中国兵两万人，我们将肃清这些恶鬼！"

费吴生不安了："恐怕不到一百人了，他们都没有武器！"

肃清"恶鬼"的行动开始了。

12月22日，在阴森森的寒风中，南京的大街小巷贴满了日本宪兵司令的通告：

为布告事：自12月24日起，宪兵司令部将签发平民护照，以利居留工作。凡各平民均须向日军办事处亲自报到，领取护照，不得代为领取，倘有老弱病人，须家属伴往报到。无护照者一概不得居留城内，切切此令。

人们围观着，议论着，怒骂着。不识字的人一遍又一遍地请人读给他们听。也有人提出一些不清楚的问题："到哪里去登记啊？""抱在手里的娃娃要不要登记？"

打听到了消息的人互相转告："十六岁以上的男女都要去登记。""登记在金陵大学、金陵女大和山西路广场。"

明知登记会有风险，可不登记说不定风险更大。南京人已经尝到了日本兵的厉害！

天蒙蒙亮，山西路广场上就挤满了膀子上戴着太阳臂章的人。虔诚的基督徒朱寿义也去了。过了一会儿，来了几个带枪的日本宪兵，先叫大家四个一排站好队，长绳似的队伍一直排到三里地外的宁海路。哪个人乱钻，哪个人说话，日本兵的枪托就打下来了！

广场上用桌子搭了个台，一个四十岁左右的中国人站上去讲话了，他个子不高，听得出是外地口音，边讲边指手画脚："同胞们，日本人是好人，大家都要听从皇军的命令。你们中间哪个当过中央军的，就站出来。你们没有家眷，流落在外面，生活很苦。只要站出来，皇军不但不杀，愿意做工的可以做工，愿意回家的还发给路费！"

讲到"发给路费"的时候，他还拍了几下胸脯。有人看他穿着西装，还戴着一副眼镜，有点洋气，认为可以相信的。

"这人是谁？"有人悄悄地问。

"好像是夫子庙卖过仁丹的。"

"这人叫詹荣光。好像是湖北人，九头鸟。"

"中国人总不会骗中国人的吧。"

"难说。"

一阵小小的议论后，就是一阵小小的骚动。詹荣光又说话了："我的同胞们，当过兵的，愿意做工的，都站出来，有饭吃，有工钱发！"

有人站出来了。一个，两个，三个，十个，二十个。

"好！往这边站！"詹荣光很高兴。

175

第十二章 不安的"安居"

站出来了好几百人。"上车吧！"日本军官一声喊，持枪的日本兵就赶着这些想回家和想做工的人上了卡车。卡车飞驰到下关，机枪早准备好了。

登记了，一个挨一个地走过去。先朝桌子旁坐着的日军来一个一百二十度的鞠躬，然后问姓名、年龄、住址、职业、家里几口人。问完，再从头到脚检查。先看头上有没有戴过钢盔的印子，再看手上有没有老茧，还听你说的是不是南京本地话。胆子小的害怕得发抖，就被拉出了队伍。有一点可疑的，也被另立一边。话说不清楚的，他怀疑你有鬼，靠边站了。种菜的、打铁的、拉车的，不少人都被他们怀疑是中央军拉出了队伍。

排了一天队，到傍晚了，朱寿义还没有领到"安居证"。他发到了一张小条子，条子上有"野宇"两个字，上面还盖了图章。

第二天一早，朱寿义又来到山西路排队了，还是四个人一排。他小心翼翼地拿着这张条子，不敢说话，连看也不敢多看。前面的一个年轻人鞠躬时腰弯得小了一些，一刺刀戳在大腿上，躺在地上爬不起来了。那个老头因为耳朵聋，听不到问他什么话，被一枪托砸破了头。有好些青年人被拉出了队伍。

嗒嗒的马蹄声由远而近。日军的马队来了。一个军官模样的人与一个日本兵哇啦哇啦地说了几句："抬子弹去！"

一声令下，日本兵从队伍中拉出了一百几十个年轻人。朱寿义是他们后面的第五排，他默默地在心中祷告：耶稣保佑！他被日本兵摸了一遍，花了两元钱拿到了一张三十二开的"安居证"，上面有一颗方的图章，落款是昭和十二年十二月。为了这张倒霉的白纸，他吃了多少苦！多少人送了命！他真想把它撕成碎片，可他舍不得，没有它，要杀头的啊！

宁海路往南是上海路。上海路上也排着长蛇阵，蛇头在金陵女子文理学院的广场上。广场上也有一个台子，台上除了坐着日军的几个军官外，詹荣光也在台上，和他同来的还有一个是原来日本大使馆干杂事的侍役，现在摇身一变，成了翻译。

一个叫作角下的日本人讲话了。据说，他与詹荣光很有交情。日本兵进城后，詹荣光送了一个年轻漂亮的女看护给角下。这一来，不仅詹荣光为虎作伥有了靠山，还通过这个女看护，掌握了留在南京的军队医护人员的情况。角下会讲中国话，他态度强硬："凡是当过兵的或者拉夫来的，只要自首出来，保证生命安全，还有工可以做。不然的话，查出来是要杀头的！"

　　没有人理他。詹荣光鹦鹉学舌似的照样说了几遍，终于从队伍中走出了几十个人。广场的东南角，活动镜头吱吱吱地响着，有日本人在拍摄电影。

　　因为站出来的人不多，日军就在队伍中搜查了，二三十岁的人，一个接一个地被拖到队伍外面来，稍有对抗的，当场刺刀见血！于是，有的跪地哀求，有的默不作声，有的吓哭了。难民的队伍中，也有被人冒充是亲人仗义相救的。十八岁的喻志清去女子大学登记时被日本人拖出了队伍。一起住在难民区的一个胖胖的老妈妈一看不好，立刻扑过去大喊："乖乖儿啊！我的乖乖儿啊！"日本兵一下子愣住了。老太太强作笑颜边讲边打手势："我的儿子，儿子！"喻志清就这样被救了下来，他也就这样有了一个干妈。在抓捕中国士兵的时候，不少南京妇女冒着危险拼死救护他们。刘秀英老大娘对我说："在女子大学登记时，我穿着黑棉衣棉裤，脸上抹着灰，梳一个巴巴头，像个老太太，一个穿蓝色中式衣的瘦瘦的小伙子被日本兵拖出来后用绳子绑起来了，麻绳勒着项颈。他在我身边悄悄地说：'大妈，你做做好事救救我，日本人要拉出去枪毙我！'那天是早晨，我也害怕，日本兵手里拿着长枪，皮鞋咯噔咯噔在我身边响。我想救人要紧，我就挤出人堆去对一个翻译讲：'这是我儿子。'翻译对日本人说了一声，那个小伙子就被放出来了。登记完毕，他跪在我面前磕头，一口一个'干妈'。人心都是肉长的，哪个人没有父母儿女啊！"

　　日军大肆搜捕中国散兵，除了肃清敌方军事力量外，还为了得到奖赏。据一个从南京脱险出去的人说："日军有令，凡捕获排长一名奖五十元，连长二百元，营长五百元，团长以上则赏以重金。捕获的军官，都送到军政部内的大操场上，操场上有百十具用木头做的十字架，进去的人，全部绑在十字架上被刺刀捅死！"

后来，女子大学的登记又改换了花样：先将男女分开站好，凡有家眷的，一律认领，没有家属认的男子，统统拉走枪杀。

据目击者说，从12月24日开始登记，到1月10日登记结束，日军又杀害了几万青年男子，美貌女子被拉走十多卡车。领到"安居证"的只有约十六万人！为了领到这张安居证，妇女们都经过了一番化装：剪掉长发，抹上锅灰，穿上黑衣，用白布条紧束胸部，用黑布条扎紧裤管。总之是越丑越好，越脏越好，越老越好。

不管老的小的，日军见到女的，先嬉皮笑脸地看一会儿，然后浑身上下摸索一遍，把妇女搞得面红耳赤。见到漂亮的，拉到屋子里留下来。拿到了"安居证"的，还要在你的脸上盖一个图章："花姑娘的好！"有一次，一个日军吓了一跳，手刚伸进一位女同胞的裤腰里去立即惊叫着拿出来了。原来，这位妇女为保护自己，在肚子上和大腿边贴了四张黑乎乎的烂膏药！日军以为这是一种病，吓得要命。后来，这个方法被许多妇女效仿。

金陵大学内的难民大多是妇女。12月26日，史威斯纪念堂前的网球场上，集合起三千个男人。摇着尾巴的汉奸唾沫飞溅地动员了半个多钟头，走出了二百多个自己承认是"中国兵"的人。日本兵又从难民群中拉出了够一千人，但不少人站出来证明他们不是中国兵。后来又来了两个日本军官，指示士兵立即将这批人分两队押解出去。

他们的一部分被押到了五台山，另一部分押到了汉中门外的秦淮河边被机枪打死了。押到五台山的一百多个人都用铁丝捆着双手，他们被押到永宁寺对面的一幢楼房里。永宁寺的门口铺着长长的白纸条，许多和尚跪在地上祷拜。

被捆着手的人五个一批或十个一批地从第一间房子里走进去，里面烈火熊熊，大院子里架着好几堆木柴，抓来的难民一个个被日本兵推入火中！没有枪声，只有一阵阵的惨叫和呻吟。一个死里逃生的人说，他眼见要被大火烧死，就向一个脸部和善的日本兵求情。那个日军同情地看了他几眼，做出无能为力的样子，然后用一根木棍在泥地上写了四个大字："大人命令"。他说，后来是由于和尚们苦苦哀求，他和另外几个人才幸免于难。遗憾的是，这位九死一生的目击者仍然没有逃脱灾难。他在十一天后的 1938 年 1 月 7 日的金陵大学广场上的登记中，又被日本兵拉出去了，美国教授贝德士两次替他求情担保，都没有效果。这位被贝德士称为"异常聪明"的中国青年仍然过不了登记"安居证"的生死之关。

登记结束后的一天，南京的天空中又飞临一架涂有太阳旗的日本飞机，传单像花瓣似的飘下来，上面是一幅画：一个日本兵抱着一个中国儿童，儿童手里拿着吃的东西，旁边跪着一个中国妇女。传单上还印有一句话："信赖皇军，就可得救。"日军说：只要将这张画贴在门上，就能保证安全。

一位二十二岁的少妇把这张画贴到了三牌楼三号她家的大门上，这天——1938 年 1 月 29 日，她被日本兵奸污了两次。

难民们又都回到了难民区。日军已经下令，2 月 4 日必须解散安全区。但难民们认为：不安全的安全区还是比日军宣传的安全的不安全区要好一些。

暮色中，几百名妇女恳求国际委员会继续收留她们。一个六十二岁的老太太说："我昨天回到汉西门的家里，日本兵又来强奸我，我说年纪太大了，就被打得头昏眼花。"有的说："与其回家被奸被抢被杀，不如死在这里！"

下跪是中国人古老的礼节。这是崇高而又卑贱的礼节，几百个人一齐跪下来了："送佛送到西天，好事做到底吧！"

天黑了，她们还跪在地上。

奴才们

白茫茫的晨雾中，一个身穿黑皮大衣、戴着眼镜、挺着肥肥的肚子的家伙，手拿着一根拐杖恶狠狠地指挥着他的一群爪牙：

"打啊！打死这些狗东西！"

"给我烧！烧掉棚子！"

耀武扬威的奴仆们恶煞般地又打又砸，将难民们好不容易沿街搭的芦席棚捣毁的捣毁，烧掉的烧掉。寒风中，无家可归的难民们在哀求，在哭号。

"布告早贴出来了，通告也贴过了，皇军有令，解散难民区！"他摸着鼻翼下那一撮日本式的小胡子，怒气冲冲地吼着。

他叫方浩，原是一个律师。日本人一来，他摇身一变，当上了南京自治委员会的第四区区长。第四区即难民区，他为日军鞍前马后地跑，仗势欺人，大发横财，红得发了紫。

有死亡，就有生长。被血和火洗劫过的南京的土地上，生长出了一批黑了心肝抽了筋骨的汉奸！这是一批与兽类为伍的人。

12月23日成立的这个"自治委员会"，是与第二天——12月24日开始的难民登记有着某种必然的因果关系的。金陵大学对面那幢垂挂着太阳旗的日本大使馆的楼房，是与日军司令部同样具有决定重大行动权的另一条战线的指挥部。矮胖的田中参赞是一个不可小看的活跃人物，由他出面组织的这个所谓"南京自治委员会"，是为了替代"南京安全区国际委员会"而与日军沆瀣一气的傀儡组织。兽类为了掩盖它的兽性，就要找一批奴性十足的奴才作为它的替身。奴才是按主子的指令行事的，它自然丧失了只有人性才具有的分辨是非的本能。

知道一下这班人的出身，或许可以从中明白一点什么东西。汤山陶庐浴池经理陶锡山当了自治会会长。此人任过律师公会会长，当时已是花甲年岁了，四方脸，戴眼镜，个子不高，却留很长的白胡子，穿中山装，他家里住着两个日本和尚。据说他与大军阀、大汉奸齐燮元是至交，所以田中首先看中了他。又有人说，他当时内心不愿干，为掩人耳目，他曾用名陶宝庆，当会长的时间不长。此话可信，因为自治会的寿命本来也不长。

瘦瘦的中等个子的孙淑荣是到日本留过学的。他懂日语，当上了副会长后，不知怎的仍然穿一套中山装。他是回民，至今，南京的不少回民骂他是"败类"，但也有人说他帮了一些忙，回民掩埋队的旗子、臂章都是他发的，没有他，埋尸更困难。

很多人说，詹荣光是死心塌地的双料汉奸，他通过与陶锡山是律师同行的关系混进自治会，一面讨好日本兵，一面还拉人下水，发展了一批小汉奸。他住在宁海路一幢很漂亮的公馆中，庭院中有两棵大伞似的宝塔松。七十六岁的袁存荣老大爷去过这个院子。他说："詹荣光害死了好多人，鬼魂缠身，后来发精神病死了，这是报应！"

还有一个旅店老板王春生不知道怎么混了个警察厅长。可这个厅长也不好当，据说有一次要他去拉五百名妇女，他完不成，被日本的特务长打了两个耳光！当汉奸也可怜，跟着日本人的屁股却吃不到日本人的饭。维持秩序的警察一天三餐往家跑，却得不到一块大洋。渐渐地，警察们都各自走散了。

自治会设在大门楼的警察厅内，六个科室的名称倒是冠冕堂皇的：总务、交际、交通、财政、调查、人事。可是血泊火海的南京有何交通财政可言呢？汉奸们干的都是挂羊头卖狗肉的丑事：拉夫、运送物品、代找女人、搜查中央军、驱赶难民等，这都是伤天害理又丢尽脸面的事情。干不好还要被警告和挨打。当了汉奸的，家里人都朝他翻白眼，以前熟识的人见了都像避瘟神似的躲避不及。他们自知成了过街老鼠，一个个都缩头缩脑，出来时把衣领子拉得高高的，帽檐压得很低，生怕被人认出来。

他们在太阳旗下干着阴暗的勾当。为了迎接1938年的第一轮太阳，也庆祝他们的胜利，森严的日本大使馆内，大使、领事和参赞正在召集五六十个汉奸开会。

"新年到来了，应该热烈地庆祝才对！皇军在鼓楼要开庆祝会，你们都要去，带很多人去，每人手里要拿旗，不准拿青天白日旗了，要拿一千面五色旗、一千面太阳旗，五色旗是共和旗，大东亚共荣！日中共和！"

会议开得很长。从1937年12月30日的午后直到太阳下山。困难太多了，最难办的是难民们不愿意来开这个庆祝会。这使当了区长、所长的汉奸们为难了。日本人恼怒了："不来，统统地枪毙！"

枪毙更没有人了。汉奸们商量来商量去，老奸巨猾的陶锡山咬了咬牙："到会的人，发半斤盐、两斤米！"

花花绿绿的五色旗在寒风中颤抖着。钟鼓楼下，被汉奸们强逼来的和欺骗来的难民们稀稀落落地站立着，他们无精打采地拱着手，有的把旗子插在后领子上，有的插在口袋里，他们只觉得新鲜："这旗子十年不见了！""这是临时大总统的旗子！""这是共和旗！""红黄蓝白黑，蛮好看！"

突然间，人群中不少人吓了一跳。鞭炮冲天，在上空"咚——啪"地炸响了，胆小的人开始以为打枪了，立即趴倒在地上，直到放完才胆战心惊地站起来。

钟鼓楼的城楼上站有许多穿军服的日本兵和不穿军服的日本人，日本人旁边，站立着自治会的几个头目。陶锡山第一个朗读自治会宣言。他大大地吹捧了一番"皇军的恩德"，颂扬"日中亲善，经济提携"，要民众"服从皇军命令"！

日军的各类人物也一个个地粉墨登场了，哇啦哇啦地说了一番鬼也不相信的鬼话。

每个人演讲完毕，汉奸们就带领大家摇几下五色旗，因为广场上有日本人在拍摄电影。他们的镜头只对着这一角，再转过去，就会把燃烧的街道也拍摄进去，这是与"庆祝"的气氛格格不入的。

一个满口南京话的老头在台上骂人了，有人认出他是升州路二区的区长，这是个六十多岁的老流氓："日你妈！革命军，革你妈了屁！革命军一到南京我就知道他不会长久，因为他不成正果是不是？"

台下的人也在骂："革命军不成正果，日本兵能成正果？"

"这老坏蛋也不成正果，他把媳妇和孙女都送给日本人玩了！"

有人说他是理发的，也有人说他过去在洋行里干过事。据说，南京的汉奸中，有不少都是干粗活的、没有文化的人。他们大都是磨刀的、理发的、在洋行里干事的，有的早就被日本人收买了。雨花门外打虎巷有一个名叫周国才的，他是编鸡蛋箩筐的，不识字，却会讲日本话。日本人一来他就当了汉奸，扛着面白纸上贴着红膏药的太阳旗，在街上边走边喊："皇军进城了，大家出来欢迎啊！"

"呸！"有人当着汉奸的脸吐口水。

他生气了，叫日本兵抓这个人。

日本兵问："你为什么看不起他？"

这个人很机灵："我吃皇军的饭，为什么要看得起他！"

日本兵笑着高兴地走了。那个汉奸气得说不出话来，只好悄悄地溜了。

有一个汉奸背地里对人说："不当汉奸不知道当汉奸的苦啊，王八蛋才干这种事！"他们不但经常被人骂，还可能被人打。有一天，难民区中捉住一个汉奸，愤怒的人你一拳、我一脚，把他打翻在地，揍得他跪地求饶。可难民不饶他，一个劲儿地揍："日本兵不让我们活，你他妈的忘了祖宗八代了！""打！打死这条狗！"费吴生怕真的把他打死引起更多的麻烦，便将这个被打得半死的汉奸关进了国际委员会的地下室。第二天把他交给了中国警察。

费吴生说："可能要绞死他。"

死亡是利己主义者的最终结局，它不仅仅是生命的死亡，怕死的人失去了比生命更珍贵的东西。既然求生是人的本能，那么怕死也是人的本能。

野战救护处的一些人改装后躲进了五台山的美国大使馆，他们下属的六个野战医院的人马已经鸟惊兽散了。中午，司机王万山急匆匆地跑上楼，向处长报告一件他在外面听到的事情："刚才我在路上见到我们部里的一个汽车夫，他说我们处里的侯视察已经到自治会做官了，他改名叫何子文，人家都叫他何课长。"

金诵盘处长吃了一惊："他在哪里办事？"

"鼓楼新村。"王万山说。

沦陷后，留在南京的军队卫生人员除了梅奇牧师接收的国际红卍字会医院的一部分，不少人都自找门路了。但金诵盘没有想到的是，他手下的人竟会认敌为友，这实在太失国军的面子了！但他又想，恐怕不会吧。侯视察多谋善辩，又几经战事，可能搞错了，他对王万山说："你打听一下他住在哪里。"

很快，王万山又来报告了："他住在颐和路五号，在自治委员会当了交通课的代理课长，课长姓赵。"

看来情况是确实的了。金诵盘很生气，当时没有和伤员一起撤退，本想拼死坚守。沦陷了，身为国军医官，虽没有执干戈卫社稷的力量，但怎能卖国求荣、辱没祖宗！金诵盘想去见一见他，但又不愿见他，他觉得见这种人一面是一种耻辱。

米吃完了。自治会的米由八元一担涨到了十元五角，还要先缴款领票。款已经缴了好几天，可米还是拿不到，已经向同住的胡先生借了好几斗了。夜晚，几个人聚在一起商议办法。办法只有一个：找自治会的人。

为了活命，金诵盘动摇了决心。他要汽车司机王万山带他去找"何子文"。

颐和路五号是一幢花园式的楼房。一按电铃，有人出来开门。进入客厅，他不在。他在前面珞珈路十九号的赵课长那里。

院子是相通的。公务员打开后门，他们走进去时，有个日本兵正在同赵课长和"何子文"谈话。金诵盘和王万山坐在一旁，静静地打量着这个穿过军装的侯视察。

送走了日本兵，他才不好意思地叫了声："处长。"

因为是赵课长的家，金诵盘不好多说，只是用严厉的眼神紧紧盯着他。他好像有许多话要说。王万山讲了请他买米的事情，他答应了。

走出门，一个熟悉的身影在身边闪过去了。"这是谁？"处长问。

王万山上前几步去看了看："好像是后方医院的尤院长。"

"叫他一下。"

"尤院长！"王万山不轻不重地叫了一声。

路上没有什么人。戴黑礼帽的人回过头来看了一下："金处长。"

他也住在颐和路，他请他们到家去坐。一进门，他就说："这地方不错吧，我和孙副会长住在一起。"

"哪个孙副会长？"

"孙淑荣。"

他领着他们进了自己的房间，两个妖艳的女人端上了茶水。房间很华丽，铺着猩红色的地毯，上面是北斗星座式的吊灯，席梦思床上盖着两条毛毯，大床边还架着一张小床。

"这里还有谁住？"处长问。

他红了脸。"朋友，两个女朋友。"他说，"我现在叫洪少文，跟着孙淑荣在自治会做事，处长有什么盼咐，小弟一定尽力。"

他们不再说什么了。

过了几天，尤院长派人邀请金处长去宁海路的五福楼上吃饭。金诵盘叫医官蒋公谷一道前往。

尤院长——"洪少文"已在楼梯口迎候了。酒菜是丰盛的，红红绿绿十

185

几个盘子。南京名菜盐水鸭鲜嫩可口，红烧鹅香味诱人。酒是洋河大曲。桌子中间的大拼盘，是用各色荤素菜肴制成的"丹凤朝阳"。

"来，处长，为我们大难不死干杯！"尤院长不自然地笑了笑，站起来。

处长站起来："死倒不怕，军人以卫国为天职。自然，逃过劫难，总是幸事。"三个人碰了下酒杯，都干了。

几杯下肚，尤院长兴奋了，他说："陶会长可是个好人，他搭救了我，也很赏识我。没有他，说不定我早被拉到下关枪毙了呢！他准备叫我当自治会的卫生组长。处长，谷兄，你们要是想干，我跟陶会长一说，没有问题。"

金处长愤愤地盯着他。他越说越得意："做人要想得开，好死不如赖活着。这次多少人成了刀下鬼，连尸首都找不到，可怜啊！其实，人活着，就是挣钱吃饭，给谁干都一样！"

处长变脸了，他把酒杯重重地放下，说："你可不要忘本，不要贪小惠而乱大节，以致造成终身的遗恨！"

蒋公谷连连劝处长息怒："算了算了，回去再说，回去再说。"

金诵盘是江苏吴江人，他1925年入黄埔军校，第二年随军北伐干医务工作。淞沪开战后，他组织战场救护，眼见国土丧失，生灵涂炭，他和每一个有爱国心的人一样，感到十分痛心。他恨日军的凶残，更恨摇尾乞怜的小人！他是尤院长的上司，他觉得他有权训斥尤院长。他不顾一切地怒斥着面前这个卑劣无耻的汉奸！

尤院长尴尬地低着头，唯唯诺诺地应答着。他脸上一阵红一阵白。

训完，金诵盘长长地叹了一口气，拉着蒋公谷起身就走。尤院长不知说什么好，他呆呆地坐着，直至他们的脚步声听不到了。

"何子文"送米来了，他是开着车子来的。坐下后，他谈了他当时危急的处境。他说，他过不了江，又找不到人，身上的钱又被人抢走了。因为没有熟人，在日本兵的刀枪下东躲西藏。后来碰到这个姓赵的，才进了自治会，分管粮食运输和有关交通的事务。"我是身在曹营心在汉啊！"他说。

处长问了他一些情况后，把他叫到楼梯下的一间小屋，插上门，讲了立身之道，又晓以民族大义。末了，要他记住文天祥的两句诗："人生自古谁无死，留取丹心照汗青。"

他点点头，握了握处长的手走了。

在敌人的旗帜下，什么人的日子都不好过，一个个提心吊胆，度日如年。有一天，有人传说教导总队的一个营长带着一伙人明天要偷渡过江。金处长一听，立即派人去联络。第二天一早，五个人出了水西门，好不容易在一家小理发店中找到了这位营长，他看了看大家，说："今天人太多了，再说，你们的打扮不像小贩和农民，明天再走吧。"

回来吃中午饭，金诵盘刚拿起筷子，"何课长"来了。饭间，说起出城的事。他说："乘车到上海的话，车证很难弄到，就是到了上海也难，日本人盘查很严，不如先乘车到无锡。乘车证我可以搞到，不过要花不少钱，你们八九个人，起码要一百法币。"

大家默默地吃着饭。吃完，又谈起了这铁蹄下牢狱般的生活，各人谈着外面的见闻，谈着各种各样的苦难。

金处长喝了一口茶，一件件伤心事又引起了他的怒火，他大骂了一通日本兵后，又骂起了无耻的汉奸："民族危亡，不但不舍身报国，反而认敌为友，出卖祖宗，还有何颜见人呢？丧失气节，就是断了脊梁骨！就不是站着的人，是四脚着地的狗！"他激愤了，他从桌上抓起一只茶杯，狠狠地砸在地上，啪的一声，玻璃片四处飞溅。

谁都不敢吭气。"何课长"有些惶惶不安，坐了一会儿，他告辞了。

第二天下午，"何课长"又来了。他从怀里摸出九张乘车证交给处长："你们走吧，我派车送你们。"

汽车来了，"何课长"没有来，他怕见到他们。

共产市场

当下关和太平路开设了一家又一家日本商店的时候，难民区内的上海路两旁，搭起了不少草棚，炉灶和摊贩摆了四五里地长！

世界上最顽强的是人的意志。刀砍火烧，也不可能灭绝。凡有生命的地方，一定会有生命的喧闹。写有歪歪扭扭的残缺不全的中国字的日本商店，都不准中国人买东西，虽然里面烟、酒、糖及日用品都很齐全。他们只向中国人开放——"白面"和"黑货"。

白面又名海洛因，黑货即鸦片。这类亡国灭种的毒品，是不同于刀枪又与刀枪一样效果的屠杀！可也怪，却有人去买，也确有人上瘾。更有人以此为职业，城里三十元买的货，到乡下能卖一百元！

海洛因和鸦片是吃不饱肚子也暖不了身子的，要活命，就要有吃的用的。开始是偷偷地卖高价，纸烟五六元一筒，猪肉一元一斤。渐渐地，人越聚越多。于是，有了地摊，后来又搭了棚子。有了蔬菜、猪肉，后来又有了火柴、肥皂、棉布，再后来什么都有了！

为了生存，也为了对抗，中国的难民在冷冷清清的、高高低低的、弯弯曲曲的上海路上创建了一个热热闹闹的、花花绿绿的、欢欢喜喜的"共产市场"。这是生命的力量！

这里全是国货。青菜、豆腐、猪肉都是附近或江北农民偷偷运进城的。虽然价格高一些，但非常时期，民以食为天！其他东西就便宜了，西装只两元一套，沙发三元一套，狐皮袍子才十几元钱一件，上等的俄国毛毯才三四元钱！好在要什么，就有什么。马桶痰盂、碗筷碟子、茶壶茶杯、桌椅板凳，家庭日用杂品一应俱全。价格随便喊，买卖和气，全没有为争一个铜板而面红耳赤的场面。有一个人花三个铜板买了一把茶壶，走时，摊主还客客气气地关照一声："老板走好！"

人的心境，是受一定环境影响的。苦难是一种催化剂，它强化了一种观念：大敌当前，只有互相依赖和互相帮助才能生存。它也起到了一种平时起不到的凝聚作用："都是中国人，好说！"所以，"共产市场"上没有争吵，没有抢劫，没有偷盗。这里的一切都属于中国人，中国人统治了这里的一切！这是铁蹄下的一块绿洲！

"共产市场"，这个难民们集体创作的名称已经说明了它的性质。这里的商品，除了新鲜的副食品和部分调剂余缺的衣物旧货外，不少是非法得来的。这里的摊主，有的是小本买卖，也有的是无本生意——夜里悄悄地出去搜索，白天在地摊上高声叫卖。被日本兵抢劫过和烧毁了的商行、店铺、公馆里，都是无人之境。食品公司里有吃的，百货公司里有日用品，棉布庄、杂品店、服装店、五金店、酱菜店、茶叶店……每一家店铺里面，多多少少总有些值钱的东西。连龙蟠里军医署仓库内的印有红十字的被单和枕套，也被人拿出来卖了。白布被单一元钱买五条，枕套四个铜钱一只！这是不同于抢劫的自救，这是与抢掠相似的偷盗，这是特殊情形下的一种特殊行动。

这里有许多特殊的事情。有一个人从地下掘出两只茶碗一样大的沾满泥巴的金碗。他以为是铜的，摆在地上卖两毛钱。有个识货的人一拿起来，就觉得很重，他用纸擦亮了一角，只见金光闪闪，就从口袋里掏出两毛钱，把两只金碗都买走了。在当时兵荒马乱的年月，不少人为了生活，卖什么的都有。最可惜的是文物，六朝的、明清的瓷器，还有翡翠玉器、各种古玩、名家字画。据当时人说："曾有赵子昂画的马、董仲舒写的字、仇英的山水画、岳飞的手迹，还有陆润祥、钱南园、唐伯虎及八大山人等名人字画和古版的《西厢记》等很多古书。"当时人们只为活命，很多人不识货，也没有心思搜集文物，这就给日本兵碰上了运气。说来也奇怪，不少日军都懂得文物的真假。他们发财了。一个日本兵掏出四百元钱，拿走了一幅仇英的山水画。后来，日军带着口袋和箩筐到上海路来掠夺文物，他们红着眼一件一件地往口

189

第十二章　不安的"安居"

袋和箩筐里装，然后象征性地给几个钱，或者塞给你一把不能用的日本票子。摊主们手里拿着这些哭笑不得的钞票，只好哭笑不得地自言自语："算了，这些玩意儿都不能当饭吃！"

雄心不灭

如果把狭长的难民区比作一条风浪中的航船，那么，与日本大使馆相邻的金陵大学就是迎风搏浪的甲板。甲板上，有一根一百三十多尺高的桅杆，桅杆上升起了希望的风帆！

"九·一八"事变使东三省变了颜色，日本帝国主义开始大规模地向中国炫耀它的武力。1934年黄叶如金的秋天，南京鼓楼西南角下的日本领事馆，用钢筋水泥砌造了一根与金陵大学北楼一样高的旗杆。旗杆上，飘动着一轮鲜红的"太阳"！

火球一样的"太阳"刺痛了人们的眼，也刺伤了人们的心。金陵大学的热血青年们激愤了：中国的土地上，决不能让日本人耀武扬威！拿笔杆的师生们手里没有枪杆，他们有拿枪杆的人一样的壮志和雄心。校园的壁报上，贴出了一张三十多人联名写的《金大从速砌竖旗杆启事》。一纸启事，唤起了千万颗赤子之心。黄的铜板、白的洋钱、花花绿绿的钞票变成了黄的沙子、灰的水泥、红的砖块和蓝黑色的钢材。沙子、水泥、砖块、钢材与热血、壮志和雄心拌合起来，凝聚成了高出太阳旗十尺的摩天的旗杆。这是中国人的脊梁。脊梁支撑着一颗不屈的头颅，支撑着万里长江万里关山万难不屈的中国！

旗杆上的青天白日旗已经没有了，但旗杆不倒。难民区的人日夜望着这根高入云天的旗杆，盼望旗杆上升起自己的太阳！他们蓬头垢面，头发长得像刺猬似的。不是没有理发的人，是不愿意理。有一个日本军官问：

"你们为什么都不理发？"

难民们说："没有心思理。"

于是，自治会出了通告，勒令理发整容。但没有几个人听。据说，这是古老的习俗：失土如丧考妣，蓄发以示志哀。含义极深。

他们在盼望。终于，天空中出现了中国空军的轰炸机！机翼上那个蓝白相间的徽章引起了千万人的欢呼和激动！飞机在南京上空盘旋。尖厉的呼啸声吓得日本兵都躲了起来，有的急忙更换便衣，有的赔着笑脸钻进了难民住的房间。而兴奋的群众立即撕掉臂章，撕毁了悬挂在门口的太阳旗！

惊喜而惊慌的时刻过去了，国军的轰炸机没有投下炸弹。日军虚惊了一场，但杀了他们的威风，从此，难民们不戴太阳臂章了。

12月25日上午十点钟——日军进占南京的第十三天，全城响起了"中央军来了！""中央军进城了！"的欢呼声！万众欢腾，奔走相告，街道上人潮涌来涌去，太阳臂章和太阳旗扔得满地都是。人们争相出来迎接自己的军队！

日本兵恐慌了，他们躲进了难民区。他们要求国际委员会保护。安全区委员答复他们："只要把枪支缴到中央军校，我们负责你们的生命安全。"日军连连点头。

这一天死了五个日军士兵。据说，有五六名潜伏下来的国民党军决心复仇。这天上午，他们埋伏在中华路的一间地下室内，地下室有窗户，可以看到马路上的情景。步枪在窗格子上依托着。渐渐地，响起了一阵皮靴声。过来了，五个日本兵押着四个中国人从中华门进来，向内桥走去。

"叭！""叭！""叭！"一阵枪声，一人一枪，日本兵全部倒下了！四个被抓的民夫惊魂刚定，好像明白了什么，又好像发了疯似的朝城内狂奔高喊："中央军来了！""中央军进城了！"

一呼百应。一个接一个喊，一路喊过去，群情振奋！很快，由中华门喊到了难民区。有人不知从哪里搞来了鞭炮，"咚——啪"的冲天炮，像机关枪一样响的百子炮。日本兵一听，以为中央军真的进城了，有的扔掉了枪，有的脱掉了军衣。难民区中躲藏的中国士兵，有的准备组织策应，但派人出去一侦察，才知又是虚张声势。

就在这天深夜，几十个中国兵袭击了日军的一处军官宿舍。枪声和爆炸声响成一片，这是仇恨的迸发。混乱的惊叫声中，十二个日军军官被打死和打伤了。日军警备司令部怒吼了，他们追捕到了近二十个中国兵。

这一天的袭击使日军胆战心惊。当时，日军攻城的大部队已向江北和安徽进击，留在南京城内的日军只剩下了数千人。势单力薄，思乡心切，加上城郊四周常有便衣队伏击，日军的士兵产生了一种恐惧感。他们身上带有护身符一类的东西。有的换上便衣，出城向上海方向逃跑。有的日军在半夜里惊叫起来，他们梦见中国兵打进来了，便大声呼喊："中央军来了！中央军来了！"一个人喊，所有人都会跳下床就跑，边跑边喊，黑暗中互相开枪。据说，这样的骚动有好几次。

就在日伪们兴高采烈地在鼓楼庆祝自治委员会成立的 1938 年的元旦这一天，十几个在夫子庙饮酒的日本兵被便衣队的手榴弹炸死了！没有死的日军流着眼泪说："中央军大大的有，我们回不到日本了。"这时，街头巷尾盛传中央军要反攻南京的消息。惊恐万状的敌军随时准备逃命，他们向自治会提出要一千套便衣。

穿便衣的中国兵发动起来了。据有关资料记载，教导总队没有撤退的官兵把埋藏的枪都挖出来了，他们在难民区内举起了义旗。一共有几百人，趁着天黑，他们如猛虎下山，一齐冲进了敌兵驻守的铁道部，激战的枪声一直响到天亮。天亮了，日军重兵包围。暴动失败了。几百位勇士流尽了热血。他们的姓名大多无从知道，其中有一位叫杨春，是第二救护总队第二大队的大队长。

他们是耸天的桅杆。他们是希望的风帆。

〔第十三章〕

伤痕不平恨不平

战争造成的灾难是多方面的。医治战争的创伤是艰难的。

五十年了，经历过"南京大屠杀"的人们，至今心头都笼罩着浓重的黑云，酷暑的骄阳和强劲的飓风都无法射透和吹散这铁一样的阴影。

心理是一道防线，生理的创伤也是一道防线。受害者们时时忍受着侵略者给予的痛楚，他们羡慕大自然平等地恩赐给人们肌体的自由和欢乐。

他们是伤残者——日本侵略者的刀枪，给南京留下了许许多多残疾人。

创伤刺痛着他们的心。

他失去了一半的光明

你找我好几次了？找不到？我上茶馆里听评话去了。一个人孤苦伶仃，无牵无挂，没有地方走。一只眼睛瞎了，逛街也看不清，模模糊糊一片。

讲日本兵？日本兵坏东西！冬月十一进的城，来了就杀人放火要东西。我弟弟养了只黄灰色的芙蓉鸟，连笼子一起拿走了，还要我给他送到水西门。

第二天上午八九点，我和老婆吃过早饭刚坐下。"砰！砰！砰！"敲门了。一开，一个挂腰刀的鬼子进来了，他望了望我，又招招手，要我跟他走。他推着自行车。过了下浮桥，不得了！马路上躺着好些死人，李府巷口魏洪兴鸭子店被烧得一塌糊涂。到了三坊巷电报局，门口挂了一块大牌子，木板黑字：清水大队。

日本兵要我进去。我怕，我知道这是他们的司令部，我不想进去。不行，非得叫我进去。

后面是个大花园。他突然说："你的中国兵！"

我是夫子庙小吃店的厨师，笑着说："我的，良民。"边说边伸出手给他看。

这时来了五六个日本兵，他们一拥而上。两个高个子，有胡子的，对我拳打脚踢："不讲的！讲！"

讲什么呢？我不是中国兵，怎么能瞎说呢？打了我几下子，他们咕噜了一阵，叫另外两个鬼子去拎了一桶汽油来，要烧死我。

这时来了一个军官，他对他们摇摇手："不行。"汽油拿走了。那个军官也走了。

小鬼子又咕噜了，我听不懂。我缩在墙角里揉被他们打痛的胸部。正揉着，两个日本兵过来，一人一只胳臂把我扭住，一个日本兵拿着一支墨笔往我脸上乱画一气。我不敢叫，也不敢动，让他们玩吧。嘴巴和眼睛里也进了墨汁，另外几个鬼子在旁边笑！

这一招玩好了，又换了花样。一个日本兵上来，用劲在我领口上扯，我的棉袍、大褂扣子都掉了。他在我身上乱摸了一通，又一把扯下了我的裤带。旁边两个鬼子咕噜了几句，又过来一个人，把我的那根布条子裤带往我脖子上一绕，一人一头使劲拉，我被勒得又疼又喘不了气。他们拉一阵子，放一下。拉到我要昏过去时，再放松一下。过了一会儿，我就什么也不晓得了。

后来我感到耳朵嗡嗡响，慢慢地睁开眼，身上盖了一张芦席子，看看旁边，吓人！都是死尸，横七竖八的，一堆一堆像小山。这是后院子。当时太阳偏西了，天还没黑。我想，这怎么办？跑也跑不出去，没命了。正想着，来了两三个鬼子，叽里咕噜说着话来了。我赶紧闭上眼，憋住气。一个鬼子掀开芦席看了看，突然一皮鞋踢过来，很重。我咬着牙不敢动。疼啊！只觉得眼睛里金光四射，忽然又黑乎乎的了。

他们走了。我松开牙，嘴里吐出好多血。睁开眼，眼睛模模糊糊的，看不清。天黑了，前面院子里灯光亮堂堂的。后院里没有日本兵，我爬过死尸堆，到了围墙边。墙边有棵大树，我想爬上去翻出围墙，可爬了几次爬不上。忽然看见树下有两只粪桶，我把粪桶倒过来往墙边一靠，两脚踩在粪桶底，两手往墙上一撑，用劲一蹿上了墙头。墙头上插了好多碎玻璃，我也顾不得了，两手血淋淋的，一下跳下去。脚扭了一下。墙外面是高家巷，我一拐一拐地连忙躲进一间空房。揉了揉脚，又把灰色大褂脱了，擦掉脸上的墨和身上的血。

路上有鬼子的岗哨，我绕过他们，到了水仓巷我弟媳妇的哥哥家。我喊不出声音来，敲了几下门："我是老二，金义！"

他们问我怎么回事，我连连摇手，我讲不出来。他们给我洗了洗，又吃了点汤饭，好了一些。但脚不能走了，脚脖子肿得老高，左眼眶肿得睁不开。躲了一个多星期，我才挂着一根拐杖慢慢摸回铜坊苑五号我的家里。

我老婆小娣子一见我这副样子，抱着我大哭了一通。

我的左眼后来就看不清楚了，过了几个月就瞎了。日本兵踢了我一脚，害得我成了"独眼龙"，还经常流眼泪。

我眼睛看不清楚了，心里是清楚的。我的苦，我的恨，我对谁讲？对谁都不讲，我记在心里。

【他叫马金义，七十九岁。白发稀疏，两眼迷蒙。左眼白茫茫的似汪洋一片，他失去了一颗亮晶晶的黑宝石。

他孤身一人，无儿无女。相依为命的妻子在三十多年前就病死了。他是腌腊加工厂的退休工人，住在充满香味、咸味和臭味的卖腌肉、板鸭、皮蛋和卤菜的工厂门市部楼上，是集体宿舍。他是老工人，用纤维板隔了七八平方米，杂七杂八地堆放了他这一辈子所喜欢的东西。

我去采访的那天正是中秋，他一个人端着铝饭盒扒着干饭，不时喝一口玻璃杯中的茶水。一边说，一边抬起那蒙上了一层白雾的眼睛看看我。他不停地眨巴着双眼，似乎想撕开这层雾幕。

很遗憾，他的眼里，太阳不是圆的，月亮不是金的。他失去了一半的光明。】

他失去了三个脚趾，不会跑，也不会跳

听我奶奶和母亲说，日本兵到南京时，我家逃难到江北九里埂。腊月二十一，母亲生下了我。过了十多天，日本兵到九里埂去扫荡。村里人都跑了，我们家的人也急急忙忙跑了。

只有我一个人睡在竹编的摇篮里。天快黑了，日本兵不敢进屋，在门口朝里边打了两枪，一枪打在我的左脚上，打掉了三个脚趾。

我哭了。奶奶没有跑远，她听见我的哭声，迈着小脚跌跌撞撞地跑回来。门口还有日本兵。奶奶立即下跪，向日本兵求情。日本兵打了我奶奶两个耳光！

奶奶把我抱起来，打开小被包一看，脚上全是血，像小葱头一样的脚趾被打烂了。当时兵荒马乱，我妈不想要我了，说把我扔到江里算了。奶奶说："他是来投生的，不是来投死的。"结果把我留下了。但我的脚从此残疾了，因为失去了三个脚趾，我从小不能跑、不能跳，两只脚一只大一只小！

【他叫周文斌。长方脸上有一对神采飞扬的大眼睛。中等个，白净脸，看不出有五十岁的年纪。

我见到他的那天恰好是星期日，一家人打扮得漂漂亮亮的正要出去游览。周文斌谈了他残疾的原因后，应我的要求脱下鞋袜，露出了那只畸形的左脚：大脚趾以下的三个脚趾都没有了，它们像干瘪了的红枣萎缩成了肉瘤子一样的东西。穿袜子时，他要把袜头往里折一截才能穿鞋子。鞋子右脚大，左脚小。

采访结束了，妻子和女儿们在巷口喊他快走。他只能一步一步地走。他想奔跑，他想跳跃，可他的左脚不听大脑神经的指挥。他不会跑，也不会跳，一辈子都这样子！】

魔鬼赐给他一条僵硬的手臂

你骑车来的？这么远的路。这里叫南北中村，那时有二十户人家，房子全给日本人烧了，死的死，散的散，老住户现在不到十家了。

我家跑反跑到沙洲圩的青石埂，躲在当地一家地主的草房里。日本兵枪打了一天一夜，在我们东边的毛公渡，子弹呼呼地叫，像过年放炮仗。

我们三天没有吃饭了，母亲出去给我们买东西吃。地主不让我们住了，说："日本兵要来放火了，快走！"

父亲和爷爷回家背粮食去了，哥哥拉着我蹲在塘埂子旁边，头上顶一块破的芦苇席子。

母亲回来了，她说："要死了，怎么趴在外面，快回去！"她一手一个拉着我和哥哥。进地主家的门还差两步，叭的一声，我手上一麻，叫了一声"妈啊"就倒下了。妈妈也叫了一声，坐在地上了。

那年我四岁，子弹从我的左臂拐弯的地方穿进又穿出，又钻进母亲的大腿。我的手臂和母亲的大腿上全是血。我疼得直哭，哭得昏过去了。

过了两三天我才醒来，那时哪里去找医生？父母亲只好用破衣服给我包了包，又用一根绳子在脖子上和手臂上吊着。伤口先是又红又肿，后来烂了，老流脓，父亲天天给我挤，黏黏的，黄黄的，挤起来钻心痛，我咬紧牙关。越挤洞越大，收不了口子，烂了，后来生了蛆，一条一条的白虫子在伤口里面爬，我疼死了，烂了一年多，烂了个大洞！我小小年纪就吃了大苦头！

后来安定一些了，父亲背我到长乐路医院，老医生讲："来迟了，不然骨头可以接起来，现在没有办法了。"这一枪打碎了我手臂里的骨头。医生把碎骨头夹出来，又塞上药，才慢慢地好了。

好了也没有用了，你看，手不能伸直，也不能弯曲。伤了筋，五个手指头只有大拇指会动，其他四个都死掉了，这条手臂也死了。喏，你看，比右手细一半，跟七八岁的小孩的差不多粗。

我全靠右手了，干什么都只有一只手用劲。不方便？当然不方便。挑副担不能换肩，锄地也是一只手，以前干活记工分，我只能拿七分，损失有多大？

我母亲？我母亲运气好，子弹钻进她的大腿，没有伤着筋骨，从内侧穿出了。烂了一个指甲大的洞，没有啥影响。就是我苦。

苦了这么多年了，人也老了，苦头吃够了，不提它了。

【他叫王子华，住在南京南郊的花木大队。花木大队种了好多的花，我是在花团锦簇的苗圃里见到他的。

他眯缝着两只细细的眼睛，理平头，头发花白了。额上有几道波浪形的皱纹。他是个小个子，不善言谈，一个老实忠厚的农民形象。我见到他的时候，他右腋下夹着一个粪勺，正用一只右手在花圃中浇水。大红的扶桑花、雪白的茉莉花、芬芳的珠兰和金色的蔷薇花把这片红土丘陵地装点得如诗如

画。一切是那么美好。只有王子华那只呈直角的僵硬的左手臂，显得极不自然和极不协调。】

她成了风浪中一艘颠簸的船

我家是菜农，一直住在这个武定门城墙下。日本兵攻南京就是从这里攻进来的。那年我十八岁，生第二个丫头。男人啊？男人是招进来的，跟我的姓，姓彭，我娘只生了我们姐妹俩，招个男人进来撑门户。男人比我大十一岁，他也是苦人，也种菜。

冬月十一上午十点多钟，我生女儿两个多月了。尿布多，天冷不会干。妈妈年纪大了，她说她去洗："你年轻，不能出去。"我说："我去洗。"我男人正生病，脸肿得吃不下饭。他说："外面子弹在飞，当心。"

我端着木盆到屋后的塘里去洗了。子弹呼呼地叫，我也怕。过了一会儿，穿黄衣服的日本兵从城墙上翻下来了，边开枪边"啊！啊！"地叫。我一看吓得连忙站起来就跑。刚跑，叭的一枪打来，子弹从我的右腿骨上穿过，我倒下了，木盆和尿布都翻在地上了。走不了啦，日本人过来了，我不敢喊，就咬着牙在地上滚，朝家里滚。父亲从窗户里看见了："丫头被打倒了！"

父亲连忙从家里跑出来，把我背回家里。棉裤、夹裤上全是血，我穿的破布鞋里也灌满了血，父亲扶我躺在地上的稻草上。

日本兵进来了，哇啦哇啦地说话。我怕得弯曲着身子，疼都不知道了。有个日本兵用皮靴踢我："花姑娘！花姑娘！"

我给他们看裤子上的血。另外一个日本兵挤进来，给我在枪打伤的地方涂了一些药水。

流了很多血，后来又长脓，肿得老高。我整整躺了三年，三年不能下

199

地。我的小孩满地跑了，我还不会走路！

子弹打在这里，你看，膝盖下面一点。疼啊，我一直蜷着睡觉，后来结了疤，这只脚就伸不直了。怎么办？用一根木棍子像压馄饨皮子一样地在上面慢慢滚，慢慢搓，再用拐棍撑着一步一步地扶着走。走一步，疼得冒汗！后来就这样一瘸一瘸地走。干不了事，一桶水也不能拎，空着手走到夫子庙都脚骨疼，躺下来要一点点慢慢地伸直，坐着要用凳子搁着才好一些。日本兵这一枪害得我受一辈子的罪！

【她一拐一拐地朝我走来。在这古城墙下，还保存着这几排矮小的泥墙平房，这是历史留下的陈迹。它伴着她同经岁月的风雨。她要用双手撑着门框才能艰难地迈进门槛。

她叫彭玉珍，六十八岁。黧黑的粗糙的皮肤和满脸的皱纹，记载了她的勤劳和辛酸。她把右腿搁在板凳上，一次又一次地抹去眼角的泪花，向我讲述她苦难的一生。

她说，五十年了，许多人侮辱她，喊她"瘸子"。她泪水只能往肚里流，她不能骂他们。有人问："老太太，你的腿怎么搞的？"她只是轻轻地回答："日本兵打的。"】

〔第十四章〕

荒野孤魂

　　这也许是中国历史上空前绝后的一幕：一条街道上面对面的两座楼顶，飘扬着两面大同小异和小同大异的旗帜。

　　宁海路5号国际委员会宫殿式的大屋顶上，插的是黑卐字白圈红底色的德国法西斯纳粹党党旗。国际委员会斜对面的二层青砖楼顶，飘动着一面世界红卍字会南京分会的白底红卍字会会旗。两旗遥遥相对，彼此频频呼应。在这个特定的时间和特定的地点——1937年12月的南京，象征世界上最恐怖的"卐"和天底下最慈善的"卍"竟然手挽起手，这是历史的误会，人性并不完全依附于政治。

　　用纳粹党党旗作为国际委员会的旗帜倒不是因为国际委员会主席拉贝是德国人，第二次世界大战中，西方的希特勒和东方的日本帝国主义结成了侵略和屠杀的法西斯同盟。盟国对盟国，事情总要好办一些。至于红卍字会会旗上的那个"卍"字，原是佛教始祖释迦牟尼胸前的一个符号，表示"吉祥万福"和"吉祥万德"的意思。佛教流行于世界，世界需要"万福"和"万德"，以人道主义为宗旨的全球性的慈善团体就选中了这个不带任何政治色彩的、用三根经线和三根纬线组成的卐字作为自己的标记。

有黑色灾难的地方就有红色的卐字。魔鬼降临了南京，南京的大街小巷，横七竖八地躺满了万物之灵的躯体。他们的灵魂飞上了茫茫的长天。他们来自泥土，他们要回到泥土中去。大地是母亲。

宣扬皇军"武威"的枪还在响，"畏服"了的中国人的血还在流。僵硬了的尸骸和未寒的肉体一齐暴弃在寒风和雪野中。野狗吞食着五脏六腑！人是兽最好的食粮。

日本大使馆的特务安村三郎在日本兵的簇拥下来到国际委员会。他在美国留过学，懂英语，可他偏用日语和国际委员会的委员们交涉。他是胜利者。

他是奉命来的，他要办两件事：一是要国际委员会负责立即清理马路上的尸体，因为松井司令官要在 12 月 17 日举行入城仪式；二是安村三郎本人也必须加入国际委员会任委员。

委员们立即举行会议。在这个时候，德国人、美国人、英国人都必须尊重和服从胜利了的日本人。当时决定：安村三郎为国际委员会委员，但中国方面因为杭立武先生运送文物西行，应同时增加红卐字会副会长许传音加入国际委员会任委员。清理死尸的事，由南京红卐字会和民间慈善团体崇善堂共同负责。在清理以前，须由国际委员会派人与这两个团体联合视察一次。

情况非常糟。城内马路、街巷上堆满了车辆、行李以及乱七八糟的物品，尸体遍地都是，加上秩序混乱，无法招雇人员进行掩埋。

安村三郎的态度非常坚决："清理积尸必须立即进行，否则，皇军司令部是不会答应的！"

关于人员和安全问题，他答应由他与日军交涉。交涉的结果是：人员从难民中招雇，收埋队员发给白袖章，袖章上加盖日军司令部的大印。他说："安全问题可以保证。"

沉重的卍字

高瑞玉正跪在菩萨面前烧香磕头，忽然有人来通知他："陶会长找你有事。"

"什么事？"他问。

"埋尸的事。"来人回答。

自治会会长陶锡山向红卍字会的人传达了日军命令后，对高瑞玉说："多招一些人来，快点埋。拨给你两千包洋面粉，到三汊河面粉厂去拿吧。"

高瑞玉是从山东流浪到南京落脚谋生的。为了混饭吃，他干上了掩埋死人的行当。他住在小火瓦巷的红卍字会里面。这是一座大户人家捐出来的六进大院，堂屋正中，供着关公、观音和弥勒佛，天天烧香点烛，他天天磕头跪拜。直到12月13日日本人进了城，红卍字会的其他人都躲进了难民区，他还是不走。他说："菩萨不走我不走。我一走，菩萨没有人侍候了。我信菩萨，做好事没有危险，菩萨会保佑的。"

日本兵冲进了红卍字会，他跪到关公、菩萨前烧香磕头。五六个日本兵跟着他，他跪下祈祷，日本兵也一齐跪下祈祷。

一看他平安无事，附近的男女老少也到红卍字会来避难了，有好几十个。

高瑞玉把几十个人集合起来："红卍字会有事情干了，跟着我去埋尸，有吃有住，每月六块大洋零花！"

他招了三四十个人。队长是欧阳都麟，瘦瘦的，留八字胡子，五十多岁的一个老头。靠着高瑞玉在红卍字会的关系，他的弟弟高瑞峰分到金陵大学难民收容所的粥场里卖粥，两个铜板一勺，没有铜板也给。红卍字会是慈善团体，救苦救难。高瑞峰一边卖粥，一边宣传："红卍字会招工埋死人发粮食顶工钱，谁去？"

"我去！"十七岁的左润德说。

"你怕不怕？"

"我不怕！"

欧阳队长也在到处招人。炸过弹药库的袁存荣也参加了掩埋队。他是安徽人，南秀村的，安徽会馆边上都是死人，他看不下去："中国人给日本人活活杀死了，死了还不能安生！"

保泰街首都警察厅开车的徐金德和外号叫"小广东"的两个驾驶员，各人开着白色的救护车和黑色的囚车找到了红卍字会：

"我们来运尸体，要不要？"

"正缺车子拉呢，要！要！"

掩埋队的人都穿起了蓝褂子，蓝褂的前胸后背上缝了一块圆形的白布，白布上印有一个鲜红的卍字，蓝色大檐帽的顶上也是一个红卍字，连手臂上也套有白布的红卍字臂章。收尸、掩埋、运输各有分工。宁海路是红卍字会总部，小火瓦巷和下关都有分部。

南京另一个民间慈善团体崇善堂也组织了掩埋队。开始人不多，有的怕担风险，有的怕见死人。马车夫崔金贵因为无钱养家糊口，正碰上茶馆老板金通亮，他是个抬死人的"码头"。

"你伤好了没事干，抬死人去。"金通亮劝他。

崔金贵说："我胆子小，怕死人。"

"怕啥？干久了就不怕了。去！"

崔金贵进了崇善堂，与红卍字会不同的是白布上写的是"崇善堂"三个黑字，黑字上盖一个长方形的朱红印章。

尽管像抓壮丁似的招雇夫役，可马路上的死人太多了，都要拉到城外去掩埋的话，一时来不及。而日军司令部催促"恢复交通"的命令一个接着一个。

死人一个接着一个地叠起来。先从马路上抬到巷子里，沿着墙壁往上堆。鼓楼一带尸体最多，南面的双龙巷和石婆婆巷都叠起了高高的尸架。野狗、野猫和老鼠在尸堆中觅食做窝。一到夜间，犬吠猫叫，阴风凄凄。

城内的池塘大多被尸体填平了。山岗和荒地上也堆满了街上抬来的尸体。二条巷口的大北山，曾被人叫作"尸山"，大钟亭、大方巷和江苏路的水塘，都被人叫作"血塘"！

塘填满了，巷子里堆不下了，山上山下埋满了死人，而中山路和中央路上还堆积着无数的尸骸。日军的卡车和工兵也出动了，卡车装着成千上万的冤魂运到了五台山。一堆一堆的死尸上，泼上了一桶一桶的汽油。火焰冲天，浓烟滚滚，血和肉在吱吱地惨叫。千千万万无辜的中国人，化成了烟，化成了灰！

远方的鼓声

1987 年 4 月 18 日晚上，千家万户的荧光屏像万花筒般变幻的时候，南京市渊声巷三十六号楼上，一对退休了的老年夫妇像往常一样，一人捧着一只茶杯，戴着老花镜凝视着他们十二英寸的黑白荧幕。荧幕像魔方般地变换着各种各样的图像。突然，他惊叫了一声："日本和尚！他怎么到南京来了！"

老伴吴素君定神看着荧幕上在击鼓祈祷的老和尚："是不是他？""像！瘦瘦黑黑的，他来干什么？"

电视台的播音员用浑厚的男中音向提出疑问的徐金德老人解释着："昨天上午，日本第二次悼念南京大屠杀受害者植树访华团一行七十九人，在侵华日军南京大屠杀遇难同胞纪念馆的广场上举行悼念活动，对当年遇难的中国人民表达深切的悼念之情——"

徐金德叹了口气："五十年了，这和尚恐怕有八十多岁了吧。"

"你都快八十岁了。"老伴说。

"我们也去悼念悼念，明天去。顺便问问这个和尚走了没有。"

我和他们巧遇了。在遇难同胞纪念馆的办公室里，他问起那个日本和尚的事。

副馆长段月萍从柜子里拿出一本精美的相册。相册里，透明塑胶膜下压着好几张发黄了的照片。她递给他说："你看看，这是他送来的。"

白发童颜的徐金德接过来，戴上老花镜一看："司提别克！我的车子，就是这一部车！老和尚，是他，就是他！他坐我的车！"

他激动了。五十年前的照片勾起了他五十年的悲哀。他激愤地讲述着，我按下了录音机上红色的键。

喏，这辆白车子就是我开的，开着这辆车拉尸体，拉了半年多。车子上有红卍字，照片上能看出来。你们看！

这辆车原来是我们警察厅的救护车，我开到红卍字会去，就拆掉了担架。小广东开的是这一部，黑的，是囚车，抓犯人的。小广东不知还在不在？

这个日本和尚就坐我的车，他是中岛部队的。每天早饭吃过他就来了，到宁海路国际委员会斜对面的红卍字会，我车停在那里，他手拿一面像茶盘一样大的鼓，咚咚咚地敲几下。

他叫我"天文修"（日语，即司机），他就坐在我的驾驶室里。

他个子不高，不穿和尚衣，穿一件皮衣，头上扎一顶灰布帽子。我们拉死人出城，由他给城门口的日本兵说几句，就能开出去，没有他，车开不出去。

红卍字会有不少人，有个山东人老高，见了面我认识。还有个大黑个子，拉黄包车的，圆圆的脸，他跟我的车时间长一些。那时只图活命，看着这么多死人，哪有心思互相说话。忘了，大多数人都记不得了，死得差不多了。

我的车能装十几二十几个。开始还好，天气冷，一个死尸一张芦席一卷，用绳子或电线中间一扎，抬到车上。路上死人多，忙啊，来回拉。

抬什么地方的？阴阳营、朝天宫、宝塔桥，挹江门这个地方最多。都拉，车子到处开，拉到雨花台花神庙去埋。朝天宫前面是运渎河，河里也有好多死人，最惨的是一个妇女，蛮年轻的，光着身子泡在水里，一只胳膊被砍掉了，小便的地方插着一把刺刀！我看见的这个最惨。妇女的尸体都是披头散发，脸上抹灰，没有一个穿好衣服的，好的衣服也是故意撕坏的。

后来芦席不多了，两个死人、三个死人合一张，卷起来一捆，丢到车上就算，来不及了。那个日本和尚有时下车，看一看，咚咚咚地敲几下鼓。嘴里咕噜咕噜地念经。什么意思我也搞不清。

后来天暖和了，尸体臭得要命。我受不了，我老婆给做了个十八层纱布的大口罩，她在鼓楼医院当护士，她有纱布。后来，那个口罩也不行了，臭得厉害。死人都烂了啊，收尸的一人一个铁钩子，一人多长，手指粗，头上弯弯的。你不知道，一拉，肉就一块块往下掉。

以前芦席上捆一道绳，后来捆两道，最后要捆三道，怕掉出来。池塘里泡着的尸体像烂鱼一样，一钩就散。"钩不成了！""算了，钩不成了！"

还有小巷子里的，我的车开不进去，烂了的，个别的，就地挖个坑，埋了。那时城内空地多，随便什么地方挖个坑一埋就行。

说出来你不相信，一天下来，我的车子上到处都是蛆。死人烂了，长蛆，到处爬。连车窗玻璃上都是，白白胖胖的，一扭一扭地动。我的身上、衣服上也不少。车一天用水冲两次。一回家，衣服先到门外抖几下，把蛆抖掉。惨啊！

黑龙江路，中央门上坡那个地方，老早是日本兵养狼狗的，那里的狼狗咬死我们不少人。欸，那个日本和尚叫什么名字？宫大山？二宫大山。哪个山？日本山，妙法寺。他走了没有？走了。以前？以前我没有同他说话，他是日本人，我是中国人，我同他讲什么？不啰唆！

见闻录——左润德：

敲鼓？有的。埋尸时有时候日本和尚敲几下鼓，敲起来阴森森的，怕人！怕死人？死人有什么好怕的？死人也是人，就差一口气。我干了一个多月，是难民区卖粥的人招我去的。

我收尸都在城南。这一带有一百多。破肚拖肠的看得多了，中华门、光华门到处都是。一辆车上三个人，两个小工，收一个记一个。一个死尸一张席子两根绳，一卷一扎就完了。江东桥是国民党军队撤退时炸的。日本兵过河，就用尸体填。汽车一开，往下塌，又加上土。桥下全是尸体，数不清！妇女是最惨的，大多是强奸以后被杀死的。评事街一条巷子里面有一个女尸，四肢被日本兵捆在床上，下身塞着一个"正广和"的汽水瓶！我给她解开了手脚，我哭了。

见闻录——袁存荣：

我收尸在城北一带，干了两个月光景。我们安徽会馆的南秀村那里埋了不少，是挖沟埋的。挖一人多深，两丈多长，一人宽，挖了四条沟，全填满了。五条巷，就是云南路那边，以前有三个水塘，死尸满满的。现在宁海路百货公司那块，当年也是个水塘，死人埋满了！北京路四条巷边有山，山上挖了两个大坑，一个埋满了，还有一个坑没有满。古平岗的炮台底下，有个六十多岁的老奶奶，是一个班七八个日军糟蹋死的，光着身子，我抬的。我每次走过阴阳营那个厕所旁边，总要想起一个老公公，死得很冤枉。他姓吴，从新街口搬到北阴阳营来躲难的。四个日本兵强奸了一个二十多岁的姑娘。搞完，又叫姓吴的老公公干，他不干，一枪被打死了。打死时我在，后来也是我收的尸，就埋在房子旁边，当时没有这个厕所。你说死得冤不冤？

我还救活了一个人。那人姓刘，也是安徽人，比我小一点。就在中山北路上，他被日本兵杀了七刀，还有气，他也是工人，我认得的，他住下关狮子山下面。我一看有气，就同另外几人把他抬到鼓楼医院去救。嗨，后来活了！该他的命好！

见闻录——崔金贵：

我是崇善堂掩埋队的。南京除了红卍字会、崇善堂是慈善团体外，还有同仁堂、公善堂，都是埋死人的"码头"。没听说过？你多大？你当然不知道！

我第一年埋尸在汉中门外，挖坑，顺着河边挖。坑上搭木板，拉来尸体都往坑里扔。死尸没有完整的，一个头，一只手，一条腿，用铁钩子钩的，一块块扔进去。臭啊，臭得吃不消！都是枪打死后又用火烧过的，黑乎乎的像木炭。第二天我叫老婆做了个口罩，口罩外面再抹上万金油，这样气味稍微小一点。但也不行，我受不了，回家饭都吃不下。干了三天，我对队长说："给我换个地方。"队长给我换到二道埂子。那边有个全华酱油厂，现在是第二制药厂。不得了，酱油缸里尽是死人。厂里有个一间房子大的大铁桶，里面的死尸都卤过了，血红血红的，像酱鸭酱肉的颜色，臭味小一些，我们二三十个人捞了三天！里面男女老少都有，也有当兵的，老百姓是大多数。看到这惨状，我不忍心，我不干了！

见闻录——高瑞玉：

雨花台的坟山都是我埋的，现在还在嘛，那地方以前叫宪兵操场。一个坟山埋千把人，你算算，百十米长，三米深，一个人宽，十个人一垛，正好一千人一个坑。我们那个队埋了一个大坟、两个小坟，有一个小坟堆埋的是女尸。每天早上去，晚上回来，我们队有四部车子，工人不少是江北招来的。收尸的满城都收，汽车上有白布红卍字旗子，坟山埋人时也插上红卍字旗。我们埋了几个月。我管埋尸的。每天埋了多少，用自来水笔记下，回来报告给账房。账房叫周建玄，大个子，胖胖的，今年活着的话有九十多岁了。

尸体大都烂了，有的在防空壕里，有的在路边，都是枪打死、刀刺死的。很多不成个儿了，一钩膀子、腿掉了，臭得厉害，我却闻不到臭，也不生病，奇怪不奇怪！

怎么埋的？先挖好坑，坑上架着跳板，拉尸车一来，钩子钩，芦席卷，十个一排堆起来，一排一排堆过去。上面堆上土。有时候日本和尚来念经敲鼓。

日本兵也有来帮忙掩埋的，是工兵部队，人不多。他们胆子大，来发洋财。尸体身上到处摸，摸出手表、钢笔、金戒指、大洋、钞票，都往腰包里装。人死了，本来要烧纸钱，给他们到阴间里用。日本人连阴间的钱也不给他们带到地下去。人烂了，死尸身上的银洋钱变成黑色的了，钞票颜色淡了，还有一股臭味。市场上流行的这种钞票叫作"臭票"。后来不少中国同胞也在死人身上发洋财。板桥有一件事很惨，一个国民党兵打仗死了，他的绑腿带里面有钱。正在摸的时候，公路上来了日本兵，那个人心狠，他拿起刀，把这条腿砍下后背了就走。这是一条士兵的腿！士兵保不住国土，连自己的尸体都保不全！人心变了，变邪了！变狠了！

那时东西多，从中华门到挹江门一路，汽车、自行车、皮箱、大衣、皮鞋、包袱，什么都有。我不眼红，跟我的人都不准弯下腰。我对他们说：这个年头，我们自己的命还不知在哪里，要这些不义之财干什么？

下关码头死人堆得比车高，那里尸体最多。都是男人，女人小孩很少。南京各个掩埋队合起来埋尸有十几万！

红卍字会就是发慈悲善心的，见死要救，见难要助，像如来佛、观音娘娘那样。国民党的飞机把日本飞机打下来了，打下好几架。有八个日本人炸死了，我收的尸，我把他们在中华门外面找一个地方掩埋了。后来日本人来找尸骨，我领他们去挖的。他们给了我四桶汽油。人家死在外面，家里人要惦记的。叶落归根，入土为安。做人要行善积德，要对得起自己的良心，对不对？

这位八十一岁的老人坐在枝叶繁茂的大泡桐树下，不紧不慢地向我讲述着这一切。他是"南京大屠杀"的历史见证人。他指指点点地领着我到小火瓦巷的红卍字会旧址："现在改为学校了，旧房子拆掉了，年轻人都不知道了。"

他追忆着往事，虽然那是久远了的岁月。他品味着那悲哀和辛酸，不仅仅属于他和他那个时代。

我带着十几张荒野乱坟的照片，按图索骥地在四郊寻觅万千冤魂的安息之地。我想献上一束花，献上一片情，以表达对死难者的哀思和祭念。沧桑变迁，大江东去，坟堆没有了！

石碑没有了！一切都埋没了！

只有江东门遇难者丛葬的地方，黑色大理石构筑成的"尸骨陈列室"里，万千白骨和万千亡灵仍在向人们呼号！层层尸骸中，被子弹击碎的大小不一的头骨，被军刀砍裂的长短参差的腿骨，以及一个又一个空荡荡的胸腔，一齐在黄土中哭泣，他们在控诉！他们在说："记住我们！记住我们！"

第十五章

历史的审判

正义之声

挂着太阳旗的驱逐艇开足马力向下游冲去，艇尾那高高的浪花在长江中留下了长长的航迹。

费吴生松了一口气，《纽约时报》记者德丁、《芝加哥日报》记者史蒂尔和路透社记者斯密士、派拉蒙影片公司的摄影师孟根都随艇到上海去了。他送走了他们。他们离开了这个魔鬼统治的地方。

今天是日本兵进城的第三天。这是充满罪恶和恐怖的三天。费吴生已将他耳闻目睹的日军暴行写信托记者们带到上海去了，还有贝德士博士写的一封信，他们要将日军的暴行告诉美国友人。

记者们目击了这恐怖的情景。职业道德促使他们真实而客观地记录了一切，他们将以事实和良心公正地评价一切。虽然日军严密地封锁和检查一切对于他们不利的报道，但声音是锁不住的。

电波飞越重洋，传到了美国最大的城市纽约。仅仅三天，1937 年 12 月
18 日，《纽约时报》发表了记者蒂尔曼·德丁有关侵华日军南京暴行的目击
报道："十五日，外国人看了市内很多地方，所有街巷都有平民的尸体，其
中有老人、妇女和小孩。"这一天，德丁三次目击集体屠杀的情景，"有一次
是在交通部防空壕附近，日军用坦克炮对一百多个中国俘虏开炮屠杀。"德
丁把 15 日在下关码头上艇前看到的一幕也写进了他的报道："我从下关登船
赴上海前，曾在江边马路上目击二百名中国男子被杀，只花了十分钟。日本
兵命令这些男子排成一列，一一加以枪杀。然后许多日本兵拿着手枪在尸体
周围转，还用脚踢。有手脚还会动的，就再补一枪。他们还叫停泊在江边的
日本海军舰上的官兵来看。日本的陆海军官兵看着中国人的尸体，竟感到非
常有意思。"

美国的公民震惊了！在上海的美国人同时接到了费吴生和贝德士的报告：

"日军进城的两天之内，整个的希望幻灭了。连续不断地屠杀，大规模
地、经常地抢劫，侵扰私宅，侮辱妇女，一切都失去了控制。外侨目睹街道
上堆满了平民的尸体……这暴行实在是无可辩解的，非常残酷，简直是野蛮
人的举动。

"我们每天向日本使馆去抗议，去呼吁，并且提出日军暴行的详细报告。
使馆人员还保持着表面上的礼貌，实则他们毫无权力。胜利的皇军应有酬
劳，那酬劳就是随意掳掠、屠杀和强奸，以不可想象的野蛮残酷的暴行，加
诸他们公告世界专程来亲善的中国人民，日军在南京的暴行，毫无疑义是现
代史上最黑暗的一页。"

英国《曼彻斯特卫报》驻华记者 H.J. 廷珀利将他耳闻目睹的日军暴行
拟成电文。但是，上海外文电报局的日本检查员不但不给拍发，反而扣留了
他的新闻稿，理由是内容"过于夸张"。几次交涉，都没有结果。站在正义、
公理、和平和文明立场上的澳大利亚人廷珀利，是英国很有声望的新闻记

者，他熟悉远东各国情形，他没有退缩。三个月后，他从最可靠的各方面搜集到了大量的日军暴行记录，编辑成了《外人目睹中之日军暴行》。这本书风行于世界，关于日军暴行的消息也风行于世界。

日军的暴行通过各条途径传遍了世界。世界震惊！大海与江河一齐怒吼！

美利坚合众国总统罗斯福发表演说，他在麦克风前号召美国人民募捐一百万美元，救济中国难民。美国学生举起了森林般的手臂，全美学生大会做出决议，要求美国政府以集体行动反对日本的侵略，援助中国。美国红十字会会长达维斯忙坏了，他在密西西比河两岸奔走呼号，为中国的难民和伤兵呼吁！

英吉利海峡掀起了反战的波涛。信奉基督教的英吉利人，对反人道的日本帝国采取了措施。英国总工会和工党执行委员会及其他劳工团体一致决议抵制日货；伦敦各商店悬挂起了"本店不售日货"的大字招贴；可爱的学生们穿着印有"勿买日货"的背心在闹市游行；米特斯勃鲁码头工人拒绝替日本轮船装运生铁，日本的巨轮只好空载而回。

塞纳河畔的巴黎飞机制造厂来了兴致勃勃的日本政府代表团，这些趾高气扬的政府首脑是来参观的，可法兰西的两千五百多名工人却停止工作，他们抗议日本对中国的暴行。法国外交部部长说："整个法兰西民族热望着中华民族刻苦勇敢的精神！"

风景优美的日内瓦湖畔举行国际反侵略运动大会。会议开始时，二十一个国家的代表和二十五个国际性团体一齐肃立，向苦难深重的中国致敬！

伏尔加河两岸的人民伸出了友谊之手。苏联红卍字会捐助了三十三万卢布为中国伤兵及难民购买药品。伏罗希洛夫元帅发表声明：苏联军队与人民都绝对地同情中国，并祝中国抗战最后胜利！

恒河涨水了。印度国民会议的领袖们举行了"中国日"，中印人民联合示威。著名诗人泰戈尔发表了反对侵略的宣言。

世界名流站在历史的潮头。爱因斯坦、罗素、杜威、罗曼·罗兰等学者领导的"援助中国委员会"进行了反日援华活动。

大洋彼岸的日本列岛发生了海啸。日本人民勇敢地进行了反战示威。大阪举行了反战游行,虽然军警们残酷地镇压和逮捕,但正义的声浪压倒了枪弹!

荷兰、瑞典、意大利、菲律宾……和平的浪潮在四海澎湃!

舆论的力量就是人心的力量。日本政府迫于世界正义力量的压力,1938年春天将松井石根及其部下近八十名将校召回国内。自然,这是掩人耳目的把戏。松井从军界加入了政界。对于日本帝国来说,政事和战事是一回事。

恶魔的末日

1942年2月13日,泰晤士河畔英国伦敦的一座尖顶大楼里,法国、比利时、捷克、希腊、荷兰等国家的政府首脑聚集一起,他们纵论时势,伸张正义,谋求世界和平的途径。末了,发表了一份惩治战犯的宣言。这是第二次世界大战期间,和平的人民第一次提出惩办法西斯分子的国际宣言!

第二年,中国、英国、美国的代表来到尼罗河边金字塔的故乡。时令虽是12月,赤道线上的非洲国家仍然绿荫森森。亚洲、欧洲和北美洲的三国代表在开罗举行会议,发表了著名的开罗宣言。宣言说:

"三国之宗旨,在剥夺日本自1914年第一次世界大战开始以后在太平洋上所夺得或占领的一切岛屿。在使日本所窃取于中国之领土,例如东北、台湾、澎湖列岛等,归还中国;在相当期间使朝鲜自由独立;坚持日本无条件投降。"

艰难抗战中的中国军民受到了极大的鼓舞。伟大的抗日战争进入了反攻阶段!

又过了一年——1944年3月19日,中国、美国、英国、法国等十六个国家的代表在英国首都伦敦成立了国际战罪审查委员会。帝国主义的脖子套上了死亡的绞索！11月29日，国际战罪审查委员会远东及太平洋分会设于我国重庆，中国的王宠惠博士任分会主席。被奴役的中国人成了正义的法官！

法西斯分子的末日到来了！与日本作战的各国政府代表，在古迹如林的德国波茨坦的一张大圆桌上发表了《中美英促令日本投降之波茨坦公告》。1945年7月26日，是使日本帝国颤抖的日子。三国宣言明确提出了日本投降的条件：铲除军国主义，对日本领土进行占领，实施开罗宣言的条件，解除日军武装，惩办战争罪犯，拆除和禁止军需工业等；并明确宣布："对一切战争罪犯应受严正之裁判。"公告指出："我们无意奴役日本民族或消灭其国家，但对战罪人犯，包括虐待我们的俘虏在内，将处以法律之裁判。"苏联政府赞同这一公告。

这是正义的宣言！8月6日——半个月后，日本天皇宣告投降。然而，近卫师团造反了。调动宪兵来到广播协会的大楼以后，拒绝投降的近卫师团的死硬派火田中少佐举起手枪对准自己的前额开了一枪。一个叫椎崎的人往自己的腹部捅了一刀，又开了一枪。十二时整，日本列岛被泪水淹没了。天皇的声音使每个日本人感到无地自容的耻辱。跪在地上的国民们脸部抽搐着，千万人在痛哭。这与日军侵占南京时东京的狂欢之夜形成了强烈的对比。

不知是因为紧张，还是胆怯，或者害怕，天皇在向全日本广播《致忠良臣民书》时漏读了一个字。他几乎失真的高音在广播中响着：

"察世界之大势及帝国现状，朕决定采取非常措施，收拾时局。

"帝国政府已受旨通知美、英、中、苏四国政府，我帝国接受彼等联合宣言各项条件。"

日本人垂下了头。

1946年1月19日，作为同盟国最高统帅的美国麦克阿瑟将军发表特别通告：成立远东国际军事法庭，审判日本主要战犯。

南京大屠杀的刽子手松井石根与实行"三光政策"的关东军参谋长东条英机、"土匪将军"土肥原贤二、挑起"一·二八"上海事变的板垣征四郎等二十八名甲级战犯，被押上了历史的审判台！

东京市谷高地的钢筋水泥构筑的积木式的日本旧陆军部的礼堂，这个策划侵略阴谋的帝国大本营，变成了审判战争阴谋家的国际法庭。昔日在这里气吞东亚、飞扬跋扈的帝国将军们，今天被盟军宪兵从巢鸭监狱中押到这里，接受正义的审判。

十一个战胜国——美国、英国、法国、中国、苏联、荷兰、加拿大、新西兰、澳大利亚、印度、菲律宾的国旗像森林一样竖立在审判席上。各国的法官和检察官代表公理和和平，肩并着肩坐在一起。中国法官梅汝璈博士威严地坐在审判席中间，她的右边是国际军事法庭庭长、澳大利亚的韦勃爵士，左侧是苏联法官叶阳诺夫将军。

法律是公道和人道的。每一名战犯都有两名不同国籍的辩护律师，一个是日本人，另一个是美国人。美国人操纵了这次审判。

审判一开始，中国的法官们就遇到了困难。坐在审判席上的十一个大法官意见并不一致。出席远东国际军事法庭的中国检察官首席顾问倪征燠先生回顾说："那时美国妄图复活日本军国主义，蓄意袒护日本战犯。他们认为除了偷袭珍珠港的东条英机等人要判处死刑，其他都应从宽发落。几十个美国律师在法庭上和我们捣乱。"铁肩上担着人间道义和民族希冀的中国法官们，处在内外交困、束手无策的境地。蒋介石为了发动内战，完全依附于美国，提出了对日本战犯应该"以德报怨"，应该"优惠"，应该发扬中华民族的恕道精神。作为法庭证人的国民党军政部次长秦德纯在出庭做证时，只会讲"日本兵在中国杀人放火，无恶不作"之类的空话，被各国法官当作笑话，有人要把他拉下台去！

苦难的中国！中国的苦难太多了！

松井石根在巢鸭监狱中和鼓吹"大东亚共荣圈"的精神失常的大川周明关押在一间牢房。他教大川有关汉诗的启蒙知识，还高兴地朗诵了攻占南京后他作的一首七绝："悬军奉节半星霜，圣业未成战血腥；何貌生还老瘦骨，残骸誓欲报英灵。"松井石根认为他的"大东亚共荣圈"的"圣业未成"，他也感到了自己的两手沾满了"血腥"。他在牢房的墙上挂了一幅观音画像，每天早晚在像前合十礼拜，然后诵读《般若心经》和《观音经》。

松井石根放下了屠刀，捧起佛经，他想立地成佛。

中国的法官们没有松井石根这样清闲，他们日夜焦虑着。东京帝国饭店的一间客房里，举行了数不清的会议。中国的法官和检察官，还有秘书、翻译，一次又一次地计议。他们抱定了一个决心：如果侵略我国的主要日本战犯得不到严惩，就无脸见江东父老，就一齐跳海自杀！

他们仔细研究英、美的法律程序，据理力争。又调阅了盟国的大量档案材料，从中搜寻证据。在茫茫的大海中，他们找到了一根又一根可以刺死战犯的钢针！一件日本军部发给战区司令长官的"最机密"的命令："兵士们把他们对中国士兵和平民的残酷行为说出来是不对的。"还有一件是苏联红军在缴获德国外交部机密档案库时，发现了纳粹德国驻南京大使馆发给德国外交部的关于侵占南京的日军暴行的一个秘密电报。在描述了日军在南京屠杀、强奸、放火、抢劫的普遍情况后，电报结尾是："犯罪的不是这个日本人，或者那个日本人，而是整个日本皇军——它是一部正在开动的野兽的机器。"因为它来自法西斯阵营的内部，各国的法官们对它给予很高的做证评价。

法庭需要详尽、具体和大量的人证和物证。这是雪国耻、报深仇的时机！中国检察官的首席秘书、三十三岁的裘绍恒向法庭提出了实地调查的请求。他说："我当时不是国民党，也不是共产党，我只想到我是一个中国人，是一个律师，我要维护民族气节和法律的尊严，我要依法办事。"他带了两个美国人来到南京，和地方法院配合，取得了大量实证。最后，他还带走了大屠杀的幸存者伍长德和金陵大学的一个美籍教授。

1946 年 4 月 29 日，干瘦而矮小的松井石根，失去了当年骑着高头大马入侵南京时的那种武威。他低着头，在高个子的盟军宪兵的押送下，与其他甲级战犯一起站在被告席上，接受检察官的起诉。

起诉书包括三类一共五十五项罪状。与松井石根有关的达三十八项。回到狱中，他反复读了几遍，在这一天的《狱中日志》上，他写了这样的话：

"南京事件乃同余相关之主要问题，然亦指责其他众多人员为共同责任者，而对余个人不特别予以追究，实为奇事。将来欲作为所谓杀人问题另行审议乎？要之，起诉书所述之内容，纯系推断，至于将以何种证据追究责任，应视今后审判之进行予以判明。须为适时进行辩解而作准备。"

松井石根充满了幻想，也充满了忧虑。他是老资格的大将，他在谋划：该如何为南京大屠杀辩解？

南京大屠杀的幸存者、受害者和目击者一个又一个地被传唤到证人席上。松井石根惊愕：美国人、英国人怎么也站到了中国人一边？金陵大学医院外科主任、美国医生罗伯特·威尔逊述说了他目睹的被日军杀伤的中国军民的惨状。约翰·梅奇牧师作为国际红卍字会南京委员会的主席，他从人道的立场控诉了日军杀人、强奸和抢劫的事实：

"日军占领南京后，就有组织地进行屠杀。南京市内到处是中国人的尸体。日本兵把抓到的中国人用机枪、步枪打死，用刺刀刺死。

"强奸到处都有发生，许多妇女和孩子遭到杀害。如果妇女拒绝或反抗，就被捅死。我拍了照片和电影，从这些资料上可以看到妇女被砍头或刺得体无完肤的情形。如果妇女的丈夫想救自己的妻子，她的丈夫也会被杀死……"

日军的暴行太多了！梅奇牧师滔滔不绝地讲了一百多件罪行。他回答了萨顿检察官的讯问，又和松井石根的辩护律师布鲁克斯唇枪舌剑地干了起来。

很明显，美国的布鲁克斯律师站在被告一边，他极力想宣告松井石根无罪，他提出一个又一个问题责难梅奇。然而梅奇说的都是事实，都是目睹的事实。

　　"你看到过强奸的现行犯吗？如果有，那么是几个？"

　　"我看到过一个日军在实际上进行这种行为。还看到过两个日本士兵把一个十五岁的女子按在床上。"

　　"一个是现行犯，另一件未遂，是不是？"

　　"他们两个人压着女子在床上。"

　　"你认为是强盗或者你本身被强盗抢过的事件经历过几回？"

　　"我见过偷电冰箱的日军。另外……"

　　他停顿了一下，他在考虑，要不要说这种对日本人来说实在太不光彩的事呢？

　　"还有吗？"

　　辩护律师在催促。梅奇牧师说了：

　　"一天夜里，一个日本兵竟三次闯进我的住宅。他的目的是想强奸藏在我家里的一个小女孩子，另外就是想偷一点东西。他进来一次，我就大声斥责他一次，但每次他都要偷点东西走。为了满足他的欲望，最后一次，我故意让他在衣服口袋中掏去了仅有的六十元纸币。

　　"他得到了这笔钱后，便满足和感谢了我，然后一溜烟似的从我的后门蹿出去了。"

　　审判席上的法官和旁听席上的群众哄堂大笑起来，他们耻笑这个贪财的日本兵的丑态。

　　这是在严肃而沉重的东京审判中给人印象极深的一幕。

　　被告席上的战犯们也失声笑了起来。松井石根被弄得啼笑皆非，一副尴尬的神态。

　　法庭里一片黑暗。一束强烈的光柱投射到白色的银幕上，日军在南京令人发指的罪行——在人们的眼前出现了：一阵枪声。一片尸体。刀光一闪，滚落一颗带血的头颅！浑身鲜血的中国难民在战栗。被刀刺死的婴儿……

各国的法官和旁听的上千人从黑暗回到了光明。他们表示气愤、恼怒，有的紧握拳头表示感慨和激愤，基督教的信徒们不停地在胸前画着十字，一些日本国民双手合十，哭泣着，祈祷着。

检察方面的证人、证词和各种证据材料堆起来有一尺多高，仅听取证人证言和双方对质就持续了二十多天。"南京安全区国际委员会"致日本大使馆的暴行报告、书信及《南京地方法院检察处敌人罪行调查报告》在法庭上一一宣读。虽然篇幅冗长，要把英文翻译成日文或者中文翻译成日文是非常麻烦的事情，但法官们很认真地倾听着，每天都有上千人参加旁听。广播电台每晚穿插着音乐，向日本人民播送关于南京暴行的《这就是真相》的专题节目。

松井不服。为了否定这许多事实，他要从根本上推翻"侵略"这个罪名。他在狱中写了《对检察官季楠之意见书》。季楠检察官在公判会的开头陈述中说：

"坐在这里的二十八名被告同希特勒之流携起手来，对民主主义国家计划、准备并发动了大规模的侵略战争，结果，使几百万人丧失生命，资源遭到破坏，但是他们并不以此为满足，而要实现争霸世界的梦想……"

松井石根辩护说："西方帝国主义侵略东亚的战争同我日本进行的日清、日俄战争本质上是完全不同的两种战争……东洋日本与中国之抗争，一方面应视为两国人民自然发展之冲突，同时亦可视为两国国民思想之角逐。盖中国国民之思想，最近半世纪间明显受欧美民主思想与苏联共产思想之感化，致东洋固有思想（儒教、佛教）发生显著变化，中国国内亦招致各种思想之混乱与纷争，乃至形成同日本民族纷争之原因。"关于南京大屠杀，他用一句话全盘否定，"季楠检察官所云对俘虏、一般人、妇女施以有组织且残忍之屠杀奸淫等，则纯系诬蔑。而超过军事上需要破坏房屋财产等指责亦全为谎言。"

大日本帝国真厉害，连隔着太平洋的中国国民要接受一点民主思想他都不能允许。不但不允许，而且出动飞机、军舰和百万大军。松井石根也真霸道，中国国内各种思想的纷争，竟成了日本进攻中国的"原因"！

法庭继续着控诉和辩论。被称为"日本通"的金陵大学美籍教授M.S.贝德士站在证人席上，陈述着他目击的凄惨情景：

"日军进城后的几天间，我家附近的马路上被他们射杀了无数平民，尸体比比皆是。

"一大群中国兵在城外就投降了，被解除了武装，三天后被日军的机枪扫射死了。

"我的朋友亲眼见到一个中国妇女被十七个日本兵轮奸。九岁的女孩和七十六岁的老太太也被强奸了……"

和中国检察官首席秘书裘绍恒一起到南京调查的美军上校汤玛斯·H.莫罗向法庭提供了他精心收集到的八件宣誓证词。英国人皮特·罗伦斯和中国证人许传音、尚德义、梁廷芳、伍长德一一站到了证人席上，他们庄严地在法庭上宣誓：他们陈述的都是事实。

除了这些证人，中国检察官还向法庭提供了美国的费吴生、史密斯和中国的鲁苏、陈瑞芳、孙永成、吴经才等十三人的宣誓证言六十六件！

松井石根一副懊丧、可怜和忏悔的神情。这时候，他的良知似乎唤醒了一部分，他承认"士兵之罪，责在将帅"。他确实有些懊丧。攻占南京时，他曾对他的部队发出过"整饬军纪与风纪"的训示，但他也发出过"发扬皇军武威"的命令。结果呢？正如他在1937年12月18日的"忠灵祭"上斥责部下时说的那样："你们艰苦奋斗，振我皇威，可惜部分士兵之暴行，使皇威一举扫地……"

他忏悔了。"南京大屠杀"后，他被召回日本。夫人陪着他到伊豆的山淙淙园休息洗尘。他想起了他出征时随身带的一尊观音佛像。他是信佛的，他知道杀生是有罪的。他害怕天公谴责他的暴行。他决定用上海到南京一路上染血的泥土，建造一座陶土观音像。

双手合掌、眼神慈祥的三米多高的陶瓷观音像落成了。松井说："这些泥土里也渗进了中国士兵的鲜血，人死后是不分敌我的。"松井石根为观音像写了一篇《兴亚观音缘起》的文章刻在观音的基石上：

中国事变，友邻相争，扫灭众多生命，实乃千古之惨事也。余拜大命，转战江南之野，所亡生灵无数，诚不堪痛惜之至。兹为吊慰此等亡灵，特采江南各地战场染彼鲜血之土，建此"施无畏者慈眼视众生观音菩萨"像，以此功德，普度众生……

松井石根三十五岁与矶部文子结婚后，不知为什么，竟没有一子半女。他是否在向佛祖祈祷，保佑他来世多子多孙。

他害怕孤独。他最后的日子，只有一个女佣来巢鸭监狱看望他。他更心酸了，他认了这个女佣为他的养女。

他害怕地狱比监狱更孤独。他不愿死。他要为自己辩护，他也请辩护人为他辩护。松井石根的辩护人中有七八个都是他的部下，有些被法庭认为有同案的嫌疑。

曾驻南京附近的第九师团第三十六纵队长胁阪次郎大佐在宣誓证词中说："松井大将常常训示部属要严守军纪风纪，宣抚爱护居民。"

审判席上的检察官提问了：

"被告松井石根，你见过国际委员会送交的日军暴行报告没有？"

"见到过。"他说。

"你采取过什么行动？"

"我出过一件整顿军纪的布告，贴在一座寺庙门口。"

"你认为在浩大的南京城内，日军杀人如麻，每天有成千成万的男女被屠杀和强奸，你的这张布告会有什么效力吗？"

松井石根无话可说了。他想了想，说："我还派了宪兵维持秩序。"

"多少宪兵？"

"记不清了，大约几十名。"

"你认为在几万日军到处疯狂杀人、放火、强奸、抢劫的情况下，这样少数的宪兵能起到制止作用吗？"

他低下了头，说了一句只有他自己听得见的话："我想能够。"

当证人证实当时南京只有十七名宪兵，而这些宪兵也参加了暴行的时候，松井石根一副窘态，他红着脸说不出话来了。

押回巢鸭监狱，松井又捧起了《观音经》，他进入了生死由天的境界。

1948 年 11 月 12 日下午，在经过了两年半的漫漫审讯后，宣布了对战犯的刑罚。

松井石根光着头，他摘下了眼镜，在左右两名戴着"MP"臂章的宪兵监押下，笔直地站在审判席上接受判决：

被告松井石根根据第 1 项、第 27 项、第 29 项、第 31 项、第 32 项、第 35 项、第 36 项、第 54 项和第 55 项罪状被起诉。

松井是日本陆军的高级军官，1922 年晋级为大将。他在陆军中具有丰富的经验，其中，包括在关东军及参谋本部的服务。他与设计和实行阴谋者有密切的联系，因此应认为他是知道阴谋者的目的和政策的；但是就向本法庭提出的证据来看，认定他是阴谋者是不合理的。

1927 年和 1928 年时他在中国的军事职务，就其本身论，不能认为与实行侵略战争有关。为了要使根据罪状第 27 项判决他为有罪是合理的，那么作为检察方面的义务，就必须提出证据证明松井知道其战争性质的推论是合理的。但是检察方面并未曾如此做。

松井在 1935 年退役，于 1937 年因指挥上海派遣军而复返现役。接着，被任命为包括上海派遣军和第十军的华中方面军司令官。他率领这些军队，在 1937 年 12 月 12 日占领了南京市。

中国军队在南京陷落前就撤退了，因此所占领的是无抵抗的都市。接着发生的是日本陆军对无力的市民施行了长期持续的最恐怖的暴行。日本军人进行了大批屠杀、杀害个人、强奸、抢劫及放火。尽管日本籍的证人否认曾大规模进行残虐行为，但是各种国籍的、无可置疑的、可以凭信的中立证人的相反的证言是绝对有力的。这种暗无天日的犯罪是从 1937 年 12 月 12 日占领南京市开始的，迄至 1938 年 2 月初还没有停止。在这六七个星期中，数以千计的妇女被强奸，十万以上的人被屠杀，无数的财产被抢劫与焚毁。当这些恐怖的突发事件达到最高潮时，即 12 月 17 日，松井进南京城并曾停留了五至七天左右。根据他本身的观察和参谋的报告，他理应知道发生了什么事情。他自己承认曾从宪兵队和使、领馆人员处听说过他的军队有某种程度的非法行为。在南京的日本外交代表曾每天收到关于此类暴行的报告，他们并将这些事报告给东京。本法庭认为有充分证据证明松井知道发生了什么样的事情。对于这些恐怖行为，他置若罔闻，或没有采取任何有效办法来缓和它。在占领南京市以前，他确曾对他的军队下令要他们严肃行动，后来又曾发出同样的命令。正像现在所知道的，这些命令并未生效，并且这在他也像是理所应知的。在为他的行动辩护时说，这是由于他生病了。他的疾病并没有阻碍他指挥在其指挥下的作战行动，而对于这类暴行具有责任的军队又是属他指挥的。他是知道这类暴行的。他既有义务也有权力统制自己的军队和保护南京的不幸市民。由于他怠忽这些义务的履行，不能不认为他负有犯罪责任。

本法庭根据罪状第 55 项，判决被告松井为有罪，关于罪状第 1 项、第 27 项、第 29 项、第 31 项、第 32 项、第 35 项、第 36 项和第 54 项，判决为无罪。

科刑　本法庭根据法庭宪章第十五条第四款宣判如下：

…………

被告　松井石根

根据起诉书中判决为有罪的罪状，远东国际军事法庭处你以绞刑。

…………

松井石根听到"绞刑"这两个字时，脸色苍白，两腿瘫软了。两名健壮的国际宪兵将他左右挟持，拖出了法庭。

1948年12月23日零点，被判处绞刑的七名日本战犯分两批走上了绞架。第一批是东条英机、松井石根、土肥原贤二和武藤章。这四人在佛堂中签名后，每人喝了一口葡萄酒润润喉咙，并排站在绞刑架前。

东条英机提出："请松井领大家喊万岁。"

松井领头喊了一声："天皇陛下万岁！"

他们拖着沉重的脚步，缓慢地走上了绞刑架的十三个梯级。绞索套上了每个人的脖颈。12月22日午夜的第一声钟声敲响时，战犯们脚下的活板弹开了！他们离开了大地！

以血还血

肩膀并着肩膀，军刀靠着军刀的两个日军少尉，现在肩并肩地站在中国南京的国防部审判战犯军事法庭上。整整十年——1937年的12月，他们在紫金山下举着滴血的军刀，在杀了一百零五个和一百零六个中国难民后，挥刀再决雌雄，以砍杀一百五十个中国人为决赛的目标。他们狂笑着。军刀举起头颅落，寒光闪处血雨飞！被当时的日本报纸誉为"勇壮"的第十六师团片桐部队富山大队的副官野田毅和富山大队炮兵小队长向井敏明，恐怕做梦也没有想到，十年后的1947年12月，他们竟被押到当年恣意杀人的地方接受中国人的审判！

他们手上没有了军刀，他们自然失去了挥军刀时的武威。三十五岁的矮个子的野田毅四个月前在日本被捕的时候，根本没有想到还会算十年前的这笔血债。当像军刀一样闪亮的镣铐锁住他的手腕的时候，这个毕业于陆军士官学校的鹿儿岛人可能没有想到会被押送到南京。

比他大一岁的向井敏明是 9 月 2 日在东京被捕的。这两个创造了"杀人比赛"的日军少尉是坐同一条船从日本引渡到中国来的，犹如十年前他们坐同一条船从日本到中国来作战一样。当黑色的囚车在南京的街道上尖叫着驶向战犯拘留所时，他们应该记得他们在这块土地上干过的一切。

审判官龙钟煜审讯野田毅的时候，野田毅却把这一切都忘记了。他连连摇头否认与向井敏明有过什么"杀人比赛"。

审判官向他出示了十年前的一张日本《东京日日新闻》报，报纸上醒目的标题和大幅的照片记录了他们超纪录的这场"杀人比赛"。这张作为证据的报纸是远东国际军事法庭寄来的。

野田毅看了一眼，说："报纸上的记载是记者的想象。"

"难道这张照片也是想象吗？"

"照片是记者给我们两个人合拍的。"

野田毅全然没有了二十五岁时的那种勇气。他害怕，他敢作不敢当。他想抹掉这笔血债。他认为，军刀上的血早被他擦干净了。

留一撮浓密的八字胡子的向井敏明是 12 月 8 日被关入南京小营的战犯拘留所的。第二天审讯时，他也否认与野田毅进行过"杀人比赛"。审判官提及《东京日日新闻》报上的新闻时，向井说："为了回国后好找老婆，所以，叫记者虚构了这条消息。"

经过辩论，法庭认为向井敏明与野田毅杀人比赛的罪行是同类案件，应该合并公审。

12 月 18 日，南京人民参加了对这两个杀人魔王的审判。判决书上这样写着：

"按被告等连续屠杀俘虏及非战斗人员，系违反海牙陆战规例及战时俘虏待遇公约，应构成战争罪及违反人道罪。其以屠戮平民，认为武功，并以杀人作竞赛娱乐，可谓穷凶极恶，蛮悍无与伦比，实为人类蟊贼，文明公敌，非予尽法严惩，将何以肃纪纲而维正义。"

当拥挤在法庭内外的南京市民听到"判处死刑，执行枪决"的声音时，有的鼓掌，有的叫好，有的竟然哭起来了。

与野田毅和向井敏明一起被判处死刑并执行枪决的，还有手持"助广"军刀斩杀了三百个中国平民的日军第六师团四十五联队大尉中队长田中军吉。这个四十二岁的士官生虽然在初审时一再申辩他没有杀人，但在检察官出示了他持刀杀人的照片后，他低下了头。1947年12月18日，是侵华日军在草鞋峡集体屠杀南京军民五万多人十周年的祭日。

五万多冤魂听到了这报仇雪恨的枪声！

血债要用血来还！

中国法官梅汝璈正在东京帝国饭店的房间里翻阅战犯的案卷，盟军总部的许多高级干部也住在这里，这里是盟国人士的交际中心。忽然，有人敲门。梅法官站起身来打开门，进来的是盟军总部法务处处长卡本德。

"哈罗！"

"哈罗！"

"中国政府来电请求盟军总部，说中国公众情绪非常激烈，政府压力很大，要把谷寿夫引渡到中国受审，梅博士个人意见如何？"

梅汝璈作为中国四万万五千万同胞的代表，作为中国政府审判战犯的代表，自然支持和理解国内公众的心情。八年抗战，生灵涂炭，铁蹄所至，尸山血河！法官的正义感和民族的自尊心一齐在胸中奔涌："应该满足中国政府和公众的要求。"

卡本德点了点头，他转而说："我担心的是中国法庭能不能给谷寿夫将军一个公平的审判，或者，至少要做出一个公平审判的样子。"

"这点尽可放心。"梅汝璈竭力要求卡本德答应中国提出的要求，"根据一般国际法的原则和远东委员会处理日本战犯的决议，对于乙级和丙级战犯，如直接受害国有提出审判的要求，盟军总部是不能拒绝引渡的。"

"OK,OK."卡本德表示赞同。

已经从侵占南京时的第六师团长升任为日本国中部防卫司令官、广岛军管区司令官的谷寿夫，在巢鸭监狱中关押了半年后，于1946年8月经远东国际军事法庭批准，被引渡到中国上海战犯管理所。

8月，对于谷寿夫来说，是他军人生涯中难以忘怀的月份。1928年的8月，四十七岁的谷寿夫作为日军第三师团的参谋长，第一次带领士兵横渡太平洋，踏上了他和他的部下早已向往的土地。那时，他的部队占驻在山东半岛。九年后的1937年8月，第六师团长谷寿夫中将受命从日本熊本出发，第二次渡海入侵中国。他率领部队先在永定河与中国军队作战，然后侵占保定、石家庄和大沽口。8月的华北，像火炬一般的红高粱和像大海一样宽阔的大平原使谷寿夫垂涎三尺，为了大东亚的圣战，杀啊！

11月，在柳川平助中将的指挥下，他和牛岛、末松师团杀到了杭州湾。登陆后，他们升起了高高的气球，气球下拖着一条长长的标语："日军百万于杭州湾登陆！"那天阳光像金子一样闪亮，蓝的天，白的云，绿的海水。他们没有受到一兵一卒的阻击，很快切断了在上海战场上被日军打败的中国军队的退路。接着，谷寿夫部队沿湖州——广德——牛首山，直插南京的雨花台和下关。13日凌晨，谷寿夫率领他的士兵杀进了中华门和水西门。千里狼烟，一路血泊。皇军征服了半个中国。他们占领了中国的首都南京。他们没有放下刀枪，为了发扬日军的武威，他们把六朝古都变成了火海、血海和苦海！

大海掀起了怒涛。1946年的8月，谷寿夫第三次到中国。这次他和前日本驻南京领事馆武官几谷廉介作为战犯被国际军事法庭引渡到中国接受审判。这是他生命中最后的一次旅程。8月，可怕的8月！

8月3日，第一绥靖区司令部军事法庭对战犯谷寿夫进行第一次审问。矮矮胖胖的谷寿夫失去了将军的风度和武威，他战战兢兢地回答检察官的讯问。他讲了他的经历和三次侵华的路线，当讯问到占领南京后的屠杀劫掠等情况时，他心虚了，他不敢说了。

战犯处理委员会认为：谷寿夫系侵华主力之重要战犯，又为南京大屠杀之要犯，为便利侦讯起见，"移本部军事法庭审判"。

囚车驶入了南京国民政府国防部小营战犯拘留所。第三天，国防部审判战犯军事法庭检察官陈光虞开始了对谷寿夫的讯问。他承认 12 月 13 日由中华门入侵南京，但否认在南京有大屠杀的罪行。

谷寿夫写了一份《陈述书》交给法庭，他说："南京大屠杀的重点在城内中央路以北，下关扬子江沿岸，以及紫金山方向……与我第六师团无关。""我师团于入城后未几，即行调转，故没有任何关系。"

他把两手的血迹抹得一干二净。事实是，谷寿夫部队驻在中华门的 12 月 13 日至 21 日，正是南京大屠杀的高峰。当时的中华门内外，腥风血雨，阴森恐怖。

事实是铁证。军事法庭在南京全城张贴布告，号召各界民众特别是中华门附近的人民揭发谷寿夫部队的罪行。压抑在心底的仇恨火山般爆发了！尸骨未朽，伤痕犹在。男女老少纷纷揭发和控诉。中华门外雨花路第十一区公所内的临时法庭里，有的慷慨陈词，有的痛哭流涕。一千多位证人，证实了谷寿夫部队烧、杀、淫、掠的罪行四百五十九起！

我在国家档案馆浩繁的案卷中，找到了 1947 年 1 月 27 日和 28 日中华门附近的受害者共一百九十六位证人的讯问笔录。这本尘封了四十年的卷宗，只是我们民族的苦海中的一簇浪、一滴水！每一位证人按下的一个个指印，仍然清晰而鲜艳。

我摘录了其中几位的证言。

审判官：宋书同　书记官：丁象庵

民国三十六年一月二十八日上午

命引慧定入庭

问姓名　籍贯　年龄　住址

答：慧定，女，扬州人，四十一岁，住小心桥三十八号，僧，消灾庵住持。

问：南京沦陷时你庵内有人被害么？

答：在民国二十六年冬月十一下午二时，在小心桥后门口消灾庵来了八个日本兵，将地洞内的八个人都打死了。

问：这八个人的名字你知道么？

答：两个姓吴的，一个姓卓的，还有我师父真行及徒弟登元、登高。

问：是怎样打死的？

答：是刀刺的。

问：都是刀刺的？

答：师父中一枪。

问：你可知道是什么部队？

答：是从中华门进城的部队。

问：你没有被刺么？

答：我被打了一枪，伤了，在鼓楼医院住了十一个月，至今未曾复原。

问：你说的都是实在话么？

答：我们当家人阿弥陀佛，是不说假话的。我当时是身历其境的。

命引陈周氏入庭

问姓名　年龄　籍贯　住址

答：陈周氏，女，六十一岁，泰州人，住雨花台五十五号。

问：南京沦陷时你家有人被害么？

答：我丈夫陈德银在二十六年冬月十二在邓府山地洞内因为日本人要强奸我丈夫的小老婆，我丈夫哀求他，连一个孩子共三个人都被刺死了。

问：你丈夫的小老婆叫什么名字？多大年岁？

答：陈谢氏，那时二十七岁。

问：强奸的时候你看见的么？

答：我看见的，也是我收的尸。

问：当时是什么情形？

答：先打死我丈夫后强奸陈谢氏，奸后又打死了，小孩哭了也打死了。

问：这小孩叫什么名字？

答：小孩叫洪根。

问：当时有几个日本人？

答：有四个日本人轮流奸的。

问：是什么人打死陈谢氏的？你知道他名字么？

答：是第一个奸的人打死的，名字不知道。

问：你说的是实在话么？

答：是的。

命引张陈氏入庭

问姓名　年龄　籍贯　住址

答：张陈氏，女，六十五岁，住赛虹桥五十五号。

问：南京沦陷时你家有人被害么？

答：我儿子张进元被日本人拉去当拉夫，至今生死不明。

问：别的还有么？

答：我媳妇张孟氏生产后才几天被日本人强奸，没有几天就死了。

问：是什么时候？

答：是二十六年冬月十三，在家门口。

问：你媳妇被强奸的时候你看见的么？

答：我看见了的。是一个兵，日本人，我哀求他，被他打了一枪托子，小孩也死了。

　　问：你媳妇多大年岁？

　　答：那时三十一岁。

　　问：你还知道有别人被害么？

　　答：我门口地洞里打死了三个人。

　　问：你讲的是实话么？

　　答：是的。

　　命引刘德才入庭

　　问姓名　年龄　籍贯　住址　职业

　　答：刘德才，男，七十二岁，山东登州荣城人，住养虎巷一号，从前开雨花茶社。

　　问：你家有些什么人？

　　答：我儿子在兵工厂做事，随政府入川的，孙子同我在一起。

　　问：南京沦陷时你知道有什么人被害么？

　　答：我家后面有避难室，内有十个人被日本人烧死了。

　　问：是什么时候？

　　答：是日本人进城的第二或第三天。

　　问：日本兵驻在南门外什么地方？

　　答：我家旁边都驻的日本兵。

　　问：你知道还有别的人被害么？

　　答：养虎巷有两个地洞，共死了三十四个人。一个地洞在我家内，一个在我邻居家。

　　问：在地洞内的人是怎么死的？

　　答：烧死的。

　　问：你当时看见的么？

答：我看见的。

问：这些人的尸首也烧了么？

答：尸首是我埋的，埋在东边山上。

问：都是烧死的么？

答：有一个是上来时被刺刀刺死的。

问：还有没有死的人么？

答：只有一个姓王的同姓李的没有死。

问：来了多少日本兵到你家内？

答：有十几个日本兵。

问：地洞内当时有多少人？

答：一个洞内十个，另一个洞二十二个。

问：这些尸首是你一个人埋的？

答：还有个姓戈的人同我一齐埋的。

问：是什么部队？

答：都是从南门进城的部队。

问：你说的都是实话么？

答：实在的。

命引肖潘氏入庭

问姓名　年龄　地址

答：肖潘氏，女，六十岁，住小牵牛巷二十二号。

问：南京沦陷时你家有谁被害么？

答：我大儿子肖宗良，当时三十一岁，在冬月十一，日本兵进城，我家有几十个人。我儿子正在吃中饭，听说日本人来了，就躲进地洞里。以后我听到枪声出去看，死了七个人，我儿子也在内，我媳妇被日本兵强奸了。

问：日本兵奸你媳妇是什么情形？有抢东西的吗？

答：没有抢东西。强奸我媳妇肖余氏，当时她二十多岁，已怀孕七个月，被两个日本兵强奸了好几次，就在我家里，我亲眼看见的。以后我媳妇改嫁了。还有我丈夫肖德奇于冬月十三拉去当拉夫，至今生死不明。

每一位证人入庭时，都由审判官宣读有关的法律条文："刑法第一百六十八条规定，证人供前或供后具结而为虚伪陈述者处五年以下有期徒刑。"

接着，证人宣誓：

"今到场为证人，当系据实陈述决无匿饰增减。此结。"

然后在油印的《证人结文》上或签名，或盖章，或按手印，或画一个歪歪斜斜的十字。

审理谷寿夫的五个法官是：审判长石美瑜，审判官宋书同、李元庆、葛召棠和叶在增。叶在增是案件的具体承办人和判决书起草人，如今他已年逾古稀了。谈起当年审判谷寿夫的情形，他记忆犹新。他说："谷寿夫案件在国际国内影响都很大，所以调查、审理都很慎重，要做到证据确凿，使其口服心服。我察看了多处屠杀现场，开了二十多个调查庭，搜集了大量的人证、物证，包括从日本人那里缴获来的图片、影片，找到了上千的证人。"

审判官：叶在增　书记官：施泳

民国三十六年一月二十七日

命引赵永生入庭

赵永生，男，七十一岁，住半家园二号。

问：当南京沦陷时你家有谁被害？

答：我家没有人被害。不过我于民国二十六年冬月十一，想到难民区去，走到莫愁路三岔口来了一个日本兵，一言不发即用刀要刺我。因我对武功素有研究，一把刀同他夺来夺去，后来被我一脚踢倒。又来一个日兵，亦被我踢倒。以后来了十几个日兵，我因寡不敌众，被他们刺了十多刀，晕倒在地。日军以为我已死了，就走了。我到半夜里醒来，勉强支持到家，第二日即住鼓楼医院医治。(当庭验明伤痕呈实)

命引陆夏氏入庭问姓名等项

陆夏氏，女，三十八岁，宿迁人，住下码头三百二十六号

问：当南京沦陷时你家有谁被害呢？

答：我的公公、婆婆、丈夫、小叔子四口被害。公公名陆如龙，婆婆陆李氏，丈夫陆锦春，小叔子三代子，于民国二十六年冬月十一晚上因房子被火烧了，我们躲在乱坟上，来了许多日本兵，碰到我公公，说是中央军，就开一枪打死了。我小叔子去看，也被打死。我的丈夫因为头上有帽痕，也说是中央军被刀砍死。我的婆婆去看，也被砍死了。

问：尸首呢？

答：埋在一处。

问：是何部队呢？

答：不晓得。

命引马毛弟入庭

号毛弟，十六岁，南京人，住五贵里五号牛行

问：南京沦陷时你家有人被害么？

答：我父马民山在凤台巷于民国二十六年冬月十三日被日本人拖出去一枪打死了。

问：你看见的么？

答：我母亲看见的。

问：你母亲为什么不来？

答：我母亲有病。

命引周顺生入庭

周顺生，男，三十二岁，淮安人，住珍珠巷一百三十号之二

问：南京沦陷时你家有人被害么？

答：我妻子周丁氏那时二十岁，在民国二十六年冬月十四日在土板桥白下村仓库内被日本人强奸不遂，拉出去就开枪，打了肚子一下，四五天就死了。

问：你听说的还是看见的？

答：我看见的。

在众多的证人证词中，有一份用毛笔直行书写的控诉状。状纸是直接投诉给战犯审判军事法庭庭长石美瑜的。虽然只百十个字，但思子心切，恨敌仇深。强烈的义愤渗透在字里行间。

原告人薛文书年四八岁住本市大辉复巷二十四号商行窃民子薛裕贤现年二十八岁于民国二十六年十二月十六日首都沦陷后三日被告纵具部下到大方巷十号难民区收容所将民子等一并驱出至今十载杳无音信请以法惩凶以除冤恨谨呈军事法庭庭长石

具呈人薛文书（印）

南京在控诉！南京在怒吼！全市十二个区公所，一起调查和搜集侵华日军南京大屠杀的罪行。各行各业的人们纷纷涌向法庭。

十年了，冤魂未散，音容犹在。屈死的三十多万人，要面对杀人的凶手呼喊！法官、法医、检验员和埋尸的红卍字会的人一起来到中华门外。遇难者的丛葬地上，荒草萋萋，黄土漫漫。

"报仇了！报仇了！"当年掩埋他们的人高喊着。他们在呼唤冤魂，告

慰亡灵。

在热烈的、悲哀的氛围中，挖掘了五处坟墓。土坑中，找到了数千人的白骨和数千个头颅，这是一幅使人惊骇和令人战栗的地狱图！

电影摄影机在不停转动。闪光灯像闪电似的给大地刷上了一层又一层的惨白。穿着白衣的法医轻轻地从黄土里捧起一个又一个的头颅。头骨上多有刀伤，一道道被砍裂的缝隙中，仍有暗红色的血！

检察官满怀民族的义愤，以破坏和平罪和违反人道罪将战犯谷寿夫提起公诉，并请处以极刑。起诉书的附件中，附有谷寿夫部队杀人事实一百二十二例，受害人数三百三十四人；刺杀事实十四例，受害人数一百九十五人；集体杀害十五例，受害人数九十五人；其他烧死、勒死、淹死等手段杀害六十九例，受害人数三百一十人。强奸十五例，受害人数四十三人。还有抢劫及破坏财产等实例。

接到起诉书的副本后，谷寿夫害怕了。作为与中岛今朝吾、牛岛贞雄、末松茂治等师团长共同纵兵大屠杀的战犯之一，他感到罪责难逃。他想摆脱罪责，他给审判战犯军事法庭庭长石美瑜写了一封要求"宽延公审"的《恳请书》。可是已经晚了。

1947年2月6日下午二时整，中山东路励志社彩绘的门楼上，高高地挂起白布黑字的"国防部审判战犯军事法庭"的长长横幅。从法庭里拉出来的有线大喇叭吸引了成千上万的市民。

宫殿式的大礼堂分外威严。红墙筒瓦，飞檐画栋。绿色的屋脊上蹲伏着八头形态生动的吻兽，高大的宝塔松华盖似的挺立在礼堂门口。庄严的审判席在礼堂的讲台上，台下分别为律师席、证人席、通译席和被告席。四周挤满了两千多位旁听的群众，全副武装的宪兵肃立着。

"带被告谷寿夫！"两名头戴钢盔的宪兵将身材矮胖的谷寿夫押上了法庭。他光着脑袋，仍穿着草黄色的军服。自然，早摘去了显示军阶的那些诱人的星徽。

他在被告席上紧张地等待着。

石美瑜庭长问过了姓名、年龄、籍贯、住址后，检察官陈光虞宣读了浸满石城人民血泪的起诉书。

审问到南京大屠杀的罪行时，他矢口否认。他从公事包中取出在拘留所里想好了的辩护词：

"战争一开始，双方都要死人。对此，我只能表示遗憾。至于说我率领部下屠杀南京人民，则是没有的事情。有伤亡的话，也是难免。"

谷寿夫自称为纯粹的军人，对于侵华国策，从不参与。他滔滔不绝地推脱罪责："我的部属，除了作战，没有擅杀一人。"

石庭长大喊一声："将被害人的头颅骨搬上来！"

法庭静极了。人们屏息着，千万双目光注视着。

来了！宪兵两个人抬一个麻袋，把一袋又一袋的中华门外发掘的人头骨倒在台下的长桌上，一个一个的头骨堆满了长长的桌子。无言的白骨使人毛骨悚然，触目惊心。像深井一样的黑洞洞的眼眶和张大的嘴骨，似猛虎咆哮，像怒狮狂吼！

谷寿夫呆若木鸡地站立着，他惊呆了。

旁听的人们目睹这惨状，咬牙切齿！法医潘英才和检察员宋士豪宣读了鉴定书：红卍字会所埋尸骨及中华门外屠杀之军民，大都为被枪杀及铁器所击之伤痕属实。

红卍字会副会长许传音历述了他目击的日军罪行。他说："红卍字会统计的埋尸四万余具，实际数字远远超过这些，因为日军不准我们正式统计！"

金陵大学美籍教授贝德士和斯迈思也出庭做证。

他们站在公理和人道的立场上，用目睹的事实证明日军的暴行。讲英语的美国人和讲日语的日本人都由中国人翻译，他们谁也听不懂谁的本国语言。自然，贝德士讲得一口流利的日语，但他不想在这个场合使用，他不愿对失去人性的人讲亲切的语音。

仇人见面了。失去了妻子及子女三人的姚家隆痛诉了日军杀戮他一家的经过。他痛诉的时候，他的后颈上还有一粒日军送给他的子弹头在隐隐作痛。他真想冲过去把害得他家破人亡的仇人咬得粉碎！一位叫陈二姑娘的苗条女子终于盼到了洗刷耻辱的时光。十年了！她的心里埋葬着屈辱，她偷偷地饮泣了十年。她是弱者。在正义的法庭上，她挺起了胸膛："两个日本兵用枪对着我要强奸，我没有办法，他们一个一个地侮辱我。"她哭了，她用泪水继续着她的控诉！

谷寿夫低下了头。他无话可说，无言可辩了。

人们又回到了 1937 年暗无天日的岁月中了。日军自己拍摄的宣扬他们武威的影片重现了一幕幕骇人听闻的历史。许多人闭上了眼，有的用双手捂住耳朵，他们不敢看银幕上的刀光枪弹，他们害怕喇叭里那撕裂心肺的怕人的音响，经历过大屠杀的人们，不堪回首那血淋淋的日子！

7 日、8 日继续传证和辩论。八十多个南京市民满怀深仇走上法庭，男女老少，面对面地责问民族的敌人！

十年血债一朝报！1947 年 3 月 10 日，国防部审判战犯军事法庭庄严判决：

"被告谷寿夫，男，六十六岁，日本人，住东京都中野区富士见町五十三号，日本陆军中将师团长。

"被告因战犯案件，经本庭检察官起诉，本庭判决如下：谷寿夫在作战期间，共同纵兵屠杀俘虏及非战斗人员，并强奸、抢劫、破坏财产，处死刑。

"被告谷寿夫，于民国二十六年，由日本率军来华，参与侵略战争，与中岛、末松各部队，会攻南京……始于是年 12 月 12 日傍晚，由中华门用绳梯攀垣而入，翌晨率大队进城，留住一旬，于同月 21 日，移师进攻芜湖各情，已供认不讳——及其陷城后，与各会攻部队，分窜京市各区，展开了大规模屠杀，计我被俘军民，在中华门、花神庙、石观音、小心桥、扫帚巷、正觉寺、方家山、宝塔桥、下关草鞋峡等处，惨遭集体杀戮及焚烧灭迹者，达十九万人以上。在中华门下码头、东岳庙、堆草巷、斩龙桥等处，被零星残杀，尸骨经慈善团体掩埋者，达十五万人以上，被害总数共三十万余人——查被告在作战期间，以凶残手段，纵兵屠杀俘虏及非战斗人员，并肆施强奸、抢劫、破坏财产等暴行，系违反海牙陆战规例及战时俘虏待遇公约各规定，应构成战争罪及违反人道罪。其间有方法结果关系，应从一重处断。又其接连肆虐之行为，系基于概括之犯意，应依连续犯之例论处。按被告与各会攻将领，率部陷我首都后，共同纵兵肆虐，遭戮者达数十万众，更以剖腹、枭首、轮奸、活焚之残酷行为，加诸徒手民众与夫无辜妇孺，穷凶极恶，手段之毒辣，贻害之惨烈，亦属无可矜全，应予科处极刑，以昭炯戒。"

1947 年 4 月 25 日，南京国民政府府防字第 1053 号卯有代电称："查谷寿夫在作战期间，共同纵兵屠杀俘虏，及非战斗人员，并强奸、抢劫、破坏财产，既据讯证明确，原判依法从一重处以死刑，尚无不当，应予照准。至被告声请复审之理由，核于陆海空军审判法第四十五条之规定不合，应予驳回，希即遵照执行。"

第二天，古城南京万人空巷，从中山路到中华门的二十里长街两旁，人山人海。受尽了苦难的金陵市民，扶老携幼地争看杀人者的下场。

黑色的囚车尖叫着驶过来了。十年前，谷寿夫曾在这里跃马挥刀。古老的中华门像巨人般地站立着，它用冷峻的目光注视着这幕悲喜剧，从什么地方进来，还从什么地方出去！一去不复返！

雨花台，这处被鲜血染红的山岗，这处长满了松柏的山岗，十年前是中国士兵浴血奋战的疆场。守军旅长朱赤、高致嵩以及他的士兵在这里洒尽了鲜血。这里是谷寿夫攻占南京中华门的出发地。他怎么也想不到，这里会成为他的葬身之地！历史是审判官。让敌酋的头颅奠祭英灵吧，烈士们一定会在长天与大海间放声欢笑！

雨花台，这块掩埋着千千万万个在南京大屠杀中遇难者遗骸的山岗，是千千万万冤魂的集结地。他们死不瞑目。他们在审问历史，他们在呼唤后人！

囚车开过来了，黑色的甲壳虫里钻出了一个草黄色的影子。面无人色的谷寿夫戴着手铐，被一高一矮两个武装宪兵一人一只臂膀押向刑场。他战栗着，腿在发抖。山岗四周，十万民众围观着。他们中间，有的伤疤在阵阵作痛，有的忍受着失去亲人的悲哀。菩萨显灵，苍天开眼。多行不义必自毙，作恶到头终有报！

1947 年 4 月 26 日中午十二时三十五分，随着沉重而悠远的枪声，跪在地上的战犯谷寿夫倒下了。污血从他的鼻孔和嘴里涌出来。

欢呼声震动山谷！鞭炮声铺天盖地！这一天，南京城燃起了数不清的暗红色的火苗——钱在燃烧、素烛在燃烧、一炷一炷的香在燃烧，木制的或纸做的灵位前，人们在悲喜地哭泣，悲哀地告慰亡故了十年的冤魂："报仇了！报仇了！"一盅盅的洋河酒洒到地上，洒满了这片血染的土地。只是，胜利的代价太大了，胜利来得太晚了！

正义者的胜利和不义者的失败是不可抗拒的。历史的辩证法就是如此。

〔尾声〕

愿历史成为过去

　　这是一页沉重的历史。我在历史的大海边拾贝。

　　最初萌生这个念头，是 1985 年夏天一个假日的上午。我骑着自行车路过北极阁那片花坛的时候，突然打了一个寒战——苍翠的雪松和繁星般的鲜花丛中，矗立起了一座扇面形的花岗岩石碑。黑色的大理石贴面上，镌刻着一行醒目的金色隶书：

　　侵华日军南京大屠杀北极阁遇难同胞纪念碑

　　石碑前围着许许多多的人，男的、女的、老的、小的。没有一个人说话。人们默默地观看着碑文，默默地在心中致哀。我的心受到了强烈的震撼：这里，怎么会是鲜血飞溅的屠场呢？

　　我千百次地经过这块栽满绿草和鲜花的土地，我第一次知道了它的昨天！这天的《南京日报》上说：为纪念抗日战争胜利四十周年，全市在侵华日军南京大屠杀的主要地点建立了十三块遇难同胞纪念碑。

　　我在历史书中读过"南京大屠杀"的篇章。书中没有这出悲剧的典型人物和细节的描绘，也找不到这场震惊中外的大屠杀的种种根由。我的心沉甸

243

甸的，我感到失落了什么。

失落了的东西应该捡回来。我开始一处一处地寻访，我陷入了深深的沉思：这是历史的悲剧，这是民族的悲剧。历史是民族的根。历史是教科书，历史是指南针，历史是一面观照今天和未来的镜子。古往今来各种各样的事情，本质上都是历史的重演。

历史充满了呛人的火药味。我在中国第二历史档案馆里翻阅了十本《沦陷区惨状记》，里面记述着 1937 年至 1938 年"南京大屠杀"那个时期我们民族的苦难。看一眼标题就令人触目惊心：

平津恐怖。济南惨状。豫北浩劫。绥包兽行。火烧南市。无锡惨状。痛话南通。伤心话北平。陷后之扬州。广州屠城记。武昌屠城记。朔县大屠杀。血洗离石镇。太原成地狱。厦门成荒岛……

有人把战争比作地震，也有人把地震比作战争。地震是自然的，战争是人为的。不可避免的天灾已经引起了全人类的防范，而可以避免的战祸却经常人为地挑起，且不断加剧。

常规武器越来越先进，原子弹越来越多。看来，人类认识自己和战胜自己比认识自然和征服自然要艰难得多。

战争是一种自杀——人与人的残杀。

战争带来了不幸。硝烟飘散了，仇恨埋在心里。我的近百位采访对象中，只有极少几个白发苍苍的老人说："算了，不提它了，中日友好了！"但大多数幸存者却并不宽容："不提了？血不是水！""我要告诉后代，日本兵杀了我们南京三十多万人，我死了，我要子子孙孙记住这血海深仇！"

这是民族的自尊心！这是民族的复仇性！这是民族的警惕性！这自警自策的声音，激励中华民族崛起和振兴！

阴影笼罩着人们的心。走进江东门"侵华日军南京大屠杀遇难同胞纪念馆"，每一个人都变成了一座山，一座沉默的火山！面对同胞的鲜血和尸骨，人们悲哀地悼念和哭泣。走出大厅，人群激愤了！有人要砸烂纪念馆内安装着的三菱牌空调。有人要打碎日本友人送来的一米多高的"镇魂之钟"，一批一批的人围着纪念馆工作人员厉声责问：

"大屠杀纪念馆为什么还用日本货？"

"为什么不要战争赔偿？"

"为什么过了四十多年才建这个纪念馆？"

来自海外的炎黄子孙关切地问："日本人来得多不多？他们什么心情？"

一位意大利的电视记者显得很激动："法西斯！法西斯！我要向全世界控诉！"他用摄像机记录了他的义愤和悲哀。

纪念馆的同志理解人们的心情。他们用胶布贴住了空调机上三个红色的菱形，他们不得不将日本友人赠送的纪念品陈列在不常开放的贵宾室内。他们一遍又一遍地向人们解释连他们自己也解释不清的诸如"为什么不要日本战争赔偿"之类的问题。他们告慰海外侨胞："日本很多团体都来这里悼念、反省和谢罪。他们发誓：日中不再战！"

我看见，四岁的日本小姑娘山岸清子在尸骸狼藉的照片前用双手蒙住了她天真无邪的眼睛。名叫卫藤穗的八岁日本男孩在白骨堆前哭了起来。有人告诉我，日本"和平之船"友好访华团在航行途中，有三个老人沉痛讲述了他们当年在南京参加大屠杀的情景。船离中国越近，他们越是不安。载有三百多人的"和平之船"在上海停靠了，这三个参加过侵华战争的老人害怕了。很多人劝了好久，他们都不敢上岸。这难道不是悲剧？

1987年2月20日，两名苏联外交官参观了"侵华日军南京大屠杀遇难同胞纪念馆"后，在留言本上写下了他们的心声："我们为被害者感到震惊，深深悼念南京的死难者。"

"我们的共同目标是为在任何地方、任何时候都不再发生类似事件而奋斗。"

广岛来的一位日本友人送给我一枚和平鸽图案的纪念章。洁白的鸽子展开了翅膀，它将飞向无边的蓝天和无际的大海。

愿历史成为过去。

1987年8月于南京太平门

永远的伤痛

——代后记

　　我从南京飞往日本的长崎和广岛，又从广岛和长崎飞回中国的南京，有一组数字在我的脑海中久久萦绕：据史料记载，侵华日军制造的"南京大屠杀"有三十万人以上遇难！长崎和广岛被原子弹夺去生命的人也达三十万人以上！

　　这是一种巧合，还是一种报应？

　　战争毁灭不了人类，人类必将消灭战争！

长崎：战争改变了他们的心态，但历史终究是历史

　　因为写了一本《南京大屠杀》，所以对中日关系便多了一份关注。由此也结识了一些一面之交和素未谋面的日本朋友，于是，心中便萌生了许多想念：这个带给我们深重的民族苦难的邻邦是一个什么样的社会？我所神交的日本朋友是些什么样的人？还有，日本的民众生活在怎样的一种状态中？

　　终于，有了一次访日的机会，我将认认真真、仔仔细细地看一看它的容

颜，倾听一次它发自肺腑的声音。

波音 757 从上海起飞，只用了一个多小时便到了日本的上空。吃了寿司和生鱼片，女播音员用汉语和日语播报了飞机将降落福冈机场的消息。这一切告诉我，日本已在脚下了。穿过云层，机窗下是深蓝色的大海，海上帆影点点，翡翠般的岛屿在云雾中显现出她美丽的风采。

我们一行三人是应日本友好团体的邀请，到长崎、广岛和熊本进行为期十一天的交流访问。办完入境手续走到出口处，便看到了有人高举着写有我们姓名的牌子在早早等候了。迎上前来的小伙子说一口流利的中国话，他自我介绍说他是中国留学生，姓赵，我们叫他小赵。小赵介绍一位精干的小个子，叫樱井，他是从熊本赶来迎接我们的日本友人。还有一位花白头发和花白长胡子的老人，他是长崎大学的教授，叫高实。高实教授穿一件灰色风衣，不停地鞠躬致意。互相握手后，一行人便坐上面包车直奔长崎。

天气晴好，艳阳高照。日本多山，公路和村落依山而建，看不到劈山造田或挖山造屋的痕迹，保存着山水的自然形态。民居都是一二层高的大屋顶砖木结构，显得宽敞明亮，很有民族特色。高速公路依山而修，弯多路窄，路上车不多，速度时快时缓。值得赞叹的是沿途的山茶花，在冬日里红艳艳地怒放。

从福冈到长崎两个多小时。雨后的长崎，湿润而安宁。城里高层建筑不多，有轨电车还在叮叮当当地开行。在我的印象中，长崎是个靠海的小城，因为 1945 年美国在这里投了原子弹而闻名于世。实际上，长崎历史悠久，1889 年建市，江户时代是日本唯一对外联系的港口，现有人口四十五万，这个小城有不少观光胜地，还有好几所大学。

长崎大学的高实教授是我们在长崎活动的陪同。他谦恭和善，右手拎一个提包，一天到晚行色匆匆。在日本，民间团体的外事活动都是由民间人士负责接待的。我们来回的差旅费，在日本的吃住行程，都是团体会员出钱资助的。因为资费有限，所以尽量简朴。当然，节俭也是日本民族的美德。我们被安置在一家小旅馆中。这是我第一次出国，也是第一次见到这样狭小和这样精致的房间。只有十一平方米，卫生间占了两三平方米。房内一床一桌一椅。床不大，比单人床稍宽些，双人也能凑合。还有衣柜，烧水的电热杯、小冰箱，以及台灯和十四英寸的电视。最使我感叹的是衣柜中有折叠整齐的睡衣，拖鞋旁竖着一柄长把的鞋拔！这一样物件是我们国内许多高档酒店里没有的。日本人想得十分细致周到。日本真小，长崎市东西只有四站地，连电压也只有一百一十伏！房间虽小，但应有尽有。当然，洗漱用的牙刷、梳子、肥皂、浴帽之类，房间里是不备的。这些东西放在一楼的服务台上，根据需要，自动取用。同样使我感叹的是，小小的火柴盒内，只有五根火柴！但火柴梗比我们的长，也稍稍粗一些。他们考虑的是：实用。日本是个务实的民族。

长崎街不宽，但整洁安宁。我在城内山坡旁看到好几处矗立的石碑，石碑上刻有"南招国登陆处"等字样，还有教堂、庙宇等参观点。相传，这里过去是港口，现在海水退去，但作为历史的陈迹保存了下来。据说每年有两千万人来长崎旅游。

高实教授领我们参观长崎和平资料馆。六十三岁的高实是长崎国立大学的教授，他留学法国，从事人文和环保专业。他是中日友好的积极分子，现在是这座资料馆的理事长。这是一幢小楼，也叫冈正治纪念馆。因为发起建造这个资料馆的是为和平而竭尽全力的冈正治先生。冈正治当过日本海军的下士，后来进入日本福音学校学习，成为宣扬人道和基督精神的牧师。他去过中国，曾顺着长江沿岸见过中国的大好河山，战后不久，他就意识到日本加害各国的战争责任。为了揭示历史真相，让后人铭记日本侵略的历史，他每天奔波，到处调查，收集资料，为世界和平贡献他的力量。为了继承他的遗志和纪念冈正治先生，长崎的市民自发地组织起来，完成了冈正治先生建造和平资料馆的愿望。

我们进入馆内，看了有关冈正治先生的生平介绍和关于他为和平事业奔走呼号的事迹。他的照片、手稿和书籍，向市民展示了战争的罪恶和和平的可贵。1994年冈正治先生去世后，遗留下许多债务和事务，高实先生接过了这一副重担，他依靠一百三十多个会员，艰难地坚守着自己的事业和信仰。馆里的工作人员都是志愿者。小楼不大，但它呼唤全世界人民的愿望：和平。对于这个小小的纪念馆，日本的右翼分子视作眼中钉，他们经常来捣乱破坏。有时来电话责问，有时来馆里挑毛病，说陈列的照片"不是南京大屠杀的"，其实，右翼分子自己也搞不清这段历史。有几次，右翼的大喇叭停在纪念馆门口，狂叫"高实去死"！高实不怕，从事人文环保研究的大学教授立志为人类的健康和生命而奋斗，为全人类的和平而努力，这是他的理想和追求。2002年，长崎大学的高实教授获得了日本和平协会颁发的和平奖。

作为非营利活动的法人，高实理事长主持了"长崎南京大屠杀证言集会"。会场设在长崎筑町的县教育文化会馆。集会开始前，有不少志愿者来帮忙，有摄影，有翻译。从南京到日本的七十七岁的倪翠萍老太太是"南京大屠杀"的幸存者。她在集会上控诉了侵华日军在1937年12月13日的暴行。那一天，她的父亲被日本兵打了三枪惨死。她的母亲去看倒在地上的父亲时，也被日本兵打死。那年她只有十一岁，她跟着奶奶去找父亲时，被日军一枪打在左膀子上，打断了骨头！她爷爷去掩埋父亲时，又被日本兵一刺刀捅死！后来，她的婶婶被五个日军轮奸后流产致死，叔叔被日军用刺刀戳死，全家七个人只剩下一老一小两个！她的哭诉引起了许多人的同情，也激起了听众对日本侵略者的愤慨。

正在这时，窗外响起了大喇叭的尖叫声。原来这是右翼势力闻讯这里正在举行"南京大屠杀证言集会"，便开来了两辆黑色的喇叭车，在会馆外面来回狂叫，企图破坏集会。

我是作为创作了《南京大屠杀》一书的作家被邀请来做报告的。我将我的采访经过如实地向日本人民报告，我用铁的事实告诉日本人："南京大

249

尾声 永远的伤痛

屠杀"是不容篡改的历史事实。为我翻译的刘媛莉是一位美丽的老师，她的母亲是日本人，她来日本二十多年了，她是含着泪水将汉语译成日语的。她说："我为中国人感到不平，我恨日本帝国主义！"和高实教授一样供职长崎大学的横山教授也来了，他是研究政治史的。他坚持维护历史的真相，因此他带领学生阅读有关日本帝国的侵略史。他对我说，对待第二次世界大战，日本有两派观点，他教学生两派的文章都要看，看过后让学生思考。有关"南京大屠杀"的证言集日文本，学生们读后都很吃惊，看了录像，有的学生吓得脸也变色了。他们不敢想象世界上发生过这样的惨剧，他们不相信日军怎么会做出这样的事情。经过教育和讨论，大家认为发生这样毫无人性的事情的根由是军国主义和天皇制度。军国主义看不起中国人，所以不把人当人看待。

现在有些学生认为这是爷爷辈们经过的事情。爷爷们过着普通人的生活，他们和蔼善良，他们怎么会做这样凶恶的坏事呢？横山教授要学生们去访问爷爷们战争时期的事。但不少爷爷不愿讲战争年代的事，他们明明杀了人，可是都不肯讲。这样就使学生们思考了另一个问题：经过战争的爷爷们的心理状态。战争改变了他们的心态，他们不愿讲真实的历史了。

横山教授说，他 1988 年就带学生去参观南京大屠杀纪念馆了，这在当时的日本人中是极少的。学生们参观了纪念馆后提出了许多问题，他们简直不相信日本的老一辈人如此没有人性、没有道德，他们不理解的还有为什么只指责军国主义，不指责天皇和违反人性的士兵。

横山教授说："当然，现在不少学生也改变了观点。有的人不理解历史事实，但事实毕竟是历史，不理解也要理解。"

三个小时的集会结束了，《长崎新闻》报的女记者要我给她寄一本日文版的《南京大屠杀》，她说，她要看中国作家写的书。高实教授已经有了我的日文本《南京大屠杀》，得知这本书还有英文和法文版，他要我给他寄一本法文本，他在法国学过法文。

高实是一个勤奋的人。中午，他送我们到酒店休息。离下午的活动还有一个多小时，他就在酒店的大堂中打开课本，认真地备课和写笔记。一个六十三岁的老人，如此敬业又如此执着地从事和平工作，给我留下了极为深刻的印象。

当天晚上，日本友人请我们在一家名叫"红灯记"的中国餐馆吃饭。这是一家中国人开的饭店，得知我们来访的目的，店主人热情欢迎。大概是我们的谈话被人听见了，一位极斯文的老人走过来向我们深深地鞠躬。他说，他已八十五岁了，当年他参加侵华战争，去过汉口。他不愿多说，只是再三地鞠躬谢罪。这位中等个子的老人脸上长了不少老年斑，看得出，他正受着良心的责备。

席间，一位戴眼镜的老人说，他受了十二年军国主义的教育，曾经在长崎的船厂造鱼雷，这些鱼雷攻击了珍珠港。他说，为了这场战争，他反思了十二年。

是的，战争对于受害者是一场灾难，对于加害国和加害者来说，同样也是悲剧。

广岛：我们都是军国主义的受害者，为了和平，大家拉起手来！

和长崎一样遭受过原子弹爆炸的广岛是我们行程的第二站。戴一副宽边大眼镜的樱井刚刚退休就全力投入日中友好的工作了。其实，从 1996 年开始他就利用休息时间接待来访的中国客人，他很开朗："这是我们的工作，你们是我们的朋友和同志。"他说，他去过六次南京，他的女儿在南京留学。

和樱井一起开车把我们从长崎送到广岛去的还有一个也是戴宽边眼镜的日本人，但他讲得一口流利的汉语，汉语中还夹杂着北京的一些方言土语。他叫老田，是我们在广岛活动的翻译。这个矮个子的日本人浓眉乱发，风趣幽默，他是日本"支援中国二战劳工联合会"事务局局长，他多次去中国的天津、北京、南京、山东、河北、河南等地寻找花冈劳工的幸存者和幸存者的遗族，支援中国劳工向日本企业和政府索赔。他说，现在有不少索赔案在起诉。他是北京大学历史系的毕业生，他从奈良市坐飞机飞五百多千米到福冈，从福冈坐汽车到广岛，因为广岛县日中友协的由木荣司先生是他的高中同学，由木请他来陪同我们并作全程翻译。

　　形体似相扑运动员的由木荣司是铁路工人，1971 年他从高中老师那里看到"南京大屠杀"的照片后，就加入了维护历史真相的队伍，以后又参与了抗议小泉首相参拜靖国神社和反对广岛美军基地的和平活动，他是和平运动和中日友好的积极分子。

　　晚餐会上，由木先生用洪钟般的嗓音回顾日本日中友协组织的活动。他说，从 1945 年到 1978 年自民党一直敌视中国，压制日本人民对中国的友好活动。在日本发行中国的《人民日报》，抓住后要坐三年牢。他说，当时美军占领日本，前辈们为了日中友好，不怕坐牢，不怕牺牲，我们要继续下去。他说，1984 年，胡耀邦总书记邀请全日本二百个日中友好团体去中国，只有三个团体提出要去南京悼念大屠杀的遇难者。我的朋友中野先生是其中之一，他是三原市的，今天，他专门坐新干线火车来参加我们的证言集会。

　　广岛日中友协已经连续十年邀请"南京大屠杀"的证人来广岛演讲。主持人是渡边先生，他说，当今这个世界还有人在发动战争，我们要认真地听受害者的证言，年轻人要了解历史，我们要吸取历史的教训，阻止战争的发生，实现世界和平。

　　平冈诚先生站起来说："小泉他要派六百个士兵去伊拉克，还可能增加到一千个，面临这样的处境，百分之八十的国民反对出兵，但小泉内阁一意孤行，他们无视宪法第9条。我们要认真思考战争的历史，不能重犯历史的错误。当年日本兵在南京制造大屠杀，这是侵华战争中的一大惨案。"他代表参加集会的日本民众对我们的到来表示欢迎和感谢。

倪翠萍老人声泪俱下地讲述了她一家在"南京大屠杀"期间的悲惨遭遇。我以一个作家的视角，讲述了亲身采访的幸存者们的悲惨经历和侵华日军南京大屠杀的铁的事实。

我的报告刚结束，年近八旬的日本老人谷尾先生从听众席上站起来，走到台上发言了。他说："我叫谷尾阳竹，我和徐志耕先生通信十多年，今天是我们第一次见面。"他的话引起了热烈的掌声。他说，徐先生的《南京大屠杀》出版后，他看了感到日本兵罪责深重，他吃不下饭睡不好觉，他们几个参加过侵华战争的老兵决定要把我这本书翻译成日文，让日本人都来看一看这一本书。

他说："关于'南京大屠杀'，当时我也不了解真相，看了这本书后，我才知道了这段真实的历史。现在日文本早已出版了，我们一起工作的盐本先生已经离开了我们。我现在的领带是雨花石的图案，我每天系着，看到乳白中几丝殷红，就不会忘记血的南京的历史。"

谷尾先生的讲话引起了与会者热烈的掌声和议论，大家都用惊喜的目光注视着我们两个人。是的，来日本前，我就盼望能见到谷尾先生，虽然我们通信多年，我收藏着他亲自画的松、竹、梅、兰的贺年片，以及他的每一封信，我们互相寄过照片。可是，这一次是真真切切面对面地会见啊！还在长崎时，我就要高实教授帮我和广岛日中友协联系，希望能在广岛见到谷尾先生。谷尾先生得知我要来广岛的消息后也很高兴。终于，我们见面了，我们紧紧地握手。我拿出从南京带来的一条羊绒围巾送给他，我说："我们全家人向你问好，祝你健康！"他激动地说："谢谢，谢谢！"因为这本书，因为"南京大屠杀"事件，一个加害国的侵华老兵和一个受害国的作家站在了一起。因为，我们有着同一个目标：牢记历史，热爱和平！

广岛是个遭受过战争创伤的城市。1945 年 8 月 6 日上午八时十五分，全世界第一颗原子弹在这里爆炸，千千万万人失去了生命和失去了亲人。

集会上，一位白发老妇坐着轮椅车来到主席台旁，她伸出手来，紧紧地和倪翠萍拥抱。她叫昭田，是广岛原子弹爆炸的受害者。她说："不了解历史，就不能实现真正的和平。我们都是军国主义的受害者，我们的责任是维护历史真相，教育年青一代认识历史，反对战争。"她拉起倪翠萍老人的手，说，"为了和平，大家拉起手来！"

她用自己的经历写了一本《原子弹下的生命》，得知我是《南京大屠杀》的作者，她将她写的书送给我，她接过我赠给她的日文本《南京大屠杀》，高高地举起。她走了，她鲜红的外衣，像一团燃烧的火！

广岛的和平公园里，日日夜夜点燃着"和平之灯"。我来到这块经历过冲击波、光辐射和三十万摄氏度高温的土地。进入黑暗的展厅，原子弹爆炸的惨状历历在目，有留在石头上的人体印状，有烧成残片的衣服及日用品，有受害者的证词及死难者的名单。"原子弹下的少女"雕像向人们展示了战争的残酷与人生的美好，黑色的慰灵碑上镌刻着全人类的心声：决不让历史重演！

曾经担任国会议员的栗原君子对我们说："日本在'二战'时有过许多不人道的行为，如细菌部队、南京大屠杀、偷袭珍珠港等，我们广岛的大久野岛曾经是日本生产毒气的地方，我们反对战争，日本不能再走扩张和侵略的道路，不能重演战争的历史！"

从广岛市驱车一个多小时，来到蔚蓝色的濑户海边，我们将乘船去大久野岛参观。不是游览，不是探胜，我们是去寻找历史。码头上，村上先生和山内先生已在迎候我们。

年过八十的村上先生一头白发，他曾经在大久野岛日军的化学武器基地里工作过五年半的时间，那是 1940 年到 1945 年。他说，这个毒气制造工厂先后有六千七百多人工作过，总共生产六千吨毒气，其中的一半用于对中国的侵略战争，现在长春、齐齐哈尔发现的日军遗弃的毒气弹，就是大久野岛生产的。

轮船载着我们向不远的小岛开进。龟状般的岛上绿树花草，一派自然风光。村上说，从1935年以后，这个小岛在日本的地图上消失了，日本政府为了避人耳目，把这里作为一个秘密的毒气制造基地。他说，当时的工人都不知道是在生产毒气，工人们穿着防毒衣，戴着防毒面具和手套、长靴，可仍然有百分之九十的人身体受到伤害，其中有两千七百人中毒死亡。他说他也得了严重的气管炎。

山内先生在前面领路，他带我们来到一处荒芜的山坡，顺着山沟往前走，山壁上开凿出一个个窑洞般的房间，走进里面，阴森而荒凉，认真地看，似乎还遗留下一些说不清的痕迹。村上说，这就是毒气生产车间和仓库。他说，当年生产的毒气中以芥子气和路易氏气最多。我曾经当过防化兵，我知道，这两种毒剂都有强烈的刺激味，都是糜烂性毒剂，人体一旦沾染，皮肤就会溃烂。据当事人说，日军在中国使用毒气两千多次，伤亡达八万人！

为了揭露日本军国主义的罪恶，广岛的民众在大久野岛上建立了一个毒气岛研究所，所里有一个展览馆，展出了许多日军生产毒气的实物和资料。村上先生说："日本政府只承认生产过毒气弹，不承认使用过毒气弹，这不符合历史事实。还有，日本政府对受到毒气伤害的中国人的赔偿问题一直没有解决，这是不公正的。"

原子弹爆炸纪念馆展示的是广岛民众受害的历史，大久野岛讲述的是加害者的历史。

山内先生送给我几本《记录毒气岛》的杂志，里面有当事人的证言。为了和平和生命，必须牢记历史！

熊本：这是一个特别的日子，又是在一个特别的地方

　　熊本是九州地区的政治中心。从广岛去熊本的路上，我们特地去熊本县日中友协老会长鹤野六郎家拜访。鹤野先生已经去世了，他的女婿保村龙二郎先生陪同我们前往。六十三岁的保村先生接过了岳父留下的使命和重任，现在是熊本日中友协的委员长。

　　汽车沿着弯曲坎坷的道路前行，面前是一幢独立的乡间小院。门前花草繁茂，蔬菜碧绿。鹤野先生的女儿、保村的妻子翠迎出来。走进客厅，迎面是鹤野先生的遗像，我们都沉默了，大家低头致哀。

　　倪翠萍老人上一次来日本曾受到鹤野会长的亲切接待。望着遗像中亲切的笑容，倪翠萍双手合十，哭泣着说：“会长先生，我来看望你了，想不到你走了。”九十岁的老夫人只能在躺椅上坐着，她紧紧地拥抱着倪翠萍：“如果他在，他会很高兴地欢迎您。”鹤野先生是 1999 年八十九岁时去世的。他年轻时和夫人在中国的九江住过四年多时间，他是同仁会的医生，他们在九江生了个儿子，他对中国有深厚的感情，他说：“中国人心地宽广。”

　　樱井向老夫人介绍倪翠萍的经历。老夫人抚摸着倪翠萍的伤痕，深情地说：“对不起。”当天的集会由保村委员长主持。晚上六点三十分开始，宾主双方发言热烈。因为正是日本政府决定派自卫队出兵伊拉克的时候，集会开始就有人发言：“日本政府 12 月 8 日通过了出兵的决议，12 月 8 日也是第二次世界大战开始的日子，历史的教训应该牢记！”

　　我们的报告得到了听众热烈的掌声。提问开始了，一个穿红格子外衣的小青年壮了壮胆说：“我的老师说，他不相信有‘南京大屠杀’的事情。”

　　话音刚落，立即引起了许多人的斥责。一位文化出版人和他争论起来了，看起来，小伙子还不大服气，有人鼓掌，有人发出“嘘嘘”的声音。

倪翠萍老人沉默着，她在沉思。忽然，她站立起来，慢慢地走到那个小伙子面前，她脱下外衣，捋起左手的袖管，露出了左肩膀那已经僵硬了的伤疤。她对年轻人说："我一家八个人被日本兵杀了大小六个，这是不是大屠杀？"小青年惊讶地看着她的伤疤。他说："妈妈的伤是真的，我很同情。"一位女学生站起来说："倪妈妈今天来发言不是要你同情，而是要你了解历史！"倪翠萍老人说："你们年轻人不了解历史，你应该到中国去，到南京大屠杀纪念馆去看一看，欢迎你们到我家去做客。"穿红格子衣服的年轻人点点头。

　　坐在前排的一位高个子日本人站起来提问："我在南京办工厂，我与南京人接触中感觉有些人不欢迎日本人，我想知道，南京政府是如何教育市民的？"

　　我们同行者中的成东红女士回答了这个问题，她是政府机关的工作人员。她说："对于曾经遭受过日军伤害的南京人民，这种记忆是永久的。但是，南京市民始终把军国主义和日本人民加以区别，始终把发动侵略战争的头目和一般士兵加以区别。特别重要的是，深明大义的南京市民认为：历史是历史，友好归友好。对于爱好和平和正常经济合作的日本朋友，南京人民是欢迎和友好的！"

　　"我的母亲和倪翠萍妈妈差不多年龄，我父亲也参加过侵华战争，战败后回到日本，很孤独，他不知道自己是站在民族主义的立场上，为日本而战。所以没有文化理解不了历史，今天有这样的机会来了解历史，我非常感谢！"有着两个女儿的荒川敏子深沉地说。这是熊本第八次"南京大屠杀"证言集会。集会快结束时，一个老妇人走上前来，向我们鞠躬致意。她说，她丈夫是和尚，她多次去过南京，她丈夫经常为中国的死难者祈祷。

　　12月13日下午，我们参加熊本市的天草集会。会场上来了不少人。主席台上方悬挂着"前事不忘，和平恒久"八个大字的红色横幅。矮矮胖胖的生驹先生满脸笑容地作开场白："我们天草区证言集会是第五次了。今天请来三位南京的客人，我们先为他们举行音乐会，演奏者是我的爱人，请听大正琴，它告诉人们，这是一个和平的世界。"

电子琴弹拨出美妙的乐曲，小岛和三浦两位歌手演唱了《北国之春》和《花》。为了欢迎我们，歌手们又演唱了中国歌曲《四季歌》。生驹先生的太太是天草学校的老师，她特地穿了一套用中国丝绸做的中国服装。她说："虽然我们的演唱与今天集会的气氛不太协调，但我们是用和平的歌声告诉人们：不要侵略，不要战争！"

保村先生说话了："刚才我们听了欢乐曲子，现在开始沉重的话题。倪妈妈十一岁时，她的父母被占领南京的日本兵打死了，她自己受了伤。徐先生写了《南京大屠杀》，他们能专程到日本来演讲，我们特别高兴，让我们一起来学习吧。"

倪翠萍老人讲述完她的悲惨经历后，两个二十岁左右的女孩子走上前来和老人紧紧拥抱，三个人都哭了。

这是一个特别的日子，又是在一个特别的地方，我在正式发表演讲前，有感而发地讲了一段即兴的发言。我说：

今天是一个特殊的日子。六十六年前的今天，侵华日军攻占了南京，开始了长达一个多月的南京大屠杀。今天，南京举行了纪念集会，成千上万人向遇难者致哀，新铸造的警世铜钟进行撞钟仪式，全城警报长鸣，以警示今天的人们不要忘记六十六年前的这一场灾难。今天，我们来自南京的三位代表，参加天草的集会，是有特殊意义的。攻占南京的日军中，就有谷寿夫带领的熊本第六师团。我们究明六十六年前的"南京大屠杀"真相，目的是记取历史教训，发展中日友谊。刚才我们欣赏了大正琴的美妙音乐和北国之春的动人民歌，但愿这和平的日子永远永远。

我的发言结束了，一位戴眼镜的中年人走上台来，生驹先生介绍说："请天草的海先生讲几句。"

"大家好，我叫海，在寺庙当和尚。念经不紧张，今天我紧张，今天是日军攻占南京的日子，倪妈妈遭遇不幸的一天，是南京大屠杀的日子，现在有人否定这一事实。这几天又要派兵去伊拉克，去打仗的人是谁呢？受害的又是谁呢？是不是又在重犯历史的错误呢？日本要学习历史，不要再走侵略的路。我们感谢南京来的客人！"

集会结束后，许多人拿着我写的《南京大屠杀》中文本和日文本要我签名，在会场上服务的日本朋友说："今天带来的三十本书都卖完了。"

当晚在本渡的七海陇中国餐馆吃饭，出来迎接的是一位端庄的中年妇女，她满脸笑容地和我们打招呼："你们是中国人？"

她高兴地自我介绍说是台湾人，二十三岁来日本，已经三十年了。她说丈夫是日本人，她老家在福建。

墙上挂着的营业执照上写着她的日本名字：中村秀子。秀子端上来一个大冷盘，她说："香肠是台湾的，皮蛋是大陆的。还有萝卜糕、饺子和黄瓜炒肉片，并有中国青岛啤酒、中国台湾啤酒和日本啤酒供选用。"

听说我是绍兴人，中村秀子送上来绍兴黄酒。我讲了鲁迅和秋瑾当年来日本留学的佳话，大家一致赞赏。其间，宾主一齐高歌《北国之春》。

我说："大陆南京的三个人在台湾人的饭店里和日本朋友一起吃中国菜，这就叫一衣带水，亲密邻邦！"又是一阵热烈的掌声。

中村秀子说，她本来姓洪，今天在广告上看到南京大屠杀的证言人要来，想不到来她这里吃饭，真高兴啊。她说："明年我要到中国去，一个中国人一定要去自己的国家看一看大好山河。"她又说，"我要到南京，到时我来看你们！"我们都表示欢迎。

本渡是只有四万人的一个小镇，有六个从大陆嫁来的妇女，只有两个台湾人。饭店里挂着灯笼，贴着春联和大红的"福"字。

没有不散的筵席。夜已深，日本海上吹来一阵阵寒风，回顾在日本九州的十一天访问，有欢笑，有泪水，有深深的友情，自然，有永远的伤痛。

2006 年 12 月于南京

259